Tim Parks · Gute Menschen

Tim Parks

GUTE MENSCHEN

Roman

—

Verlag Antje Kunstmann

*Aus dem Englischen
von Ulrike Becker
und Claus Varrelmann*

Inhalt

PROLOG

Mein Vater war Missionar und wurde 1956 in Burundi ermordet. Es war größtenteils seine eigene Schuld. Man hatte ihn aufgefordert zu verschwinden, und durch seine Weigerung brachte er den Rest der Familie ebenfalls in Lebensgefahr. Als wir in unserem weißen Missions-Bungalow gefangengenommen wurden, stellte man meine Mutter, meine Schwester und mich vor die Wahl, entweder mit ihm zu sterben oder durch Aufsagen eines einfachen Spruchs unserem Glauben abzuschwören, wonach man uns gestatten würde, das Land zu verlassen. Ich war natürlich viel zu jung, um einen Glauben zu haben, und erst recht, um ihm abzuschwören, aber ich habe nicht den geringsten Zweifel, wie meine Entscheidung ausgefallen wäre. Meine Mutter dagegen war hin- und hergerissen. Sie ist eine abergläubische Frau und überzeugt von der Macht des gesprochenen Wortes, selbst wenn man nicht meint, was man sagt; sie gehört zu denen, die ein schlechtes Gewissen bekommen, wenn sie erfahren, daß ein Satz in einer fremden Sprache, den sie arglos nachgeplappert haben, blasphemisch war. Sie fragt sich heute noch, ob sie nicht bis in alle Ewigkeit bestraft werden wird, weil sie damals ihrem mütterlichen Instinkt folgte und sich selber und uns rettete.

Es ist komisch, darüber jetzt nachzudenken. Vermutlich ertönte ein Schuß, der meinen Vater ins Jenseits beförderte. Ich erinnere mich nicht, ich war zu klein. Ich habe nicht die geringste Erinnerung an meinen Vater, und auch nicht an Afrika. Wenn ich überhaupt an seinen Märtyrertod denke, dann mit vollkommenem Unverständnis. Und wenn ich diese groteske Begebenheit hier erwähne, dann nur deshalb, weil ich im Laufe der Jahre zu dem Schluß gekommen bin, daß sie nichts weiter als das erste – besonders absurde und bezeichnende – einer langen Reihe von Ereignissen war, bei denen das Bestreben der anderen, gute Menschen zu sein, sich zu meinem persönlichen Nachteil auswirkte und zudem aller Vernunft widersprach.

Vor Hilary

Ein Haufen unerfreulicher Widersprüche

Nach dem Tod meines Vaters kehrten wir nach England zurück und zogen zu meinem verwitweten Großvater und meiner altjüngferlichen Tante in eine schlechtgeschnittene Doppelhaushälfte in Park Royal, ungefähr in der Mitte zwischen dem Middlesex-Krankenhaus und der Stelle, wo später die A40 gebaut wurde. Mein Großvater, der dem Landarbeiter-Milieu, dem er entstammte, durch eine Laufbahn bei der Marine entronnen war, welche ihn in die schwindelnden Höhen von Eigenheimbesitz, Spitzengardinen, Strukturtapeten und ähnlichem erhoben hatte, war der Ansicht, er tue uns einen großen Gefallen, indem er uns ein Dach über dem Kopf gab, und da mein unermüdlich evangelisierender Vater ihm immer ein Dorn im Auge gewesen war, nahm er eine Ich-hab's-ja-gleich-gesagt-Haltung an, die während unserer gesamten Kindheit schwer auf meiner Schwester Peggy und mir lastete, und noch viel schwerer, so darf man annehmen, auf meiner Mutter, die nicht genug Geld hatte, um woandershin zu gehen.

»Diese Urwaldheinis«, sagte der alte Mann, obwohl er damals kaum älter als fünfzig gewesen sein kann, »die haben doch gar keine Seele, die man retten könnte.« Er rauchte Pfeife, wie es, früher zumindest, alle Großväter taten, und saß immer in einem schweren, klobigen Armsessel in dem beengten Wohnzimmer, das mit grüner Wedgwoodware und Hummel-Figuren vollgestellt war. »Ich habe nie kapiert, wozu das Missionieren gut sein soll«, knurrte er.

Ich weiß noch, wie ich auf dem Kaminvorleger lag und staunend sein Gesicht betrachtete, besonders die Haut an den Wangen, wo die Poren so groß und tief waren, daß man an einen alten, ausrangierten Schwamm denken mußte. Ganz gewiß hatten sie im Laufe der Jahre so einiges aufgesaugt. Sein bereits schlohweißes Haar war kurz und borstig: die Art Frisur, die alte Männer dazu verleitet, sich ständig den Kopf zu kratzen. »Ganz gerissene Kerle sind das.« Er zog die Nase hoch. »Von den Brüdern habe ich zu meiner Zeit wahrhaftig genügend kennengelernt, um zu wissen, daß man denen besser aus dem Weg geht.« Natürlich redete er auch damals schon gegen das hartnäckige Plärren des Fernsehers an. Sein Blick war starr auf den Bildschirm geheftet, er brauchte aber anscheinend nicht zuzuhören. Vielleicht litt er auch unter fortschreitender Taubheit. Er rauchte eine Pfeife, während er eine zweite auskratzte. »Hätte Arthur auch nur einen Funken Verstand besessen, hätte er ein Gewehr im Haus gehabt. Ein bißchen Peng-Peng, und das Pack wäre im Handumdrehen verduftet, das könnt ihr mir glauben.«

Meine Mutter sagte dann nur: »Vater, bitte«, stand auf und ging in die Küche. Manchmal rief er ihr nach: »Mein Gott, Jenny, verstehst du denn gar keinen Spaß? Oder willst du ihm etwa dein Leben lang nachtrauern, verflucht nochmal?« Sie antwortete nicht. Sie antwortete nie. So ist meine Mutter. Was mich betrifft, so weiß ich noch, daß sie mir furchtbar leid tat, ich mich aber nicht überwinden konnte einzugreifen, denn ich hegte schon damals die Vermutung, daß Großvater trotz seiner unwirschen und beleidigenden Art im Grunde recht hatte. Wozu war das Missionieren gut? Hatte es irgendeinen Sinn? Mein Vater mußte verrückt gewesen sein, in die Wildnis zu gehen, zu diesen Schwarzen mit ihren Knochen in der Nase, ihren Trommeln und ihren komischen Kleidern, wenn sie überhaupt etwas anhatten (wir besaßen Fotos). Nicht, daß ich damals in einem Alter war, in dem man progressiv denkt und von der Gleichwertigkeit aller Kulturen und Religionen überzeugt ist. Ganz im Gegenteil. Aber irgendwie glaubte ich von klein auf nicht an die Rettung und Wandlung von Seelen. Intuitiv wußte ich schon immer, daß die Menschen eben sind wie sie sind und auch so bleiben, daß sie bestenfalls mit der Zeit immer mehr sie selbst werden, immer mehr dem Charakter entsprechen, den sie für ihr Schicksal halten. Ähnlich wie es Schicksal ist, schwarz oder weiß zu sein. Das ist es doch, was das Selbst ausmacht, oder? Denn wer sind wir sonst?

Nur Peggy protestierte. Nur sie nahm Vater in Schutz. Sie sagte:»Sowas darfst du nicht sagen, Großpapa.« Wir saßen, lagen oder standen in dem verräucherten Vorortwohnzimmer in West-London: geblümter Teppich, Tapete mit einem Muster aus Königskronen und Zeptern, der graue Fernseher, der die Zeit achtlos in halbstündige Häppchen von diesem oder jenem aufteilte. Peggy sagte:»Schwarze haben auch eine Seele, genau wie wir. Ganz bestimmt. Ob schwarz, ob weiß, ob arm, ob reich, in den Augen des Herrn sind alle gleich.«

Wie alt mag sie gewesen sein, sieben, acht? Sie trug einen Pferdeschwanz und stand pausbäckig und mollig neben Großvaters Sessel. Sie sagte:»Papa war ein guter Mensch. Er liebte unseren Herrn Jesus und wollte die Heiden bekehren, damit sie nicht in die Hölle kommen. Und jetzt ist er im Himmel und wartet dort auf uns.«

Während sie redete, tat mein Großvater natürlich weiter murrend und knurrend seine Vorurteile kund, denn es handelte sich hier weniger um ein Gespräch, als um zwei Personen in ganz unterschiedlichen Lebensphasen, die in gegenseitiger Anwesenheit ihren Text aufsagten.»Der Mann hätte lieber mal an seine Frau und seine Kinder denken sollen, statt bloß an diese verfluchten Schimpansen.«

Manchmal hörte ich meine Mutter in der Küche leise weinen.

»Gott sorgt für uns«, sagte Peggy beharrlich.

»Und zwar mit Hilfe der Pension eines Trottels wie mir«, entgegnete Großvater. Bis er sich schließlich vom Bildschirm abwandte und sie aus tiefliegenden braunen Augen ansah. In denen aber immer noch ein Funkeln lag. Er trug wahrscheinlich seine dunkle Ausgehweste und hatte die Hemdärmel hochgerollt; eine schwer atmende, imposante Erscheinung.

Peggy hielt seinem Blick stand und sagte: »Sei doch nicht so ein mürrischer alter Griesgram, Großpapa. Es ist Sünde, griesgrämig und mürrisch zu sein.«

Nicht ihre Worte, sondern ihr Anblick ließen ihn letztendlich sein rassistisches Genörgel vergessen. Irgendwann sagte er: »Komm mal her, meine kleine Peggy. Komm her und setzt dich auf Großpapas Knie.«

Sie schmollte. Gut möglich, daß sie die Hände in die Hüften gestemmt hatte. Wahrscheinlich war sie sich bereits über die Wirkung gewisser Posen im klaren. Und Großvater wußte sie zweifellos zu würdigen. Er griff gern nach Peggy, setzte sie auf sein Knie, drückte sie fest an sich und sagte Dinge wie: »Mein Herzblatt, meine Peggy. Ich mag süße kleine Mädchen, die Temperament haben.«

Meine Mutter kochte für uns, Großvater stritt sich mit Peggy oder schmuste mit ihr, und gegen halb sieben kam Tante Mavis nach Hause, ließ sich in einen Sessel fallen, streifte ihre Schuhe ab, wodurch wir in den Genuß einer Duftfahne kamen, über die niemand ein Wort verlor, und zündete sich eine Zigarette an. Ich erinnere mich sogar an die Marke, Park Drive. Die ersten Zigaretten, die ich selber probierte. Ich stahl sie aus ihrer Handtasche. Mit Tante Mavis und Großpapa verbrachten wir so bei ständig geschlossenen Fenstern, um »die Feuchtigkeit« nicht hereinzulassen, die 60er Jahre in einem dicken Virginiatabak-Smog.

Ganz ruhig erklärte meine Mutter mir und Peggy, wenn sie uns für sich alleine hatte, zum Beispiel auf dem Weg zur Kirche: »Rauchen ist schlecht. Es ist ein Mißbrauch des Körpers, den der Herr uns gegeben hat.« Sonst kritisierte sie Großvater niemals offen. Sie sagte: »Unser Körper ist wertvoll, heilig. Jeder menschliche Körper ist ein Tempel des Herrn, nach seinem Bild geschaffen. Deshalb dürft ihr niemals rauchen.« Man hätte vermutlich einwenden können, daß der Märtyrertod einen viel größeren Mißbrauch dieses Abbilds von Gott darstellte, das wir in Ehren halten sollten. Aber als kleiner Junge kam mir dieser Gedanke nicht, und später erschien es sinnlos, so grausam zu sein, denn wenn man erstmal über achtzehn ist, hat man gelernt, sich anzupassen statt sich aufzulehnen. Man hat seine Freiheit bereits errungen. Oder jedenfalls denkt man das in dem Alter.

Gemäß ihrem festen Glauben an die Heiligkeit des menschlichen Körpers trug meine Mutter kein Make-up, keine Ohrringe, überhaupt keinen Schmuck außer ihrem Ehering und ihrem Verlobungsring; sie war eine wohlproportionierte, wahrscheinlich recht attraktive Frau mit kastanienbraunem Haar und besaß eine unauffällige, ruhige, ernste Ausstrahlung. Ihre Schwester Mavis dagegen schminkte sich stark und machte mit ihrem Haar und ihrer Haut alles, was die Mode der jeweiligen Saison vorschrieb. Kaum zwei Jahre jünger als meine Mutter, äffte sie dennoch das Verhalten und die Schwärmereien der jungen Mädchen nach, mit denen sie in der Fabrik zusammenarbeitete. Ich weiß noch wie sie, als sie schon weit über dreißig war, immer noch mit jugendlicher Verträumtheit von ihrem ›Traumprinzen‹ und der großen Familie, die sie haben würde, erzählte, obwohl sie wahrscheinlich noch kein einziges Mal geküßt worden war. Sie war häßlich. Ihr Gesicht war seltsam flach, sie hatte kein Kinn, und ihre Augen standen irgendwie schief, so daß einen immer nur eines direkt anzublicken schien.

Als ich älter wurde, erkannte ich, daß Tante Mavis eine komische, ja lächerliche Figur war. Sie sprach manchmal ganz unvermittelt, lachte ohne ersichtlichen Grund laut los, oder brach statt dessen in Tränen aus. Mit etwa neun oder zehn fing ich an, mich ernsthaft für sie zu schämen, besonders, wenn ich Freunde mit nach Hause brachte. Ich schämte mich, daß sie überhaupt zur

Familie gehörte. Es kam mir seltsam vor, Menschen, in deren Gegenwart ich mich nicht wohl fühlte, dulden zu müssen. Unentwegt brabbelte sie und klatschte in die Hände, wiederholte den Tratsch aus der Fabrik in allen Einzelheiten, und dabei lag ein merkwürdig leerer Ausdruck auf ihrem konturlosen Gesicht, eine beunruhigende Zerstreutheit. Tante Mavis war kein normaler Mensch. In ihrer Freizeit sah sie entweder fern oder widmete sich dem Elvis-Presley-Fanclub in Harrow, von dem sie behauptete, sie habe ihn mitbegründet. Und vielleicht stimmte das sogar. Albern genug war die Idee. Ich weiß nur, daß ich, während sie ununterbrochen zusammenhanglos und mit aufgeregter Stimme vor sich hin murmelte, mir inständig wünschte, sie würde sich in Luft auflösen.

Zwanzig Jahre später, im Verlauf des monatelangen Guerrillakrieges, der unsere Ehe bis ins Innerste erschütterte, sagte mir Shirley, ich sei ganz und gar von meiner Familie geformt worden. Ich hätte die übertriebene Frömmigkeit meiner Mutter, die Grobheit meines Großvaters und die Amoralität meiner Schwester angenommen, und dazu eine beachtliche Portion von Tante Mavis' Dummheit. So etwas sagt man wohl im Streit, nehme ich an; ich selber finde diese Behauptung vollkommen abwegig. Was ist das für eine Mischung? Frömmigkeit, Grobheit, Amoralität?

»Das paßt nicht zusammen«, erklärte ich ihr.

»Genau«, sagte sie, »du bestehst aus einem Haufen Widersprüche, George Crawley. Unerfreulichen noch dazu.«

Aber das war die gute alte Zeit, vor Hilary. Ich entsinne mich nicht, daß Shirley und ich uns später je wieder so gedankenlos und genüßlich gestritten haben.

VERWUNDETE

Meine Mutter führte ein seltsames Leben. Zu Hause in der Gorst Road war sie kaum mehr als eine Sklavin. Sogar Tante Mavis stellte Forderungen an sie. Sie sagte:»Ich bin eine moderne, berufstätige Frau und verdiene die Brötchen, da kann ich doch wohl erwarten, daß man das Bett für mich macht.« Sie blinzelte stumpfsinnig.

Mutter fügte sich. Sie machte alles. Sie kaufte ein, kochte, wusch ab, putzte, nähte, erledigte die Gartenarbeit, stopfte, scheuerte, wusch und bügelte. Sie war immer müde, ihre Haut immer rauh von der Arbeit. Und jetzt wird mir klar, daß sie, abgesehen von dem kurzen Zwischenspiel ihrer Ehe, der Zeit in Afrika, schon seit ihrer frühesten Jugend, seitdem ihre eigene Mutter tot war, mehr oder weniger dasselbe tat, und zwar in ein und demselben Haus. Ohne dafür je Lohn, geschweige denn Dank zu erhalten. Es gab niemanden, der ihre Arbeit nicht als selbstverständlich hinnahm.

Aber das Komische war, daß Mutter in unserer Kirche, der örtlichen Methodistengemeinde, eine äußerst wichtige Position innehatte. Sie bereitete Versammlungen vor, las aus Bibeltexten, organisierte Tagungen und Ausflüge: eine entschlußfreudige, tatkräftige und angesehene Frau mit einer lauten, vollen Singstimme. Wir sangen»Streitst du nicht wie ein tapfrer Held«, und ihre Stimme dröhnte triumphierend. Denn Vater hatte tapfer gestritten. Wir sangen:»Die Heiligen ruh'n von ihren Müh'n«, und ihr standen die Tränen in den Augen beim Gedanken an die verdiente Ruhe meines Vaters, der für sie ein Heiliger gewesen war.

Sie wurde geliebt, sogar verehrt. Die Leute kamen mit ihren

Sorgen zu ihr. Sie kamen mit intimen und ernsten Problemen zu ihr, sogar mit rechtlichen Problemen. Für sie war sie Trösterin und Prophetin zugleich. Die Leute kamen und weinten sich bei ihr aus, beteten mit ihr, erzählten ihr alles. Noch heute finde ich diese Tatsache erstaunlich. Ich selber brachte es nicht fertig, mit meiner Mutter über irgendetwas zu sprechen, weder über Religion noch über meine eigenen heftigen Zweifel, meinen toten Vater, das schlechte Benehmen meines Großvaters, Tante Mavis' Absonderlichkeit, und am wenigsten über die Pubertät (bei Peggy glich sie einer Explosion, körperlich und auch was ihr Verhalten anging, bei mir verlief sie langsamer, verstohlener, anfangs hatte ich Schuldgefühle, später wurde ich kühn und heimlichtuerisch). Ich brachte es nicht fertig, über persönliche Dinge mit ihr zu sprechen, und sie machte auch ihrerseits keinen Versuch, ein Vertrauensverhältnis zu mir aufzubauen, und ebensowenig zu Peggy, die dank ihrer Schulfreundinnen zu meiner Hauptquelle für die lebenswichtigen Informationen wurde, auf die man in diesem Alter ständig aus ist.

Ich weiß noch, wie ich einmal in Mutters Handtasche schaute. Ich sollte Kleingeld für die Kollekte holen. Aus irgendeinem Grund ging sie an dem Tag nicht mit zur Kirche. Sie hatte manchmal Probleme mit den Hüften. Irgendwelche schmerzhaften Anfälle. Und als ich in dem Durcheinander aus Taschentüchern, Schlüsseln und Zetteln nach ihrem Portemonnaie kramte und den unvergeßlichen Geruch ihrer Tasche nach geputzter Nase und altem Leder einsog, stieß ich auf ein Tampon, einen in Reispapier verpackten zylindrischen Gegenstand. Ich fragte: »Was ist das, Mama?« Sie wurde prompt nervös. Ich bohrte sofort nach. »Was ist das?« »Leg es weg.« »Aber was ist es denn, Mama?«

Rückblickend sollte man meinen, daß dies eine günstige Gelegenheit gewesen wäre, den kleinen George aufzuklären, ihm den Weg zu einem reifen Verständnis des weiblichen Körpers zu weisen. Aber nein, sie sagt: »Es ist eine Zigarre.« Ich würde es nicht beschwören, aber wahrscheinlich war dies das einzige Mal, daß meine Mutter mich rundheraus belogen hat. »Für Großvater.«

Ich betrachtete die lange Röhre in der dünnen Papierhülle. Der Form nach konnte es eine Zigarre sein, eine von den großen, für die im Fernsehen mit Orgelmusik geworben wurde. Ich sagte: »Aber du magst es doch nicht, wenn Großpapa raucht.« »Zum Geburtstag.« Sie wand sich vor Verlegenheit. »Der ist doch am nächsten Freitag.« Sie brachte ein gequältes Lächeln zustande. »Zu seinem Geburtstag können wir schon mal eine Ausnahme machen. Gott segne ihn, den Guten.«

Und ich schluckte es. Das bemerkenswerte an der Sache war, daß sie dem alten Mann tatsächlich eine Zigarre zum Geburtstag kaufte. Schon ein komischer Gedanke, nicht wahr, daß meine Mutter bei all ihrer Prüderie so gerissen und einfallsreich sein konnte. Wozu? Um meine Unschuld zu schützen? In einer Welt, wo man an jeder Wand die schlimmsten Sprüche lesen kann? In einer Familie, in der mir Peggy noch am selben Tag alles erzählt und sich über meine Unwissenheit lustig gemacht hatte, mir sogar äußerst anschaulich (mit Hilfe eines Wattestäbchens) demonstriert hatte, wie man ein Tampon einführt?

Dennoch kamen alle aus der Gemeinde mit ihrem Kummer und ihren Nöten zu dieser Frau. Sie kamen nach dem Gottesdienst zu ihr in den Saal, wo wir Kaffee tranken, und sie ging dann mit ihnen in die Sakristei und ließ Peggy und mich so lange im Hof herumtollen, zwischen Stapeln von Briketts und Dachziegeln, die man entfernt hatte, weil sie herunterzufallen drohten. Die Leute kamen auch zu uns nach Hause in die Gorst Road, manchmal sogar noch spät abends; dann ging sie mit ihnen in ihr Zimmer. »Schon wieder einer von den Verwundeten«, verkündete Großvater, wenn während *Solo für O.N.K.E.L.* oder der *Harry Worth Show* das Ding-Dong der Türklingel ertönte. »Holt das Verbandszeug. Ruft die Schwester. Oder werden die Sterbesakramente gebraucht?« Und als eines Samstagnachmittags ein

Schwarzer kam, bewies er sein außergewöhnliches Talent für Geschmacklosigkeiten, indem er sagte: »Meint ihr nicht, wir sollten ihn filzen? Ich will keinen Ärger kriegen.«

Aber trotz seiner Vorurteile und seines Spotts hielt Großvater niemanden davon ab, hereinzukommen. Selbst den ungepflegtesten Landstreicher nicht (meine Mutter war dafür bekannt, daß sie Vagabunden in der Küche mit Tee bewirtete – »Vier Stück Zucker bitte, gnädige Frau«); und auch nicht die ab Mitte der sechziger Jahre vereinzelt auftauchenden Inder (Schwarze verachtete Großvater, Inder aber verabscheute er geradezu). Auch das war und ist bemerkenswert an meiner Mutter: soviel Hohn sie auch auf sich zieht, in der Regel setzt sie doch ihren Willen durch; und wenn sie auch keine Widerworte gibt, so geht trotz ihrer Passivität doch etwas Respektgebietendes von ihr aus, eine gewisse Macht, und der weiche Blick aus ihren braunen Augen besitzt eine ungeheure Überzeugungskraft. Charisma. Sie betrachtete das, was sie tat, als ihr ›Amt‹.

»Mein Amt«, hörte ich sie zur Erklärung sagen, als sie den Heiratsantrag von Eddie Foulkes, dem die Hallmarks Kunststoff-Fabrik gehörte und der bei der Kollekte immer einen Zehner auf den Teller legte, ablehnte. Ich kniete im Halbdunkel auf dem oberen Treppenabsatz auf dem durchgescheuerten Teppich. Die beiden standen unten im Windfang. Sie hatte den Herrn im Gebet befragt, und der Herr hatte nein gesagt.

Großvater wurde fuchsteufelswild, als ich es ihm erzählte, und es gab einen fürchterlichen Krach. Sie stellte ihren Gebetsquatsch über das Wohl der Familie. Verflucht nochmal, war es nicht schlimm genug, daß ihr Mann von einem Haufen Wilder umgebracht worden war? War es nicht schlimm genug, daß sie von der Sozialhilfe lebte, daß wir uns nicht mal etwas Anständiges zum Anziehen leisten konnten? Mutter sagte, Eddie sei geschieden, und sie könnte niemals einen Mann heiraten, der einen feierlichen Schwur gebrochen hatte. Was war ein Versprechen dann noch wert? Großvater lief vor Zorn blau an. Er spie Gift und Galle. Peggy sagte, alle möglichen Leute ließen sich scheiden und sie verstehe das Problem nicht, besonders da die beiden sich doch anscheinend mochten. Sie fand Eddie prima. Mutter weinte nicht; Mutter weinte nur, wenn sie um jemandes Seelenheil bangte. »Wenn *ich* den ganzen Tag untätig zu Hause herumsäße, hätte ich vielleicht auch bessere Heiratschancen«, sagte Mavis.

Es war eine häßliche Szene und zum Teil meine Schuld, denn ich hatte gehofft, die anderen könnten Mutter vielleicht umstimmen, und dann hätten wir in Eddies großes Haus in Ealing ziehen können. Außerdem glaubte ich wirklich, es wäre das beste für sie. Großvater hörte nicht auf zu toben. Ich glaube, er hat sie damals sogar geschlagen. Schließlich hielt ich es nicht mehr aus, ging durch die Hintertür nach draußen und kickte einen Ball gegen die Wand. Ich beschloß, wenn ich erst einmal meiner Familie entronnen war und mein Leben selbst bestimmen konnte, niemals wie Großvater grundlos gemein oder gewalttätig zu sein, mich aber auch niemals wie Mutter mit Personen oder Situationen abzufinden, durch die das Leben unerträglich wurde. Ich würde ehrlich und vernünftig sein, großzügig, wenn Großzügigkeit angebracht war, und ich würde auf jeden Fall einen Weg einschlagen, der zu einem glücklichen, anständigen, normalen Leben führte.

Als Entwurf eines moralischen Kodex gar nicht schlecht, oder? Für einen Vierzehnjährigen? Und es ist meine ehrliche Überzeugung, daß ich mich bis heute daran gehalten habe.

Obwohl Shirley erst vor etwa einem Monat, als sie meine Mappe mit den Zeitungsausschnitten fand, sagte: »Ist dir eigentlich klar, wie unmenschlich du bist? Ist dir das klar? Ich weiß genau, was du denkst.«

»Nur allzu menschlich«, erwiderte ich, »wenn man danach geht, was da in den Artikeln steht.«

Aber Shirley gehörte zu diesem Zeitpunkt bereits selber zu den Verwundeten.

Eine gewisse Würde

Tante Mavis fand schließlich ihren Traumprinzen. Bob Hare war ungefähr zehn Jahre jünger als sie, arbeitslos, so mager, daß er gebrechlich wirkte, und Mormone. Er sprach mit der extremen, abweisenden Zurückhaltung eines Menschen, der immer damit rechnet, schlecht behandelt zu werden. »Oh Gott«, ließ Großpapa nach seinem ersten Besuch vernehmen, »ein Scheißhaufen auf zwei Beinen. Und ich dachte, mich könnte nichts mehr überraschen.«

Bob verbrachte seine Zeit damit, an den Haustüren von Shepherds Bush und Holland Park für seinen Glauben zu werben. Trotz seiner Schüchternheit war er offenbar sehr hartnäckig und schaffte es unter Aufbringung seines ganzen Mutes immer wieder, einen Fuß in die Tür zu bekommen und seinen Text herunterzurasseln: das Buch Mormon, der moralische Verfall unserer Gesellschaft, der einzige Weg zur Erlösung, die Bedeutung der Familie, und so weiter und so fort. Schroffe Ablehnung war daher die Reaktion, die ihm am vertrautesten war. Er bezog Arbeitslosenhilfe und Wohngeld, was meinen Großvater anwiderte; seine Haut war von ungesunder Blässe und er sah verkniffen, gehetzt und kränklich aus. Das einzig Anziehende an ihm war vielleicht die gequälte und zugleich quälende, hohlwangige, sanftäugige Leidenschaft, die man oft auf Schwarzweißfotos von Flüchtlingen oder streikenden Arbeitern findet. Mutter sah rot, obwohl sie sorgsam darauf bedacht war, ihn den »lieben armen Bob« zu nennen. Tante Mavis ließ sich auf keine Diskussion ein und heiratete ihn schon nach ein paar Monaten, ohne uns ein Wort zu sagen, so daß sie eines späten Samstagnachmittags ganz überraschend ihre Siebensachen zusammenpackte und sich, die unförmigen Schenkel in eine enge Freizeithose gezwängt, auf den Weg zu seiner Einzimmerwohnung in Haringey machte.

Wo sie bald darauf eine Fehlgeburt hatte. Und dann noch eine. Das erfuhr ich von Peggy, die ein Gespräch zwischen Mutter und Großvater belauscht hatte. Mutter, die sich große Vorwürfe wegen dieser unüberlegten Heirat machte und den beiden regelmäßig Besuche abstattete, bat mich, sie zu begleiten, um Mavis aufzuheitern, sagte mir aber nur, sie sei niedergeschlagen. Ich weigerte mich. Meine Mutter bestand darauf. Warum sollte ich? fragte ich. Hatte Mavis mich je besucht? Wahrscheinlich war ich einfach verärgert darüber, daß ich mit sechzehn oder siebzehn oder wie alt ich damals war, in ernste und intime Familienangelegenheiten immer noch nicht eingeweiht wurde, daß man mich wie ein Kind behandelte und meine Meinung nicht zählte. Ich sagte, ich würde nicht hingehen, es sei denn, Mavis selber bat mich darum. Mutter warf mir vor, meine Einstellung sei unchristlich und selbstsüchtig. Ich wies darauf hin, daß die anderen auch nicht gebeten wurden mitzugehen, weder Peggy noch Großvater. »Wir können ja hinterher in die Stadt gehen«, bettelte sie, »und uns etwas anschauen, was dich interessiert.« Denn es war und ist für Mutter sehr wichtig, daß der Anschein von Zusammenhalt innerhalb der Familie gewahrt bleibt.

Nach einer langen Fahrt mit Londoner Stadtbussen durch deprimierende Straßen in den Neubausiedlungen, aus denen bereits Slums geworden waren, erreichten wir einen Wohnblock, kletterten über teppichlose Stufen vier Treppen hoch und kamen an eine schmutzig-gelbe Tür, vor der als Fußabtreter ein Lappen lag. Auf einem Zettel stand: »Klingel kaputt. Klopfen bitte.«

Ich werfe Mutter wirklich vor, daß sie sich nie die Mühe gemacht hat, herauszufinden, was mit Mavis los war. Ich meine, es ist ja schön und gut, zu jedermann freundlich und großzügig zu sein, aber meiner Ansicht nach haben wir unseren Angehörigen gegenüber gewisse strategische Verpflichtungen, die wesentlich wichtiger sind. Mavis war offenbar nicht ganz richtig im Kopf. Das merkte man schon an der instinktiven Herablassung, mit der die Leute sie behandelten, nicht unfreundlich, sondern eher nachsichtig, so wie man Tiere, Schwachsinnige oder kleine Babys behandelt. Dennoch ging meine Mutter der Sache nicht auf den Grund. Meines Wissens wurde wegen Mavis' sonderbaren Gesichtszügen oder ihrer geistigen Zurückgebliebenheit nie ein Arzt um Rat gefragt. Mavis wurde von Anfang an so akzeptiert, wie sie war: dumm, kindisch und häßlich. Es mag ja lobenswert sein zu sagen, wir seien alle Geschöpfe Gottes, egal was mit uns los ist, aber ich bin doch entschieden der Meinung, daß Mutter in diesem Fall ihre Pflicht vernachlässigt hat.

Bob war gerade auf dem Sozialamt. Mavis lag im Bett, aß Süßigkeiten und rauchte. Während sie ein Stück Karamel aus ihren Zähnen pulte, sprach sie in meiner Anwesenheit ganz offen über ihre Fehlgeburten, obwohl meine Mutter sie anfangs durch Stirnrunzeln und Handzeichen davon abzuhalten versuchte. Mutter wollte wissen, ob die Ärzte etwas über die Ursachen gesagt hätten, und Mavis lachte und sagte, nein, nichts, das irgendeinen Sinn ergab. Sie blies den Rauch zuerst durch das eine, dann durch das andere Nasenloch. Sie und Bob waren fest entschlossen, sagte sie. Sie hatten hauptsächlich wegen der Kinder geheiratet. Er war ganz wild auf Kinder.

Ich wäre am liebsten gleich wieder gegangen, weil die Wohnung so unbehaglich war und stank und weil ich das alberne Geschnatter meiner Tante peinlich fand. Jetzt zeigte sie uns ein paar Babysachen, die sie gekauft hatte. Sie war sicher, es würde ein Junge sein. Sie kicherte. Wenn es sich endlich entschließen würde zu kommen. Ich weiß noch, wie sie ihren massigen, birnenförmigen Körper von einer Seite des Bettes auf die andere wälzte, um etwas vom Fußboden aufzuheben; dabei stöhnte sie, und die

Asche ihrer Zigarette fiel auf die Bettdecke. Ich wollte bloß weg; ich werde manchmal in unbehaglichen Situationen ganz panisch, ich ertrage es kaum und habe das Gefühl, an meinem Unbehagen sterben zu müssen; aber Mutter fühlte sich natürlich verpflichtet, das Geschirr abzuwaschen, den Teppich zu saugen, zu retten, was nicht mehr zu retten war. Ich bot meine Hilfe an, damit es schneller ging, wurde aber angewiesen, Mavis Gesellschaft zu leisten und meinen Tee zu trinken.

Ich stand neben dem Bett, die Hände in den Hosentaschen vergraben. Ich wollte keinen Tee. Ich hatte meine ganze Kindheit mit Mavis unter einem Dach verbracht, ohne je mit ihr zu sprechen. Warum sollten wir uns plötzlich etwas zu sagen haben? Ich erzählte ihr, daß wir anschließend in die Stadt gehen wollten, um uns die Briefmarkensammlung der Queen anzusehen. Ich erzählte ihr, daß Peggy sich einen Hund angeschafft hatte, sich aber nie um ihn kümmerte, weil sie die ganze Zeit damit beschäftigt war, in einer Rockgruppe Schlagzeug zu spielen. Großvater verabscheute das Tier. Ich erzählte ihr, daß ich in ein oder zwei Jahren auf die Universität gehen würde, um von zu Hause wegzukommen. Mavis nuckelte am Daumen. Ich fragte sie, ob es ihr gefiel, verheiratet zu sein, und sie sagte, es wäre nicht schlecht, und aufzuhören zu arbeiten sei das beste, was ihr je passiert sei, da sie jetzt länger schlafen könne und sich nicht mehr an den heißen Maschinen die Hände zu ruinieren brauchte. »Da fällt mir ein«, sagte sie, »wo ist eigentlich mein Lippenstift?«

Dann kam Bob nach Hause. Er blieb klapprig und mit verfilzten Haaren in der Tür stehen und betrachtete meine Mutter, die auf den Knien lag und an einem Fleck auf dem Teppich herumschrubbte. Das Zimmer war ziemlich groß, etwa zwanzig Quadratmeter, aber weil sich alles darin befand, Kochecke, Bett, Tisch, Sessel, Sofa, wirkte es vollgestopft, und es hatte zur Straße hin ein Fenster mit orangefarbenen Vorhängen, das durch die Erschütterungen des starken Verkehrs unablässig klapperte.

»Das ist nicht nötig«, sagte er barsch. »Das hätte ich schon selber gemacht.«

Er trat näher und es war unmöglich, nicht zu bemerken, daß er getrunken hatte. Er sah streitlustig aus, als wolle er jeden Moment zuschnappen.

»Wir putzen hier jeden Tag«, beharrte er. Seine Augen waren rot.

Während meine Mutter sich zum Gehen fertigmachte, vollführte sie mit Blicken und Kopfbewegungen das reinste Mimentheater, um ihm zu bedeuten, er solle mit nach draußen kommen, damit sie über Mavis sprechen konnten. Selbst ein Stein hätte das begriffen, aber Bobs ausgemergeltes Gesicht nahm nur einen verwirrten Ausdruck an. Ich zog ungeduldig an Mutters Mantelärmel. Mavis saß aufrecht im Bett und starrte kinnlos ins Leere. Wie alt mag sie gewesen sein? Sechsunddreißig? Achtunddreißig? Mutter machte erneut ihre Zeichen. Möglicherweise dämmerte Bob, was sie meinte, denn er sagte: »Es geht uns gut. Wir brauchen keine Hilfe.« Er wirkte verkrampft.

»Tschüssi, meine Süße«, rief Mutter an ihm vorbei ihrer Schwester zu. Auf der Treppe hörten wir über uns laute Stimmen und Geschrei. Mutter hielt für den Bruchteil einer Sekunde inne, dann beschleunigte sie ihre Schritte.

Mit was für einem Gefühl der Erleichterung trat ich auf die Straße hinaus und sog die frische Luft ein! Ich war schon vorgelaufen. Denn, wie ich in letzter Zeit Shirley gegenüber so oft betont habe: Das Leben sollte doch eine gewisse Würde haben, nicht wahr? Eine gewisse Würde. Bitte! Ich finde, sonst kann man genausogut tot sein.

Ein klassischer Fall

Der erste Anlaß, bei dem ich mein Gewicht in die Waagschale warf, um den Ausschlag in Richtung Vernunft und gesundem Menschenverstand zu geben, war Peggys erste Schwangerschaft. Ich muß damals schon in Leicester gewohnt haben. Shirley und ich waren zusammengezogen; wir hatten eine recht annehmbare Doppelhaushälfte ein paar Meilen von der Universität entfernt gefunden. Die Wohnung war kostspielig, aber wir teilten sie uns mit zwei anderen Studenten, und Mr. Harcourt, Shirleys Vater, sorgte unwissentlich für alles, was ich mir nicht immer leisten konnte.

Es kann gar nicht genug betont werden, was für eine Erleichterung dieser Umgebungswechsel für mich bedeutete, wie wunderbar es war, endlich, endlich nicht mehr befürchten zu müssen, daß Mutter alles mitbekam, was man tat, ihr vorwurfsvolles Schweigen, ihr beharrliches, wenn auch nie ausgesprochenes »Folge meinem Beispiel!« nicht mehr ertragen zu müssen. Ich fuhr während des Trimesters nicht nach Hause, schon gar nicht wegen so unbedeutender Ereignisse wie Großvaters Prostatektomie oder Tante Mavis' Selbstmordversuch. Mutter schrieb und bat mich zu kommen, und ich schrieb zurück, fragte, was ich denn tun könne und erklärte ihr, das Wichtigste für mich sei schließlich, den bestmöglichen Abschluß zu machen, um so der Armutsfalle zu entkommen, in der Mitglieder der ungelernten unteren Mittelschicht wie ich in unserer zukünftigen Welt hochentwickelter Technologien und hoher Arbeitslosigkeit aller Wahrscheinlichkeit nach enden würden.

Mutter schrieb, das verstehe sie zwar, aber es wäre doch schön, wenn ich wenigstens ab und zu nach Hause kommen könnte, und sie hielt mich auf dem laufenden über Ereignisse wie den Tod von Peggys Hund Jagger (dem Großvater Hühnerknochen zu fressen gegeben hatte), die Gemeindeversammlungen, auf denen sie Reden hielt, was sie gekocht hatte, als der-und-der Missionar aus Borneo oder der-und-der Geistliche aus Nigeria zum Mittagessen da waren, berichtete von ihren Kontakten zu Peggy (daß sie in der Bruchbude, in der meine Schwester als Hausbesetzerin lebte, gründlich saubergemacht hatte, daß sie ihr zehn Pfund geliehen hatte, die sie wahrscheinlich nie wiedersehen würde), von einer streunenden Katze, die sie aufgenommen hatte, einem Landstreicher, dem sie Essen gegeben hatte und der Großvaters Lieblingsfeuerzeug mitgehen ließ, über die Bekehrung von Soundso, nachdem Soundso vor der Jugendgruppe gesprochen hatte, über Gespräche mit den Nachbarn von nebenan über den Zustand der Abwasserrohre unter dem Garten und unseren Ahornbaum, der ihnen im vorderen Zimmer das Licht wegnahm, den morschen Gartenzaun, den sie erneuern lassen wollten, was Mutter sich aber nicht leisten konnte und so weiter und so fort.

Ich fuhr nicht nach Hause. Ich war so glücklich wie nie zuvor: Studium, Vergnügen, Partys, Unabhängigkeit, Sinnenfreuden, Shirley. Bis Mutter in der Mitte meines dritten Studienjahres ein Telegramm schickte: »Peggy in anderen Umständen. Bitte bitte komm.«

Es war eine der klassischen Situationen, in denen Menschen nicht das tun, was für alle Beteiligten das beste und bequemste gewesen wäre, und daher ein Vorbote kommender Ereignisse. Eingehender Betrachtung wert. Mavis, so stellte ich bei meiner Ankunft zu Hause fest (Mutters Briefe waren entschieden weniger informativ als sie sich gaben), war wieder in der Gorst Road eingezogen, nachdem sie eine halbe Flasche Bleichmittel getrunken hatte. Ihr zweiter Versuch. Sie erhielt nur die Mindeststütze und verbrachte ihre Zeit damit, in ihrem Zimmer alte Elvis-

Presley-Platten zu hören und Bob nachzutrauern, der inzwischen bei den Mormonen ausgetreten war und sich einer fernöstlichen Sekte angeschlossen hatte, die ihr Zentrum in Indonesien hatte und von einer charismatischen Figur angeführt wurde, welche sich der Bapi nannte. Das hatte Mavis verwirrt. Der Bapi hatte Bob wie jedem Konvertiten befohlen, einen neuen Namen anzunehmen. Daher hieß Bob jetzt Raschid. Der Hauptgrund für ihre Trennung war anscheinend gewesen, daß Mavis, in einer überraschenden Demonstration von Unabhängigkeit, Bob zur Weißglut gebracht hatte, indem sie sich weigerte, ihn Raschid zu nennen und auch nur in Erwägung zu ziehen, ihren eigenen Namen ebenfalls zu ändern. Sie hieß Mavis und sie wollte auch Mavis genannt werden. Das einzig Erfreuliche an der Geschichte war, daß sie guten Stoff für Partygespräche abgab. Finanziell war das ganze eine Katastrophe.

Peggy war inzwischen in ein besetztes Haus in Islington gezogen, spielte Schlagzeug in einer kleinen Folk-Band und half in einem Dritte-Welt-Laden in der Camden High Street aus, in dem es schon dreimal eine Razzia wegen Verdachts auf Drogenhandel gegeben hatte. Vor ein paar Tagen war sie aus der besetzten Wohnung geflogen und daraufhin für eine Weile nach Hause gekommen, eher um einen Besuch abzustatten als aus echter Not, denn Peggy hätte jederzeit überall in der Stadt ein Bett finden können, so weit gesteckt war und ist der Kreis ihrer Freunde, oder vielmehr derer, die in ihr auf den ersten Blick ein Mitglied ihrer eigenen Subkultur erkennen.

Sie kam nach Hause, und beim Tee erzählte sie Mutter ganz beiläufig und ohne jedes Fingerspitzengefühl, daß sie schwanger war. Im weiteren Verlauf der Unterhaltung, während der Mutter mit ihrer gewohnten, unendlichen Behutsamkeit versuchte, näheres zu erfahren, bat Peggy sie um eine große, für unsere Verhältnisse sogar astronomische Geldsumme, ohne genauere Angaben zu machen, wofür sie das Geld brauchte. Worauf Mutter sofort die guten alten Zwei und Zwei zusammengezählt und mir telegrafiert hatte.

Ich traf gegen drei Uhr nachmittags ein. Sichtlich erregt, bei weitem nicht so heiter und souverän wie ihren Verwundeten gegenüber, fing mich Mutter, noch ehe ich klingeln konnte, an der Tür ab, um alleine mit mir zu sprechen: Sie habe Peggy in der Geldangelegenheit hingehalten, sagte sie, obwohl sie eine solche Summe in Wirklichkeit niemals aufbringen könne. Sie hatte sie hingehalten, damit sie nicht wieder ging, bevor ich eintraf. Sie wollte, daß ich mit ihr redete, anstatt es selber zu tun, denn sie wußte, daß Peggy sie für eine verknöcherte Betschwester hielt, und ein Rat von mir viel mehr Gewicht haben würde. Peggy respektierte mich. Sie sprach immer davon, wieviel gesunden Menschenverstand ich besäße und wie weit ich es gebracht hätte. Und außerdem war ich jung. Heutzutage spielte es eine große Rolle, welcher Generation man angehörte. Ich mußte ihr unbedingt klarmachen, daß es nicht richtig war, abzutreiben. Ganz und gar nicht richtig. Man tötete dadurch ein Kind. Es war Mord. Weiter gab es dazu nichts zu sagen, und all die neumodischen Argumente für die Abtreibung dienten doch bloß dem Vertuschen eigennütziger Motive. Ein Kind lebte und wurde einfach umgebracht, und es war wirklich eine Schande, daß etwas, das sich Frauenbewegung nannte, solches Gemetzel auch noch unterstützte. Peggy mußte das Kind unbedingt austragen. Sie mußte einfach. Wenn sie es nachher nicht haben wollte, würde Mutter es selber nehmen. Irgendeine Lösung würde sich schon finden. Es gab so viele Leute, die sich ein Kind wünschten und keins bekommen konnten.

Ich war irgendwie überwältigt. Als selbsternannte Sozialarbeiterin hatte Mutter doch sicher seit Jahren jeden Tag, oder zumindest jeden Monat, mit mehr oder weniger ähnlichen Situationen zu tun gehabt; eine Menge junger Mädchen aus der Gemeinde waren zu ihr gekommen, weil sie vom falschen Mann schwanger geworden waren, oder vom richtigen Mann zum falschen Zeitpunkt. Dennoch war die Dringlichkeit und Entschlossenheit, mit der sie mich jetzt zu überzeugen versuchte, außergewöhnlich. Die faltigen Winkel ihres weichen Mundes bebten. Sie preßte die Hände mit unnatürlicher Stärke gegeneinander. Im Flackern ihrer tränenfeuchten Augen, die mich so durchdringend ansahen, schien sich das Innerste ihrer Seele zu offenbaren. Man konnte deutlich sehen, daß für sie, für meine Mutter, eine simple Abtreibung in einer Vorstadtfamilie zu einem gigantischen metaphysischen Showdown zwischen Gut und Böse wurde. Engel und Teufel thronten ringsum auf den Möbeln.

»Bitte, George«, sagte sie. »Bitte.«

Ich kam gerade frisch, oder vielmehr verschwitzt, aus U-Bahn und Bus, und während ich versuchte, mich wieder an ihre Gebetsversammlungs-Rhetorik zu gewöhnen, wies ich darauf hin, daß Peggy das Geld wohl kaum für eine Abtreibung haben wollte, da Abtreibungen, ob es einem nun gefiel oder nicht, inzwischen vom National Health Service kostenlos durchgeführt wurden. Mutter stutzte. Ihr Atem ging schnell: »Aber natürlich. Natürlich. Wie dumm von mir. Wie dumm!« Dann fragte sie: »Könnte es sein, daß sie das nicht weiß?«

Peggy war anscheinend hinten im Garten und genoß den ersten Sonnenschein des Jahres. Ich sagte, ich würde mit ihr sprechen und herausfinden, wie die Dinge lagen. »Bitte«, sagte Mutter wieder. »Okay«, sagte ich.

Wir hatten uns mit gedämpfter Stimme im Windfang unterhalten, umgeben von dem stechenden Geruch nach Schuhen und welken Geranien, und als ich jetzt das Wohnzimmer und die Küche durchquerte, um nach hinten zu gelangen, fiel mir die Schäbigkeit meines früheren Zuhauses stärker auf als je zuvor. Die Tapete war speckig und gelbbraun, der Teppich zerschlissen – ein schräg liegender Läufer, ebenfalls stark abgenutzt, bedeckte ganz offensichtlich ein Loch in den Dielen vor der Türschwelle.

Das Sofa und der Sessel mit den verwaschenen, ursprünglich straffsitzenden Bezügen wirkten ramponierter und klobiger denn je. Ich schaute mich um und empfand einen bitteren Schmerz bei dem Gedanken, daß meine arme Mutter ihr Leben in dieser trostlosen Umgebung vergeudete. Ich spürte plötzlich eine starke moralische Kraft. Ich war der Erfolgreiche in der Familie. Ich würde bald mein Studium abschließen. Diese Menschen brauchten Hilfe, und ich war derjenige, der sie ihnen geben mußte. Anstatt fernzubleiben, sollte ich regelmäßig Besuche abstatten, um die Lage zu sondieren und zu entscheiden, was zu tun war.

Ich öffnete die Hintertür. Draußen befand sich ein Rasenstück von der Größe eines zweimal gefalteten Taschentuchs, umgeben von Rosensträuchern und weiteren, mir unbekannten Blumen, für deren Anpflanzung und hingebungsvolle Pflege meine Mutter neben allem anderen irgendwie auch noch die Zeit fand. Sie verbargen halbwegs den schwarzen, mit Kreosot gestrichenen schiefen Gartenzaun. Ich trat hinaus, bückte mich, um unter der Leine mit feuchter Wäsche hindurchzukriechen, und erblickte Peggy, die in BH und Hose ausgestreckt auf einem Flecken mit Löwenzahn lag und ihren stämmigen, blassen Körper der kaum wärmenden Sonne darbot. Ein schmuddeliger kleiner Hund, von dem mir niemand erzählt hatte, leckte träge ihre Rippen.

»Peggy.«

Sie setzte sich auf und zeigte ein breites, überraschtes Lächeln. »Du auch hier!« sagte sie. »Ein richtiges Familientreffen. Wie schön.« Ihre Brüste fielen schwer nach vorne, als sie sich aufrichtete. Sie kraulte den kleinen Hund. »Wie gefällt dir Theo? Er hat mir in Hampstead Heath aufgelauert und folgt mir seitdem auf Schritt und Tritt.«

Ich schob ein feuchtes grünes Nylonlaken zur Seite und hockte mich hin. Ich zögerte. Ich sagte: »Mutter sagt, du bist schwanger.«

Sie blinzelte immer noch, während sich ihre Augen an die Helligkeit gewöhnten. »Oh, du hast dir einen Schnurrbart wachsen lassen.« Sie brach in ihr typisches Lachen aus. »Du siehst damit wie einer von AC/DC aus.«

Mit leiser Stimme erklärte ich ihr, daß Mutter mir telegrafiert hatte, damit ich komme und ihr die Abtreibung ausrede, daß ich aber in Wirklichkeit voll und ganz auf ihrer Seite war. Voll und ganz. Sie brauche sich also keine Sorgen zu machen. Natürlich sollte sie abtreiben. Die Feministinnen hatten vollkommen recht. Ihr Körper gehörte ihr, und sie konnte damit machen, was sie wollte. Es war allein ihre Entscheidung. Wenn sie jetzt ein Kind bekam, was hatte sie dann noch für Aussichten auf eine Karriere? Ganz zu schweigen von dem armen Kind, das in dieser heruntergekommenen Umgebung aufwachsen müßte, noch dazu ohne Hoffnung auf einen Arbeitsplatz, wenn es groß war, und dann die politische Großwetterlage, die Bedrohung durch einen Atomkrieg und so weiter. Sah so eine Welt aus, in die man Kinder setzen sollte? Ich würde sie hundertprozentig unterstützen, falls Mutter versuchte, Druck auf sie auszuüben, es war sowieso an der Zeit, daß ich die Karten auf den Tisch legte, ihr endlich einmal mitteilte, was ich von ihren repressiven religiösen Ansichten hielt, aber andererseits ging es sie ja im Grunde nichts an, und vielleicht war es doch am besten, ihr gar nichts zu sagen und sie einfach vor vollendete Tatsachen zu stellen. Wenn sie …

»Aber ich will gar nicht abtreiben«, sagte Peggy blinzelnd.

Ich war verblüfft. Sie beugte sich vor und zerzauste mein Haar. Sie gab mir einen Kuß auf die Wange, ganz die große Schwester. »Zerbrich dir deswegen nicht deinen kleinen Kopf, Georgie, du bist ja ganz aus dem Häuschen, beruhige dich, sieh es nicht so eng, ich kriege das schon alleine hin, kein Problem.«

Sie lächelte. Dann sagte sie: »Die arme Mama dachte also, ich hätte vor abzutreiben?« Sie stand auf und rannte ins Haus, um

Mutter zu sagen, daß sie nie an Abtreibung gedacht hatte. Nicht eine Sekunde lang. Wie war sie nur darauf gekommen? Ach so, um das Geld hatte sie gebeten, weil sie und ein paar Freunde gemeinsam versuchten, die Kaution für einen Hausbesetzer, der verhaftet worden war, aufzubringen. Anklage wegen Drogenbesitzes. Völlig aus der Luft gegriffen. Die Polizei sollte sich schämen. Im Garten hörte ich, wie Mutter von Freude überwältigt laute Schluchzer ausstieß und versprach zu geben, soviel sie entbehren konnte.

Später, bei Tee und süßen Brötchen, die sie zur Feier des Tages noch schnell gebacken und sogar glasiert hatte, fragte Mutter: »Doch hoffentlich nicht der Vater?«

»Was?« Peggy leckte gerade an ihrem Zeigefinger, um die Krümel von ihrem Teller aufzunehmen. Mavis aß teilnahmslos ihr Brötchen.

»Der Bursche, der verhaftet wurde. Das ist doch nicht der Vater?«

»Ach so, nein.« Peggy lachte.

Während wir so mampfend dasaßen, konnte ich mich des Eindrucks nicht erwehren, daß ich der einzige am Tisch war, der sich Gedanken über die praktischen Auswirkungen dieser Entwicklung machte. Ich sagte: »Vielleicht wärst du so freundlich, Mama, mitzuteilen, wer der Vater ist, denn sie wird sich ja wahrscheinlich um das arme Kind kümmern müssen.«

Peggy sah mich erstaunt an. »Du liebe Zeit, was sind wir heute aber mies gelaunt!«

Mutter sagte: »George meint es doch nur gut, Liebes. Es war wirklich nett von ihm, herzukommen. Und jetzt erzähl uns mal von dem jungen Mann.«

»Sein Name ist Dave«, sagte Peggy. »Er ist Schauspieler, ein wunderbarer Mann. Wir werden so bald wie möglich heiraten. Und wir werden uns selber um das Kind kümmern, vielen Dank. Warum um alles in der Welt sollten wir das nicht tun?«

»Mich braucht ihr nicht anzuschauen«, sagte Mavis plötzlich aus unerfindlichem Grund mit verärgerter Stimme.

»Ich dachte«, sagte ich, »heiraten gehöre zu den wenigen Dingen, die man von heute auf morgen tun kann, wenn man nur will.«

»Wenn du es unbedingt wissen willst, Bruderherz«, sagte Peggy mit herablassender Liebenswürdigkeit, »wir müssen warten, bis seine Scheidung durch ist.«

Wie immer sagte meine Mutter nichts. Sie reichte ein weiteres Mal die Brötchen herum und bemerkte nur, daß sie nicht so schön aufgegangen waren wie sie sollten und daß sie sie nicht wie sonst mit Buttercreme hatte füllen können, weil zur Zeit nur Margarine im Haus war und sie nicht extra einkaufen gehen wollte... Die Tatsache, daß Peggy sich auf eine äußerst unsichere Situation einließ (ein Schauspieler!), unter der Mutter selbst zu leiden haben würde, zumindest in finanzieller, wenn nicht auch in anderer Hinsicht, schien sie nicht im geringsten zu beunruhigen. Sie selber hatte sich geweigert, einen grundanständigen und wohlhabenden Mann zu heiraten, angeblich weil er sich fast ein Jahrzehnt zuvor hatte scheiden lassen, und jetzt verlangte ihre Tochter von einem anderen Mann, daß er sich scheiden ließ, um sie zu heiraten, und sie sagte rein gar nichts dazu, wo doch ein paar ernste Worte Peggy vielleicht zur Vernunft bringen konnten. Also war ich gezwungen, mich unbeliebt zu machen, bloß um die einzig vernünftige Meinung zu vertreten.

»Mir scheint«, begann ich, »du bist kaum...« Aber Mutter hatte das Geräusch des Rasensprengers im Garten nebenan gehört und rannte hinaus, um die Wäsche hereinzuholen. Das war ihr lieber, als unseren neuen Nachbarn, einen Vorboten der Aufwertung des Wohnviertels, zu bitten, das Ding anders einzustellen. Kaum war sie weg, beugte sich Peggy mit wogenden Brüsten zu mir über den Tisch: »Was ist denn in dich gefahren, George?«

»Wieso?«

»Du lieber Himmel! Du gibst dir die größte Mühe, uns den schönen Nachmittag zu verderben, indem du Probleme heraufbeschwörst. Beruhige dich.« Sie trug Ohrringe in der Größe von Untertassen, und punkigen braunen Lippenstift.

Ich sagte: »Tut mir leid, Peggy, aber meiner Ansicht nach versuche ich nur, Problemen vorzubeugen.«

Als Mutter zurückkam, kündigte ich meine Abreise an. Ich wollte noch am selben Abend den Bus nach Leicester nehmen. Ich mußte noch eine Menge für mein Studium pauken. An der Haustür dankte sie mir, als hätte ich ein Wunder vollbracht. Sie umarmte und küßte mich. Im Hintergrund beschwerte sich Großvater beim Fernsehapparat über den Zustrom von kenianischen Einwanderern asiatischer Abstammung.

Ich wasche meine Hände in Unschuld, dachte ich.

Der Glücksstern

Was gefiel mir an Shirley eigentlich so gut? Warum entwickelte sich zwischen uns so schnell eine so feste Bindung? Ich weiß es nicht mehr genau. Mit siebzehn, achtzehn ist man vollkommen in das Leben vertieft. Man findet Gefallen, ohne recht zu bemerken, woran und warum; man lebt in einem Taumel der Eitelkeit und Zügellosigkeit.

Wir lernten uns bei einer Freizeit kennen, die das Zusammenwachsen der Kirchen fördern sollte. Es muß Ironie des Schicksals gewesen sein. Die wohlhabenden Anglo-Katholiken aus der Chiswick High Street hatten mit den Kongregationalisten aus Shepherd's Bush und den Methodisten aus Park Royal angebändelt, und zu Ostern karrte man die Jugendlichen aller drei Kirchengemeinden zu einer gemeinsamen Gebetswoche in ein Internat außerhalb von High Wickham. Shirley und ich wurden in der zweiten Runde des Tischtennisturniers als Gegner ausgelost.

Sie war spindeldürr, auffällig flachbrüstig, sehnig, gebieterisch, durchtrainiert und dynamisch und sprang federnd und behende auf der anderen Seite des Tisches hin und her, trug an jedem Handgelenk vier oder fünf klimpernde Armreifen, hatte beringte Finger, die sie sich beim Lachen vor den Mund hielt, und langes kupferrotes Haar, das von der Schläfe nach hinten fiel, wenn sie den Kopf neigte. Eine von den Anglo-Katholen, dachte ich, noch ehe sie ein Wort gesagt hatte. Ich mußte Blut und Wasser schwitzen, um sie zu besiegen.

Vielleicht war es ihr unbeschwertes und selbstsicheres Auftreten, das mich anfangs zu ihr hinzog, ihre Charakterstärke und

Fröhlichkeit, die bewirkten, daß man niemals das Gefühl hatte, sie zu kränken. Und natürlich war ich beeindruckt, weil ein Mädchen aus einer höheren Gesellschaftsschicht sich für mich interessierte. Es gefiel mir, daß ihr Vater Rechtsanwalt war, ihre Familie gutsituiert, angesehen und vermögend, und daß meine Mutter, die wie üblich Ansehen mit Tugend verwechselte, sie vorbehaltlos akzeptierte. Ich war überwältigt von dem vielen Hautkontakt, davon, wie sie zitterte und dahinschmolz, wenn ich sie aufs Ohr küßte, was ich schnell lernte, von der Art, wie sie ihre Hand unter mein Hemd schob, wenn wir im Gunnersbury Park spazierengingen. Sie faßte mich gerne an. Manchmal trug sie ein grünes Seidenkopftuch, so wie eine Zigeunerin, und das rief in mir eine unsagbare Zärtlichkeit hervor, denn ihr Gesicht bekam dadurch ein heiteres, vogelähnliches Aussehen; es schien nur aus Augen zu bestehen. Aber am außergewöhnlichsten war für mich unsere spontane, grenzenlose Vertrautheit. Vom ersten Tag an konnten Shirley und ich über jedes beliebige Thema reden. Und erstaunlicherweise waren wir stets einer Meinung. Sie pflichtete mir bei und ich ihr. Es war geradezu unheimlich. Hätten wir nicht den Glauben mit all seinen Unwägbarkeiten sehr schnell zu den Akten gelegt, hätten wir gesagt, wir seien füreinander geschaffen.

Daher wandte ich mich, als ich an jenem Abend nach Leicester zurückkehrte, sogleich an Shirley, um moralische Unterstützung zu erhalten. Ich hatte doch recht gehabt, oder etwa nicht? Manche Dinge mochten gemein klingen, aber manchmal mußten sie eben gesagt werden. Wir sprachen in Ruhe darüber. Shirley stimmte mir rückhaltlos zu; sie kam zu dem Schluß, daß hier ein Fall vorlag, in dem die ältere Generation, vertreten durch meine Mutter, und die verirrte Sechziger-Jahre-Generation, vertreten durch meine Schwester, beide auf sentimentale, romantische Abwege geraten waren und sich weigerten, sich die praktischen Konsequenzen ihres Handelns in aller Deutlichkeit vor Augen zu führen.

Unsere Mitbewohner Gregory und Jill, auch ein festes Paar und äußerst vernünftige Menschen, waren zu Hause, und es überraschte mich, wie schnell sie im Verlauf unseres Gesprächs, trotz ihrer nur oberflächlichen Kenntnis der Lage, zum selben Urteil kamen wie ich. Das war beruhigend. Gregory sagte, er fände es bemerkenswert, daß man überhaupt zuließ, daß die Leute immer wieder genau die Fehler machten, von denen in jedem Roman, jeder Zeitung, jeder soziologischen Studie berichtet wird, so als hätte die Menschheit in den vergangenen Jahrhunderten rein gar nichts dazugelernt.

Wir machten Omelette mit grünen Paprika und aßen ausnahmsweise vor dem Fernseher, da BBC 2 an diesem Abend einmal nicht Snooker, sondern irgendeine Carmen-Aufführung zeigte (sowohl Jill als auch Shirley kamen aus der Gesellschaftsschicht, in der man Opernfan ist). Wir tranken einen überaus passablen Wein, den Gregory entdeckt hatte und der seit kurzem von Sainsbury's aus dem Friaul importiert wurde, und stießen auf gutbezahlte Jobs und viele kommende Opernabende an. »Aber daß mir keiner von euch mit einer Zigeunerin durchbrennt«, sagte Jill stirnrunzelnd. »Und ihr nicht mit einem Soldaten«, gab Gregory zurück.

Wir waren schon ein fröhliches Vierergespann. Es gab unter uns keine dominanten Persönlichkeiten, keine Märtyrer, nicht mal jemanden, der besonders schwierig war. Wir teilten uns die Hausarbeit und die anfallenden Kosten. Wir studierten und halfen uns gegenseitig. Wir wußten genau, was wir wollten und wie wir es erreichen konnten. Wir waren jung, fröhlich und zuversichtlich.

Als wir an jenem Abend im Bett lagen, sagte Shirley: »Die arme Peggy. Sie tut mir wirklich leid.« Und sie sagte: »Dem Himmel sei Dank für *Reckitt & Colman*. Pille am Morgen spart Kummer und Sorgen. Brauchst nicht zu morden, dich nicht zu erschießen, kannst das Vögeln genießen…«

39

»Hör auf«, sagte ich lachend, wie immer bemüht, ernst zu bleiben. Obwohl abgesehen von der Erregung einer der größten Vorzüge am Sex mit Shirley darin bestand, daß sie im Bett richtig lustig wurde. Manchmal mußten wir vor lauter Kichern mittendrin aufhören und warten, bis der Lachanfall vorüber war. »Wenn Peggy so gegen die Hormon-Jongliererei und ähnliche Methoden ist«, sagte sie, »dann soll sie sich doch ein Witzbuch für den Nachttisch besorgen. Prima Verhütungsmittel.« »Leider«, sagte ich, »ist zu befürchten, daß sie die Pointen nicht mitbekommen würde.« »Stimmt«, sagte Shirley, »ziemlich zerstreute Person, wie mir scheint.«

Da ich jedoch weiß, daß ich manchmal zu ungeduldig und zu streng bin, und weil ich Mutter und Peggy wirklich liebe und nur ihr bestes will, und weil ich außerdem das Gefühl hatte, ich könnte die Situation vielleicht doch noch zum Guten wenden, beschloß ich, den Kontakt trotz allem nicht abzubrechen. Ein paar Tage nach meinem Besuch in der Gorst Road schrieb ich Peggy folgenden Brief:

Liebe Peg,
es tut mir leid, wenn ich mich letzten Dienstag wie ein Elefant im Porzellanladen benommen habe. Aber ich mache mir wirklich ernsthaft Sorgen um Dich und Mama, ich meine, wie wollt ihr zurechtkommen, wenn etwas Unvorhergesehenes geschieht? Vielleicht mache ich am besten eine Liste meiner Befürchtungen, die, wie Du zugeben wirst, nicht sehr weit hergeholt sind:

a) Was ist, wenn dein Schauspieler Dich nicht heiratet und für das Kind keinen Unterhalt zahlen will oder kann?
b) Was ist, wenn du nicht genug Geld hast und ihn/sie in der Gorst Road unter lauter Verrückten und Senilen aufziehen mußt?

c) Was ist, wenn Mutter unter der Last zusammenbricht?
Wer soll sich dann um Großvater und Mavis kümmern?

Wenn nun Mutter oder ich oder auch Du selber viel Geld
hätten, wäre das alles kein Problem, aber selbst wenn ich
mein Studium beendet und hoffentlich einen Job gefunden
habe, wird es ein paar Jahre dauern, bevor ich von meinem
Einkommen etwas abgeben kann, denn Shirley und ich
müssen ja für ein eigenes Haus sparen. Wir können uns
nicht nur auf ihre Eltern verlassen. Meiner Meinung nach,
und ich verspreche, es jetzt zum letzten Mal zu erwähnen,
wäre es besser, eine Abtreibung machen zu lassen, dich
erstmal zu verheiraten, etwas Geld zu sparen und dann das
Kind zu bekommen. Das ist alles.
Ich hoffe, es geht dir ansonsten gut. Bei Shirley und mir
stehen demnächst die Abschlußprüfungen und dann die
Stellensuche an.
Drück uns die Daumen.
Alles Gute, GEORGE.

Ihr Antwortbrief kam aus Holloway, und neben den Absender
hatte sie gekritzelt: ›Nur vorübergehend. Du erreichst mich über
Mama.‹

Georgie Bruderherz – schrieb sie mit blauem Wachsstift auf
einem großen Bogen Millimeterpapier – Ebensogut könnte
ich Dich fragen: 1. Was, wenn ein Ziegelstein aus großer
Höhe auf Deinen dicken Kopf fallen würde und Du für den
Rest Deines Lebens geistig behindert wärst? 2. Was, wenn
Shirleys Vater die ganze schöne Kohle verlieren würde und
Du am Wochenende nicht mehr Reiten gehen könntest?
3. Was, wenn Du durch einen Unfall mit Fahrerflucht quer-
schnittsgelähmt wärst und Shirley es vorzöge, mit einem

gutbestückten Rastafari durchzubrennen, statt Dich im Rollstuhl herumzuschieben…? Verstehst Du, was ich meine?

George, wenn man einen Mann so liebt wie ich Dave liebe, ich meine wirklich liebe, dann will man ein Kind von ihm haben, und er will es auch. Man wünscht es sich aus tiefstem Herzen. Es ist die größte menschliche Erfahrung. Und wenn es einmal unterwegs ist, das Baby meine ich, kann man nicht sagen, nein, nein, wir bekommen es lieber erst in drei Jahren, aus dem einfachen Grund, Bruderherz, weil ›es‹ dann ein anderes Baby wäre, nicht das Kind unserer jetzigen Liebe, sondern das Kind unserer zukünftigen Liebe. Das andere Kind werde ich auch noch bekommen, wenn es so weit ist, okay? Und um Mutter brauchst Du Dir keine Sorgen zu machen, ihr steht ja der Allmächtige zur Seite.

Übrigens, habt ihr was dagegen, wenn ich auf dem Rückweg vom Loughborough-Festival eine Nacht bei Euch penne? Alles Liebe und vielen Dank, ehrlich, für Deine Anteilnahme.

PEG.

Na schön, dachte ich, wenn sie unbedingt romantisch sein wollte (›Kind unserer jetzigen Liebe‹, also wirklich, dabei war es doch bloß eine Samenzelle, die auf ein Ei getroffen war). Es würde sich schon noch herausstellen, wie recht ich hatte.

Schließlich kam es aber nicht soweit. Denn auf der Rückfahrt vom Loughborough-Festival landete Peggy nicht bei uns, sondern im Krankenhaus. Etwa fünfundzwanzig Kilometer von unserem Haus entfernt, kurz hinter der Abfahrt von der M6, hatte sie gegen Mitternacht einen Unfall. Sie saß auf dem Soziussitz einer Honda 500, hinter einem Typen namens Marcus Robbins, offenbar ein Folksänger. Sie rammten einen liegengebliebenen, unbeleuchteten Kleinlaster, der in einer Unterführung stand.

Marcus war sofort tot. Peggy erlitt nur eine leichte Gehirnerschütterung, verlor aber das Baby.

Sie war untröstlich. Ich saß stundenlang an ihrem Krankenbett, und sie weinte ununterbrochen und drückte meine Hand. Ihr rundes Gesicht war blaß. Es schien ihr egal zu sein, daß ihre großen Brüste unter dem Nachthemd zu sehen waren; so etwas fällt einem zwangsläufig auf, ob man will oder nicht. Sie weinte und ich fühlte mich ihr sehr nah und opferte die ganze letzte Woche vor den Prüfungen, um bei ihr zu sein. Ich fuhr täglich mit Bahn und Bus ins Krankenhaus. Wir redeten über alles mögliche, und zum erstenmal sprachen wir auch über unsere Kindheit – mit Mutter, Großvater und Mavis – als etwas, das endgültig vergangen und vorbei war. Wir waren jetzt erwachsen. Ich weiß noch, daß sie mich mit der Äußerung überraschte, sie stelle sich Mutter oft als die Jungfrau Maria und Großpapa als den Teufel vor. Ich denke nie in solchen Kategorien. Die Menschen sind wie sie sind. Überhaupt, wer wäre dann Mavis? Eine Besessene, die ein gewisser JC schnellstens heilen sollte? Und wo war der Mann selber? Ich war es bestimmt nicht.

Irgendwann lachte Peggy unter Tränen und sagte: »Wetten, daß Mama es irgendwie hinkriegt zu behaupten, sie sei schuld?« Ich lächelte. »Mein armes Baby«, flüsterte sie. »Mein armes kleines Baby.« Die Tränen rannen ihr über die Pausbacken. Benommen sagte sie: »Weißt du, es wird nie wieder ein Baby geben, das so ist wie dieses. Bis in alle Ewigkeit nicht. Ich wollte sie Elsa nennen. Ein hübscher Name, findest du nicht?«

Ihr großer romantischer Liebhaber Dave ließ sich während der ganzen Woche, die sie im Krankenhaus lag, kein einziges Mal blicken, aber das erwähnte ich nicht. Das Zartgefühl gebietet uns nur allzuoft, aufschlußreiche Beobachtungen zu verschweigen. Peggy hätte ihrem Glücksstern danken sollen.

Ich mache es richtig

Shirley und ich dagegen liebten uns wirklich. Wir waren uns ganz sicher. Vier Jahre waren wir jetzt zusammen, vier prägende Jahre. Wir waren immer enger zusammengewachsen, hatten für einander Opfer gebracht. Seit zwei Jahren besaßen wir gemeinsame Bankkonten; ich hatte darauf bestanden, denn meiner Ansicht nach war es am besten, Nägel mit Köpfen zu machen, sobald man etwas als richtig erkannt hatte. Manche Leute vergeuden ihr ganzes Leben mit endlosen Grübeleien, weil sie sich nicht entscheiden können. Das behindert sie in allen Lebensbereichen, bei der Liebe, bei der Arbeit und in der Freizeit. Sie sitzen jahrelang zwischen allen Stühlen. Aber ich wollte vorwärts kommen.

Ich war ehrgeizig. Mir war noch nicht ganz klar, auf welchem Gebiet, aber ich wollte mich unbedingt bewähren. Der eine Teil von mir wollte reisen, die Welt sehen, Abenteuer erleben, der andere wollte gleich zur Sache kommen und in der Stadt, in der ich aufgewachsen war, Geld verdienen, ein Auto kaufen, ein Haus kaufen, dann ein teureres Auto, ein teureres Haus, sich vielleicht selbständig machen oder in die Politik gehen. In den letzten vier Jahren, seit dem Ende der Pubertät, hatte sich die Welt für mich langsam aber sicher von einem Gefängnis in ein Schlaraffenland verwandelt. Ich war bereit, mich in sie hineinzustürzen, anstatt verzweifelt zu versuchen, ihr zu entrinnen. Und begreiflicherweise brachte ich diesen Wandel und die damit einhergehende Euphorie mit Shirley in Verbindung.

Jedenfalls erschien es mir wichtig, das Thema Heirat abzuhaken. Ich war gerne mit Shirley zusammen. Sie war attraktiv. Sie hatte hellbraune Augen und eine gerade Nase, die mit ein paar Sommersprossen betupft war (wie ein Blumenbouquet, sagte ich zu ihr). Wir kamen gut miteinander aus. Sie war intelligent, und sie glaubte an mich. Sie sagte, ich hätte einen guten Verstand, einen guten Körper, ein gutes Gesicht, eine gute Stimme und einen schlechten Geschmack, aber letzteren glaubte sie glücklicherweise ausgleichen zu können. Sie lächelte ironisch. Sie hatte große, geradestehende weiße Zähne, makellos bis auf eine entzückende Stelle am linken oberen Schneidezahn, wo ein winziges Stück abgebrochen war – Skiunfall in den Dolomiten (ich dagegen verdanke meinen angeschlagenen Zahn einer Prügelei auf dem Spielplatz an der Tubbs Road). Ihr Mund war ausdrucksvoll, ihr Benehmen, zumindest in Gesellschaft, herrlich süffisant und … ›gefaßt‹ dürfte wohl das richtige Wort sein. Man konnte sich mit ihr überall sehen lassen. Sie blieb immer höflich und distanziert. Und sie war begabt. Sie konnte tanzen, spielte Klavier und Tennis (alles Freizeitvergnügungen der gehobenen Mittelschicht, von denen Peggy und ich ausgeschlossen gewesen waren). Sie konnte meinen soliden Kirchenchor-Tenor mit ihrer Altstimme kontrapunktieren. Zu Hause sangen wir oft mit übertriebenem Pathos Lieder und sogar Choräle. Außerdem war sie eine tolle Liebhaberin, und sie schwor feierlich, daß sie keine Kinder wollte. Wer hätte sie nicht geheiratet?

Ihre Eltern zahlten eine Unsumme für die Garderobe und die Ringe. Meine Mutter, die hocherfreut war, gab mehr als nötig für eine Moulinex-Küchenmaschine aus, die sie sich selber nie im Leben gekauft hätte. Ort der Handlung war die Christ Church in Turnham Green. Peggy, Großvater und Mavis waren ebenfalls anwesend, Großvater trug seine Marine-Orden, Peggy einen nuttigen rosa Overall, aber ich ließ mich nicht in Verlegenheit bringen, sie konnten mir jetzt nichts mehr anhaben. Ich war entkommen.

In einem zitronengelben Kleid, das hübsche kupferrote Haar

zum ersten Mal dauergewellt, die Ohren mit Opalen geschmückt, die unvergleichlich strahlenden Augen weit aufgerissen, stieg Shirley neben mir die Stufen zum Altar hinauf und flüsterte: »Wenn ich jetzt noch ein paar anständige Titten besäße, würde ich ganz schön was hermachen, n'est-ce pas?«

Ich für meinen Teil wußte beim Anblick des beleibten, ein bißchen schielenden Mr. Harcourt, dessen selbstzufriedenes, anerkennendes Lächeln von Reichtum, Ansehen und einem kerngesunden Menschenverstand zeugte, daß ich das Richtige tat. Ich hatte es geschafft. Warum sollten wir nicht glücklich werden?

Wir mieteten eine Wohnung in North Finchley und stürzten uns in den Existenzkampf. Die Immobilienpreise kletterten stetig, also mußten wir hinterherklettern. Shirley fand bald eine Stelle als Lehrerin an der St. Elizabeth-Schule, einer Privatschule für Mädchen, nur als Übergangslösung, denn natürlich wäre eine Position im Verlagswesen oder in der Werbebranche ihren Fähigkeiten angemessener gewesen. Aber wir fanden beide, wir sollten für's erste unseren Stolz unterdrücken und ein paar Erfahrungen sammeln. Wir wollten nicht vom Geld ihrer Eltern leben.

Ich faßte Fuß auf der untersten Stufe der Karriereleiter bei InterAct Management Systems und wurde ein Experte (vielleicht sollte ich lieber sagen: einer *der* Experten) für Netzplanung. Innerhalb von zwei Jahren brachte ich Software heraus, von der man vor meiner Zeit nicht mal zu träumen gewagt hatte.

InterAct bestand zum einen aus Johnson, einem Elektronikfachmann, der frühzeitig aus der Luftwaffe entlassen worden war, nachdem er einen Arm verloren hatte; ein manierierter Wichtigtuer, immer ein frisches Einstecktuch im Jackett usw., aber sehr clever. Er hatte die Idee gehabt. Und zum anderen aus Will Peacock, einem flattrigen, ängstlichen Typen, der ständig seinen Gürtel zurechtrückte oder an seiner Krawatte fummelte. Er hatte seine Erbschaft investiert, und als ich dort anfing, war er noch auf dem besten Weg, sie langsam aber sicher zu verlieren. Er ging gebeugt, wirkte mit fünfunddreißig schon wie fünfzig und war totenbleich, als würde er seit Wochen ununterbrochen bluten. Er brauchte dringend eine Transfusion. Aber das war die Gründerzeit der Software-Entwicklung, und man konnte kaum etwas falsch machen (ich muß mir zugutehalten, daß ich das sofort begriff).

Das Vorstellungsgespräch war einer der Wendepunkte in meinem Leben, einer der seltenen Momente wahrer Selbsterkenntnis. Diese beiden Langweiler in dreiteiligen Anzügen erklärten mir, daß sie soeben ihren ersten großen Auftrag erhalten hatten, nämlich die Erstellung eines Netzplanungssystems für den Bau von Bohrinseln in der Nordsee. Die Grundidee (heute ist so etwas ein alter Hut) bestand darin, daß die Bauleitung sämtliche den Ablauf und die Dauer der Arbeiten, den erforderlichen Bedarf an Material und Arbeitskraft, die geschätzte Leerlaufzeit, die eventuellen Möglichkeiten zeitgleicher Arbeitsabläufe etc. etc. betreffenden Daten in den Computer eingeben sollte, und das maßgeschneiderte Programm von InterAct würde dann alle Arbeitspläne erstellen, Aufträge terminieren, rechtzeitig ankündigen, wann Fachkräfte eingesetzt werden mußten, Zahlungspläne ausarbeiten, Liquiditätsprobleme langfristig vorhersehen und so weiter. Bei unerwarteten Schwierigkeiten oder Verzögerungen (Widerstandsabschmelz-Schweißgeräte erst in drei Tagen verfügbar, Zinssätze um ein halbes Prozent gestiegen) brauchte der Projektleiter bloß die genauen Angaben in seinen Computer einzutippen und erhielt umgehend korrigierte Pläne und Kostenkalkulationen.

Das Konzept beflügelte meine Fantasie, wahrscheinlich wegen der wundervollen Vision, die dahintersteckte (Netzplanung fasziniert mich heute noch). All die komplexen Probleme bei der Zusammenarbeit vieler Menschen, Menschen mit unterschiedlichen Fähigkeiten und Temperamenten, von unterschiedlicher

Rasse und Herkunft, all die möglichen Komplikationen beim Bearbeiten und Zusammenfügen ganz verschiedener und oft widerspenstiger Materialien, die Risiken des meilenweiten Transports gewaltiger Gebilde über eine sturmgepeitschte See und des Verankerns der Teilstücke im schlammigen oder felsigen Meeresgrund – all das könnte ein einzelner Mann mit Hilfe einer tragbaren Computertastatur steuern. Pannen, Hindernisse oder kleine Störungen könnten das Kartenhaus nicht zum Einstürzen bringen, sie würden einfach analysiert und einbezogen, die Pläne würden leicht modifiziert, neu abgestimmt und ausbalanciert, und schon wäre alles wieder im Lot, alle Krisen und Konflikte würden rechtzeitig ausgeschaltet, zwischenmenschliche Beziehungen und moralische Überlegungen wären überflüssig, nichts bliebe dem Zufall überlassen. Ich fand, das war eine gute Sache, und mit Sicherheit einträglich.

Ich erklärte, ich sei der richtige Mann für diese Aufgabe. Gar keine Frage. Ich würde Tag und Nacht arbeiten, um mich mit der Materie vertraut zu machen. Noch vor Jahresende würde ich ein Experte in Sachen Netzplanung sein (wir hatten immerhin schon September). Ich würde mich die ersten sechs Monate mit dem Mindestlohn begnügen, und dann könnten wir auf der Grundlage meiner Leistung eine angemessene Bezahlung aushandeln, aber ich wollte diesen Job unbedingt haben. Ich ließ meiner Begeisterung freien Lauf, und man darf nicht vergessen, daß wir uns noch in der schlechten alten Zeit vor Maggie Thatcher befanden, in der Begeisterung, jedenfalls für die Arbeit, verpönt war. Aber instinktiv wußte ich, daß ich das Richtige tat, und es war ein überwältigendes Gefühl. Es ist mir seither häufig aufgefallen, daß ich meine Persönlichkeit erst dann richtig entfalte, wenn ich mich außerhalb der zermürbenden Enge von familiären und persönlichen Beziehungen befinde; ich werde dann unheimlich selbstbewußt. Mir war glasklar, daß ich die geforderten Qualifikationen nicht besaß, ich hatte nicht die leiseste Ahnung von Netzplanung, also bluffte ich erst gar nicht, sondern bot mich zum Spottpreis an und versprach, wie ein Wahnsinniger zu arbeiten. Ich hatte es mit zwei berechnenden älteren Männern zu tun, die auf ein lohnendes Geschäft angewiesen waren und, wie ich richtig vermutet hatte, ein gutes Angebot auf den ersten Blick erkannten. »Sparen Sie sich doch die Mühe, überhaupt noch mit anderen Bewerbern zu sprechen«, sagte ich, mit einem Schmunzeln, um nicht anmaßend zu klingen. »Nehmen Sie mich. Bitte. Sie werden es auf keinen Fall bereuen.«

Schließlich erwarben sie meine Seele für lumpige £ 3.500 im Jahr. Aber ich war überzeugt, das große Los gezogen zu haben.

VOLLKOMMEN NORMALES VERHALTEN

Zu der Zeit lagen die Büros von InterAct in einem Gebäude an der North Circular, kurz hinter dem Pantiles Pub, auf der rechten Seite, wenn man Richtung Süden fährt. Als ich siegreich und ungeheuer zufrieden mit mir von dem Vorstellungsgespräch kam, nahm ich daher gleich einen Bus nach Park Royal, um es Mama zu erzählen. Sie betete gerade mit einem an Leukämie erkrankten jungen Mädchen. Das wurde mir von Mavis mitgeteilt, die sich eine von den Fernsehsendungen anschaute, die im Niemandsland zwischen Frühstück und Mittagessen laufen. Anhand eines Diagramms wurde gezeigt, wie Atommüll-Behälter versiegelt werden, ein hochinteressantes Thema für Mavis, der ein bißchen Strahlung nur gut getan hätte.

Während ich auf Mama wartete, lief ich in dem winzigen Wohnzimmer herum, genoß das Gefühl von Abstand und Reife und nahm hier und da einen der kitschigen Gegenstände in Augenschein, die mich durch meine Kindheit begleitet hatten – die Wedgwoodware, die biederen Hummel-Figuren.

Schließlich kamen Mutter und das sterbenskranke Mädchen nach unten. Sie war ein auffallend hübsches kleines Ding, so um die fünfzehn, schätzte ich, mit einem Gesicht, das so makellos und zerbrechlich wie eine gepreßte Lilie wirkte, auch wenn sie ein Seidentuch um den Kopf trug; um den Haarausfall zu verbergen, dachte ich sofort. Ich lächelte mitfühlend, aber nachdem das Mädchen meine Mutter umarmt hatte, verließ sie eilig das Haus, ohne den Rest der Familie eines Blickes zu würdigen. Das ist mir bei den Verwundeten schon öfter aufgefallen. Sie wollen von uns anderen lieber nicht gesehen werden. Es ist ihnen peinlich, daß sie diese unorthodoxe Hilfe in Anspruch nehmen. Mutters Anziehungskraft muß schon sehr stark sein, wenn sie sich trotz Großvater, dem Scheusal, hertrauen.

Mutter nahm kaum Notiz von mir, sank auf das Sofa und rieb sich die Augen. Sie wirkte erschöpft. Ich verkündete, ich hätte nach einem fabelhaften Vorstellungsgespräch einen wirklich vielversprechenden Job bekommen. Sie nahm die Finger von den Augen, sah mich an und strahlte. »Oh wie wunderbar, George. Das mußt du mir genau erzählen.«

»Laß uns Mittagessen gehen«, sagte ich. »Nur wir beide. Zur Feier des Tages.«

»Oh nein, das geht nicht, Vater und Mavis...«

»Ach, komm schon, du kannst Großpapa und Mavis doch ausnahmsweise mal allein lassen.«

Lächelnd stand sie auf, strich wie ein kleines Mädchen ihr Kleid glatt, schaute sich um, sah die beiden an, die in ihrer immerwährenden Trägheit verharrten, die ganze Zeit nur fernsahen oder Zeitung lasen, sich niemals nützlich machten, nichts Interessantes zu sagen hatten und nur von Mutters schier unerschöpflicher Energie zehrten. Sie schaute sie an. Sie kamen ihr nicht entgegen. Sie sagten nicht: »Geh nur, Jenny, Liebes.« Mutter zögerte, dann sagte sie: »Na schön, ich könnte ihnen ja zwei Schweinefleischpasteten und ein bißchen Eiersalat machen. Ich glaube, es sind noch genug Zutaten für einen Salat im Kühlschrank. Warte.«

Ich ging in die Küche und schaute zu, wie sie flink mit Tellern, Tomaten, Salatblättern und gekochten Eiern hantierte. Mir fiel auf, daß sie so etwas ganz anders machte als Shirley. Schwierig allerdings, den Unterschied genau zu bestimmen. Vielleicht lag es einfach daran, daß Mutter nicht so viel Stil besaß wie Shirley, unter deren Händen eine Salatplatte sich in ein Gemälde verwandelte. Mutter dagegen war eher ungeschickt. Sie hatte Schnittwunden an den Fingern. Eine Tomate schnitt sie nicht in

Scheiben, sondern in grobe, saftige Stücke. Sie wischte sich an einem zerschlissenen Geschirrtuch (mit Beefeater-Motiv) die Hände ab, und wir machten uns auf den Weg.

Vielleicht war dieses Mittagessen die glücklichste Stunde, die ich je mit meiner Mutter verbracht habe. Wir aßen in einem griechischen Restaurant in der Acton High Street, in der Nähe der Eisenbahnbrücke. Nichts besonderes, aber was konnte man in Acton in den späten siebziger Jahren schon erwarten. Sie freute sich wie ein Kind über die Einladung, vielleicht mehr als ein Kind, denn Kinder glauben immer, auf alles ein Recht zu haben. Sie sagte: »Ich bin ja so froh, daß du eine Stelle nach deinem Geschmack gefunden hast, George. Es ist im Leben so wichtig, nicht enttäuscht zu werden und sich entfalten zu können.« »Diese Sache wird wie eine Bombe einschlagen«, sagte ich, »bei dem derzeitigen Lohnkostenanstieg. Die Firmen sind einfach gezwungen, effizient zu arbeiten.« Sie sagte: »Ach, wie schön«, und strahlte über das ganze Gesicht.

Aber als ich vom Bezahlen zurückkam, saß sie mit gerunzelter Stirn da. »Mach dir keine Sorgen, so teuer war es auch wieder nicht«, sagte ich lachend. »Ich habe genug Geld«, denn es wäre typisch für sie gewesen, uns den Spaß zu verderben, indem sie darüber nachgrübelte, ob ich mir das Essen wohl leisten konnte. Aber sie sagte, sie denke gerade an das hübsche junge Mädchen, das Leukämie habe und bestimmt bald sterben würde.

Dann, als wir das Restaurant verließen, geschah etwas Merkwürdiges. Ich hielt ihr die Tür auf, und sie trat ziemlich unachtsam auf den Bürgersteig, einem älteren, offenkundig zur Arbeiterklasse gehörenden Mann direkt vor die Füße, der mit drei oder vier wild hin und her baumelnden Einkaufstüten in den Händen zum Bus rannte; eine der Tüten stieß gegen ihre Beine und der Mann drehte sich halb um, stolperte und wäre beinahe gestürzt. »Blöde Kuh!« brüllte er, während er schwankend weiterlief, um den Bus noch zu erwischen. »Hau bloß ab, du Arschloch«, schrie ich ihm nach.»Und paß gefälligst auf, wo du hintrittst, du Blöd-mann.«

Kaum hatte ich diese Worte ausgesprochen, wurde mir klar, was für ein Einschnitt das war. Ich hatte noch nie zuvor in Ge-genwart meiner Mutter geflucht.

Als sie sich wieder gefangen hatte, sagte sie:»Das war wirk-lich nicht nötig, George.« Und nach ein paar Metern fügte sie leise hinzu:»Ich hoffe, du gebrauchst solche Ausdrücke nicht oft. Sie sind scheußlich.« Aber die Zeit war reif; ich sagte mit fester Stimme:»Mama, du lebst in einer anderen Welt, verstehst du? Auf einem anderen Planeten. Auf dem Planeten der guten Men-schen. Das mag für dich in Ordnung sein. Aber ich lebe hier und jetzt. Hörst du? Alle reden so, weißt du, einfach alle. Das eben war noch harmlos.« Sie sagte:»Mag sein, aber ich wünschte, du würdest es nicht tun.« Wie früher sprach sie mit dem penetran-ten, Selig-sind-die-Sanftmütigen-Tonfall. Aber ich hatte durch-aus nicht die Absicht, mich zu entschuldigen, so wie ich es fünf Jahre zuvor vielleicht noch getan hätte. Unser Verhältnis hatte sich grundlegend geändert. Jetzt zahlte ich die Rechnung. Schon bald würde ich auch für ihre finanzielle Sicherheit sorgen. Und sie hatte nicht mehr das Recht, Kritik an mir zu üben, weder an meiner Ausdrucksweise noch an irgendeinem anderen vollkom-men normalen Verhalten.

MODERNE ZIVILISATION

Schöne Jahre waren das. Ich sehe mich noch, wie ich mein Müsli hinunterschlinge, meinen Toast mit Butter bestreiche, verschiedenfarbigen Schaffnern im 260er und im 12er verschiedenfarbige Monatskarten vorzeige, wie ich den krebserregenden Bodensatz des Automatenkaffees im Büro brav übriglasse, wie ich stundenlang auf den grünen Hew-Pack-Bildschirm starre, mich mit Springs, Sprites und Double Trip Codes (meine eigene Erfindung) beschäftige, wie ich hochschaue und das hektisch vorbeirasende glänzende Blech auf der North Circular betrachte, nach der Mittagspause die Sandwich-Krümel von der Tastatur fege, auf dem Heimweg im Bus Fachbücher studiere (damals hatte ich nie Kopfschmerzen), die Neun-Uhr-Nachrichten und die Wirtschaftssendungen anschaue, auf meinem kleinen IBM bis Mitternacht und länger schreibe und rechne, während Shirley abwäscht, ihren Unterricht vorbereitet, ihre Kunstbücher liest, Freundinnen anruft oder sich in der Glotze ihre Lieblingsserien anschaut. Die Nachbarn von gegenüber luden uns manchmal auf einen Drink zu sich ein, aber wir gingen nur selten hin; sie waren ein nettes Paar, Mark und Sylvia, beide liebenswürdig und attraktiv, aber furchtbar einfältig. Eine Freundschaft mit ihnen hätte keine Zukunft gehabt. Bei manchen Leuten merkt man das sehr schnell. Sie hatten mit der Dreizimmerwohnung in Finchley das Ziel ihrer Wünsche bereits erreicht, während wir erst am Anfang unseres gesellschaftlichen Aufstiegs standen. Es war das beste, es bei einem freundlichen Gruß im Treppenhaus bewenden zu lassen.

Lieber gingen wir auf Partys und Tanzveranstaltungen, sofern wir davon erfuhren. Wir waren immer noch gerne zusammen, kamen in geselligen Runden gut an und genossen es, unsere glückliche Beziehung zur Schau zu stellen. Shirley setzte sich oft auf meinen Schoß. Oder wir fingen eine liebevolle Balgerei an. Die neidischen Blicke der anderen waren deutlich zu spüren. Wir hatten den Bogen raus. Manchmal kochte sie auch köstliche Gerichte aus französischen Kochbüchern als Überraschung für Gäste: zum Beispiel Jill und Gregory, die inzwischen in Hornsey wohnten und in der Versicherungsbranche arbeiteten; Peggy, die wieder schwanger war (diesmal bot ich meinen Rat gar nicht erst an, man lernt mit der Zeit, das Schicksal der anderen zu akzeptieren); und ab und zu auch Shirleys jüngerer Bruder Charles, einer dieser rosaroten Salonsozialisten (Cambridge-Abschluß in Philosophie als Drittbester seines Jahrgangs) von undurchsichtiger sexueller Orientierung und außerordentlich streitlustig; trotz Papas enormem Einkommen hatte er sich irgendwie eine Sozialwohnung in der Nähe der Goldhawk Road erschlichen, die er seine »Bude« nannte und in der er nur selten übernachtete.

Wir gönnten uns also hin und wieder einen Abend in Gesellschaft, aber hauptsächlich bestand unser Leben aus der herrlichen, damals noch durch nichts getrübten Routine: arbeitsreiche Tage, Bus und Büro, Marsriegel, Lagerbier, Rothmans und Evening Standards, mein steiler Aufstieg auf der Karriereleiter, Einkaufsbummel am Wochenende, Shirleys Arbeit als Lehrerin, Elternabende, Schulaufführungen, und so weiter, tagein, tagaus dasselbe, aber aufgepeppt durch unsere stets erfolgreichen Liebesspiele und das genüßliche Blättern in Urlaubskatalogen an verregneten Wochenenden, um Ferienreisen ans Mittelmeer auszusuchen, die wir uns jetzt ohne weiteres leisten konnten. Es war ohne Zweifel das schöne Leben, der Triumph der modernen Zivilisation, dynamische junge Leute in der Großstadt, die hart arbeiteten, gut lebten, aufrichtig und einander treu waren. Uns schien nichts zu fehlen. Zu meiner Verteidigung kann ich wohl sagen, daß ich der letzte war, der eine Veränderung gewollt hätte, wenn alles ungestört so weitergegangen wäre.

Kurz nachdem mein Gehalt auf achttausend erhöht worden war, unternahm Mavis einen dritten Selbstmordversuch, und diesmal hatte sie Erfolg: Sie nahm mitten in der Nacht ein ganzes Röhrchen Disprin, und dann steckte sie sicherheitshalber noch den Kopf in den Backofen. Meine Mutter tat mir ein bißchen leid, denn sie würde darin zwangsläufig eine weitere Niederlage sehen und sich selbst die Schuld geben, aber gleichzeitig konnte ich mich eines Gefühls der Erleichterung nicht erwehren, weil nun wenigstens eine Last von ihren Schultern genommen war.

Natürlich wurde ich gerufen, um die Formalitäten zu erledigen und die Beerdigung zu arrangieren. Die größte Schwierigkeit bestand darin, Mutter zu überreden, sich für einen halbwegs preisgünstigen Sarg zu entscheiden und auf den Rosenstock im Krematoriumsgarten zu verzichten, der sie drei Monatsrenten gekostet hätte und sowieso mit zwei anderen »Aschenputteln«, wie Shirley es so schön ausdrückte, hätte geteilt werden müssen. Und angesichts der morschen Hintertür, des reparaturbedürftigen Kühlschranks (der sich ab und zu von selber abtaute und das Linoleum unter Wasser setzte), und des Badezimmerfensters, das nicht richtig zuging, weil der Rahmen verzogen war, mußte man sich doch fragen, wozu die verrückte Mavis unbedingt ein Nelkengebinde brauchte? Ich tat, was ich konnte.

Zu meiner großen Überraschung weinte Großvater bei der Einäscherung. Er sagte kein Wort, aber aus seinen verquollenen alten Augen strömten die Tränen. Da ich neben ihm saß, legte ich einen Arm um seinen breiten Rücken, um ihn zu trösten, und stellte fest, daß er zitterte. Ich konnte es mir nur dadurch erklären, daß er an seine eigene Beerdigung dachte, denn es ist in der Tat erschreckend zuzusehen, wie der Sarg plötzlich durch den schwarzen Vorhang verschwindet und zu wissen, daß man diesen Menschen (so ungeliebt er auch gewesen sein mag) nie wiedersehen wird; vermutlich noch viel erschreckender, wenn man damit rechnen muß, in nicht allzu ferner Zukunft selber die Hauptfigur bei einer solchen Veranstaltung zu sein.

Es regnete zu diesem Anlaß. Peggy erschien verspätet; sie stand kurz vor der Niederkunft und wurde von einem großen blonden Mann begleitet – vielleicht der Vater, vielleicht aber auch nicht. Als ich mich mit ihm unterhalten wollte, entpuppte er sich als Tscheche. Er sprach nur gebrochen Englisch. Bob/Raschid war benachrichtigt worden, ließ sich aber nicht blicken, so daß außer der Familie nur noch zwei ziemlich mysteriöse alte Jungfern in Plastikregenmänteln anwesend waren, bei denen es sich, wie wir später herausfanden, um die beiden anderen Gründungsmitglieder des Elvis-Presley-Fanclubs von Harrow handelte. Wir überließen ihnen die Plattensammlung der Verstorbenen, eine äußerst großzügige Geste, wie ich fand, denn man konnte ja nicht wissen, was so etwas inzwischen wert war. Mavis besaß keine Lebensversicherung, folglich würde es keinen unverhofften Geldsegen geben, der dem Ereignis eine fröhliche Note verliehen hätte, und nach ein bißchen oberflächlichem Geschwätz bei Kaffee und Likör nahmen alle ihre Regenschirme und machten sich auf den Heimweg.

Als wir in unserem VW-Scirocco saßen (Scheibenbremsen vorne und hinten, elektrische Fensterheber), sagte Shirley plötzlich: »Irgendwie tut mir deine Mutter schon leid.« Und später, als wir bei Tandoori-Huhn im Restaurant saßen, denn wir mußten einfach aus dem Haus gehen, um uns aufzuheitern, sagte sie: »Ich hätte nichts dagegen, wenn sie deinen Großvater in ein Altersheim stecken und zu uns ziehen würde. Sie ist gar nicht so übel.«

»Kein Platz«, erklärte ich hastig.

»Wir werden nicht ewig in dieser Wohnung bleiben.«

Ich schüttelte den Kopf: »Er würde niemals in ein Heim gehen. Und solange er in der Gorst Road wohnt, wird sie bei ihm bleiben. Außerdem sagst du doch immer, wie entsetzlich fromm sie ist. Überleg mal, du könntest zu Hause nicht mehr fluchen, und du...«

»Das wäre nicht weiter schlimm«, sagte sie kühl. »Aus dem Alter, in dem man flucht, ist man irgendwann sowieso heraus.« War das wirklich ihr Ernst? Jetzt, wo wir unser Leben gerade so wunderbar eingerichtet hatten. »Und die Quickies könnten wir dann auch vergessen.« Hatte sie daran gedacht?

»Das stimmt, aber mir war die ungekürzte Version abends im Bett schon immer lieber.«

Ich hörte auf zu essen und sah sie an, ihr schmales, wohlgeformtes Gesicht, die großen, auffallenden Augen, die ausgeprägte Kinnpartie – meine gutaussehende, wenn auch etwas magere Ehefrau. »Jetzt komm schon, Shirley! Sie würde uns ständig Vorwürfe machen, weil wir keine Kinder haben. Du weißt doch, wie sie ist. Seid fruchtbar und mehret euch, die christliche Familie und so weiter.«

»Davon hat sie mir gegenüber nie ein Wort erwähnt«, sagte Shirley. »Im Gegenteil, ich fand sie in dieser Hinsicht immer ausgesprochen verständnisvoll. Meine Mutter ist da viel schlimmer.«

»Aber der Vorwurf steht ihr ins Gesicht geschrieben, verdammt nochmal. Sie braucht gar nichts zu sagen. Das ist es ja gerade, meine Mutter ist ein wandelnder Vorwurf.«

Shirley lächelte. »Ist dir noch nie der Gedanke gekommen, daß das Problem vielleicht bei dir selber liegt, ich meine, du bildest dir ein, daß sie dir Dinge vorwirft, wegen denen du dich sowieso schuldig fühlst. Du projizierst dein schlechtes Gewissen auf sie, damit du es leichter ignorieren kannst. Du machst sie für deine Gewissensbisse verantwortlich und denkst, es liegt alles nur an deiner dummen Mutter.«

»Ein dreifaches Hoch auf die Psychoanalyse«, sagte ich fröhlich, während ich mir irgendeine scharfe Soße in den Mund schaufelte. »Soll ich dir erzählen, was ich letzte Nacht geträumt habe?«

Aber Shirley sagte: »Wie auch immer, ich hätte inzwischen ganz gerne ein Kind. Warum nicht? Genau darauf wollte ich ursprünglich hinaus. Wir könnten uns eine größere Wohnung suchen, ein Baby bekommen, und deine Mutter könnte auf das Kind aufpassen, während wir bei der Arbeit sind.«

FEHLURTEILE

Wenn ich darüber nachdenke, beruhte eine meiner vielen Fehleinschätzungen in bezug auf Shirley darauf, daß ich Klassenzugehörigkeit mit Intelligenz verwechselte, Klassenzugehörigkeit und vielleicht Bildung. Beides war mir damals als Garantie für eine starke Persönlichkeit erschienen. Ich hätte bedenken sollen, daß a): jede Gesellschaft in ihrem Bestreben nach Aufrechterhaltung des Status quo die natürliche Tendenz zeigt, ihre herrschende Klasse mit überdurchschnittlichen geistigen Fähigkeiten zu assoziieren, und b), daß Mädchen während ihrer Schulzeit nicht selten große Streberinnen sind und in der Untersekunda oder wie das heutzutage heißt lauter Einsen bekommen, dies aber kein Hinweis auf echte Intelligenz ist, denn die offenbart sich erst im Laufe der Jahre durch Verhaltensmuster und Lebensentscheidungen. Außerdem hätte ich wohl bedenken sollen, wie leicht, ja geradezu leichtfertig, Shirley alle möglichen Meinungen und Standpunkte annimmt, wieder verwirft und erneut annimmt. Mal ist sie für die Israelis, eine Woche später für die Araber, je nachdem wer gerade die letzte Greueltat begangen hat; mal ißt sie keinen Zucker, weil der schlecht für die Haut ist, und eine Woche später ißt sie doch wieder welchen, weil sie zunehmen will und mehr Energie braucht. Kurz gesagt, Shirley ist ein Mensch, der keinerlei tiefe und feste Überzeugungen hat und nicht in der Lage ist, eine bestimmte Linie zu verfolgen. Ich hätte daher erkennen müssen, daß ihre vernünftigen Ansichten über das Kinderkriegen (daß es eine zu riskante Sache sei und Menschen, die Karriere machen wollten, nicht die Zeit aufbringen konnten, die ein Baby brauchte und verdiente – Ansichten, die mehr oder weniger meinen eigenen entsprachen) sich als kurzlebig erweisen könnten. Ja, ich hätte es erkennen und darauf vorbereitet sein müssen. Aber wir waren nunmal erst achtzehn, als wir uns kennenlernten, und ich war in sie verliebt.

»Dir ist doch bewußt«, begann ich vorsichtig noch einmal, als wir wieder zu Hause waren und im Bett lagen, »daß du vor ein paar Wochen noch genau das Gegenteil gesagt hast. Erinnerst du dich? Als Greg und Jilly hier waren und du über das Buch von Ian McEwan sprachst, das du gerade gelesen hattest. Du sagtest, man solle keine Kinder in die Welt setzen, solange die atomare Bedrohung besteht. Genau das Gegenteil.«

»Na und?« sagte sie. »Vielleicht werde ich langsam erwachsen.«

»Aber wir haben schon x-mal darüber geredet und du hast es versprochen. Keine Kinder.«

»Aber das ist Jahre her.«

»Stimmt. Natürlich ist es das. Solche Dinge erfordern ja auch langfristige Planung.« Dann fiel mir etwas ein, was Mutter immer gesagt hatte, und ich fügte hinzu: »Wenn man ein Versprechen nicht halten kann, wozu um alles in der Welt gibt man es dann? Sinn und Zweck eines Versprechens ist, daß man für alle Zeiten daran gebunden bleibt. Oder etwa nicht?«

Ohne ein Wort zu sagen stand sie auf, zog ihren Morgenrock an und ging ins Wohnzimmer, um fernzusehen. Ich blieb im Bett und hörte mir die Tonfetzen von irgendeinem Film an, bedrohliche Musik, wütende Stimmen. Ich ging unser Gespräch in Gedanken noch einmal durch. Ich kam zu dem Schluß, daß ich wie gewöhnlich recht hatte. Das Problem bestand darin, daß ich wegen meiner Wut, die teilweise Angst war, zu schroff reagierte. Dadurch wirkte ich herzlos. Eine Frage der Präsentation.

Ich stand auf, griff ebenfalls nach meinem Morgenrock und schlurfte ins Wohnzimmer. Shirley saß auf dem Sofa und starrte bedrückt den Bildschirm an, ein Glas Grand Marnier in der Hand.

Sie trinkt zu Hause gerne Snob-Drinks. Ich übrigens auch. In dem Moment, ehe sie mich bemerkte, traf mich der Anblick ihres konzentrierten, hohlwangigen Gesichts im fahlen Licht des Fernsehers und ihres zusammengesackten Körpers wie ein Schlag. Sie sah ausgesprochen unattraktiv aus. Aber ich bin stets bemüht, aufgrund solch flüchtiger Eindrücke nicht gleich ins Wanken zu geraten. Ich wußte, Shirley war eine gutaussehende Frau, und ich war fest entschlossen, mit ihr eine funktionierende Ehe zu führen.

Ich ging zum Sofa hinüber und setzte mich neben sie.

»Es tut mir leid«, sagte ich.

Sie bewegte nicht mal den Kopf.

»Komm schon, Shirley, ich war zu schroff. Ich höre mich manchmal bestimmt wie ein echtes chauvinistisches Arschloch an. War nicht so gemeint.«

Da sie sich immer noch nicht rührte, stand ich auf und ging zurück ins Bett.

Ein paar Minuten später kam sie auch wieder ins Schlafzimmer. Sie knipste das Licht an. Es blendete mich.

»Laß uns ausgehen«, sagte sie.

»Was?«

»Wir können ins Torrington gehen. Da ist dienstags bis zwei Uhr Tanz.«

»Aber ich muß morgen arbeiten.«

»Nicht nur du.« Dann sagte sie: »Hör zu, Crawley, wir haben keine Kinder, damit wir unsere Freiheit genießen können, stimmt's? Aber du tust nichts als arbeiten. Arbeiten, arbeiten, arbeiten. Es muß doch im Leben noch etwas anderes geben.«

Draußen lief sie übertrieben mädchenhaft und beschwingt über die High Road. Plötzlich packte sie mich und küßte mich hart, preßte ihre Lippen gewaltsam auf meine, während sie ihre Hände hinter meinem Kopf verschränkt hielt. Wir standen unter einem Regenschirm. »Weißt du, George, du wirst allmählich ein richtiger Sesselfurzer«, sagte sie fröhlich. »Wir führen ein total ödes Vorstadtleben.« Ich küßte sie ebenfalls und gab mir alle Mühe, ihre Leidenschaft zu erwidern. »Na los, leg deine Hand auf meinen Arsch«, sagte sie; also tat ich es. »Kneif mich«, sagte sie; also tat ich es. Und im Torrington tanzten wir erregt, mit einer Erregung, wie ich sie lange nicht mehr gespürt hatte. Wir rieben unsere Schenkel aneinander, umarmten uns eng und knutschten, dann gingen wir heim, stürzten uns ins Vergnügen und machten ein richtiges Fest aus unserer Lust. Am Morgen, im Büro, vor dem grünen Bildschirm, war ich wie erschlagen.

Soweit also die Nachwirkungen von Tante Mavis' Beerdigung. Man konnte schwerlich darüber hinwegsehen, daß ein empfindliches Gleichgewicht gestört worden war. Etwas stimmte nicht mehr. In den folgenden Wochen und Monaten wurde Shirely launisch, schwierig und aggressiv, während ich alles in meiner Macht stehende tat, dieses Gleichgewicht wieder herzustellen, an die glückliche Zeit vor jenem Gespräch anzuknüpfen. Zu diesem Zweck brachte ich eine Unmenge Blumen und guten Wein mit nach Hause und verzichtete, soweit es für jemanden mit meinen Pflichten und Karrierezielen möglich war, auf die abendlichen Überstunden; und ich verzichtete auf meinen Karatekurs, mit dem ich wegen meines Rückens begonnen hatte und der mir nicht nur großen Spaß machte, sondern bei dem ich auch erstaunlich erfolgreich war. Statt dessen kaufte ich Karten für die Oper und für Konzerte oder Ballettaufführungen, die Shirley gefallen und mich selber nicht allzusehr langweilen würden.

Was noch? Nach einigem Suchen fand ich ein Gestüt in Totteridge, wo wir sonntagmorgens zu einem unverschämt hohen Preis in Gesellschaft anderer berufstätiger junger Menschen unseres Schlages reiten konnten. Ich förderte neue Bekanntschaften, plante Dinnerpartys und Ausflüge, selbst wenn ich keine Lust dazu hatte, selbst wenn ich zum Beispiel voll und ganz mit den umfangreichen neuen Programmen beschäftigt war, die wir für Brown Boveri auf Fehler überprüften. Ich versuchte, ihr Interesse für die eine oder andere größere Anschaffung zu wecken, die wir uns leisten konnten, ein neues Auto zum Beispiel, und ich brachte Prospekte von Cavaliers, Orions oder Giuliettas mit nach Hause. So etwas heitert die meisten Menschen auf. Aber vor allem legte ich ihr nahe, wenn die Arbeit an der St. Elizabeth-Schule sie unterfordere – sie war ja bereits wesentlich länger dort als beabsichtigt – solle sie sich nach einem anderen Job umsehen, es mal bei einem Verlag versuchen, oder beim Radio oder Fernsehen. So hatten wir es schließlich von Anfang an geplant. Das Problem bestand meiner Ansicht nach darin, daß ihre Arbeit sie nicht ausfüllte. Sie war gelangweilt. Ich bot ihr sogar an, sie bei InterAct unterzubringen, wenn sie wollte. Ich war inzwischen in einer Position, in der ich so etwas hinbiegen konnte. Aber wider Erwarten erklärte Shirley, sie habe durchaus nicht vor, ihre Stellung zu wechseln. Was machten Verleger denn schon Großartiges, letztendlich saßen sie doch bloß in Büros herum und dachten über die Papierpreise nach. Nein, durch ihre Arbeit in der Schule hatte sie entdeckt, daß sie eine besondere Begabung für den Umgang mit kleinen Kindern besaß. Sie liebte ihre Kinder. Wirklich, sie liebte ihren Eifer, ihre Unschuld. Sie war ausgesprochen gerne Lehrerin. Es machte ihr Spaß. Sie hätte das nie erwartet, aber da konnte man mal sehen. Ohne ihren Job wäre sie tot. Diese Arbeit war das einzig Gute in ihrem Leben.

»Nun«, sagte ich mit größtmöglicher Begeisterung in der Stimme, »wie wäre es dann mit ein paar unterrichtsergänzenden Aktivitäten? Die Schulleitung bittet dich doch dauernd, Theateraufführungen und Konzerte zu organisieren. Das wäre bestimmt aufregend. Stürz dich in die Arbeit, wenn sie dir soviel Spaß macht.«

»Du bist ein Schatz«, sagte sie. »Ein richtiges Herzchen.«

MAN GIBT SICH JA ALLE MÜHE,
VERSTÄNDNISVOLL ZU SEIN

Noch etwas mußte ich in dieser Zeit ertragen, und zwar die häufigen Besuche von Shirleys Mutter. Mrs. Harcourt war eine hektische, herrische, hyperaktive Frau mit den typischen Eigenschaften der Ehefrau, die der Kinder wegen ihren Beruf an den Nagel gehängt hat und plötzlich mit leeren Händen dasteht, nachdem die Jungen ausgeflogen sind (eine gute Lektion für Shirley, wenn sie nur die Augen aufgemacht hätte). Sie investierte übermäßig viel Zeit in ihre äußere Erscheinung (Friseurbesuche, Sauna, Massage) und hatte das Fotografieren zu ihrem Hobby gemacht, um die träge dahinfließende Zeit zwischen ihren gesellschaftlichen Verpflichtungen zu überbrücken. Bei jedem Besuch hatte sie ihren Kamerakoffer dabei und zog irgendwann eine Nikon hervor, nahm die Brille ab, um mit zusammengekniffenem Auge durch die teure Autofocus-Linse ein möglichst abwegiges Motiv zu betrachten, je abwegiger desto besser, denn sie wollte ihren besonderen Blick unter Beweis stellen, ihr Talent, »das Ungewöhnliche im Gewöhnlichen zu entdecken«, wie sie es ausdrückte.

Sie richtete die Kamera mal auf ein Durcheinander von Töpfen in einem unserer unaufgeräumten Schränke, mal auf den Seifenschaum, der gerade im Abfluß verschwand, oder auf einen Kaffeebecher auf der Armlehne des Sofas, aber soweit ich mich entsinnen kann, drückte sie in unserer Wohnung kein einziges Mal auf den Auslöser, und wenn doch, bekamen wir die Ergebnisse jedenfalls nie zu sehen. Vielleicht konnte selbst sie nichts ausreichend Ungewöhnliches bei uns entdecken; wir sind eben völlig normal. Sie hatte zwei kleine Ausstellungen in der Stadtbücherei in Chiswick gehabt. Die eine zeigte aus vorschriftsmäßig abwegigen Blickwinkeln aufgenommene Bilder der verschiedenen Phasen der Hühnerschlachtung auf einer Geflügelfarm in der Nähe der Goldhawk Road und sollte angeblich die menschliche Brutalität gegenüber den Hühnern kritisieren, während sie in der zweiten Ausstellung Fotos von Treibgut präsentierte, das an die schlammigen Ufer gegenüber dem Haus der Harcourts in Strand-on-the-Green gespült und durch den klebrigen Schlick völlig unkenntlich geworden war. Diese himmelschreiend überflüssigen Unternehmungen gehörten zu den wenigen Dingen, über die Shirley und ich noch gemeinsam lachen konnten.

Ansonsten war Mrs. Harcourt eingetragenes Mitglied der neugegründeten SDP, was sich vermutlich nur Menschen leisten konnten, die bereits wohlhabend waren und nicht arbeiten mußten. Ihr kleiner Kopf ragte erstaunlich weit vor, und wenn sie sprach, versetzte ihre lebhafte Redeweise einen dicken Leberfleck über dem einen Mundwinkel in wellenartige Bewegung. Vielleicht war das der Grund, warum sie immer so aufdringlich wirkte.

Sie fuhr etwa drei bis viermal die Woche in ihrem Metro Deluxe bei uns vor, kurz nachdem Shirley aus der Schule gekommen war. Wenn ich zwei Stunden später zu Hause eintraf, wurde ich nicht gebeten, mich an der Unterhaltung zu beteiligen. Oft setzten sich die beiden in die Küche oder sogar ins Schlafzimmer, um klarzumachen, daß sie unter sich bleiben wollten. Einmal hörte ich ein Schluchzen. Aber meistens war es das schallende Ha-ha weiblichen Gelächters; Mrs. Harcourt, die nach Luft rang, wobei sie sich wahrscheinlich den Bauch hielt, wie es ältere Frauen oft tun, schrille ›Oje-oje‹-Schreie, bei denen Shirley zweifellos den Kopf in den Nacken warf und den schimmernden, rosigen Mund weit aufriß, eine Geste, die ich bezaubernd fand, als ich sie kennenlernte.

»Worüber sprecht ihr denn so?« fragte ich einmal.

»Ach, über dieses und jenes.«

»Komm schon, sie ist fast jeden zweiten Tag hier. Da müßt ihr doch etwas zu besprechen haben.«

»Wir sprechen über Vater. Über Charles. Sie macht sich Sorgen, weil er anscheinend noch nie eine Freundin hatte. Du weißt schon.«

»Ich würde mir um das Mädchen Sorgen machen, wenn er eine hätte.«

»Und letzte Woche wurde er bei einer Demo gegen Cruise-Missiles verhaftet.«

»Er wird gerne verhaftet; das erhöht seine Glaubwürdigkeit als Sozialwohnungsberechtigter.« Und unvermittelt fragte ich: »Was treibt denn eigentlich dein Vater zur Zeit? Wir haben ihn schon ewig und drei Tage nicht gesehen.«

Shirley sagte: »Dieser Schnellkochtopf ist wirklich nicht zu gebrauchen. Herrgott! Man weiß nie, wie hoch die Temperatur ist. Ganz egal, wie man ihn einstellt, das Zeug ist hinterher entweder völlig verkohlt oder halbroh.«

»Und was ist mit mir?« fragte ich mit einem, wie ich hoffte, verschmitzten Lächeln.

»Was?«

»Sprecht ihr nicht über den guten alten George?«

»Nanu, da ist aber jemand unsicher«, sagte sie lachend. »Natürlich sprechen wir manchmal auch über dich. Es wäre doch seltsam, wenn nicht, oder?«

»Wäre es das?«

»Ich finde schon.«

»Na gut, und was sagt ihr so?«

»Oh, daß du mich gar nicht verdient hast.« Sie stach mit einer Gabel in den Fleischauflauf und lächelte süßlich.

»Sprich weiter.«

»Mmh, mal überlegen, daß du durch deine Erziehung zu einem zwanghaften Heuchler geworden bist.«

»Ach so, ja klar. Wie wär's mit ein paar Beispielen?«

»Obwohl wir uns natürlich einig sind, daß du tief im Innern liebevoll und aufrichtig bist und aus dir am Ende doch noch ein anständiger Kerl werden wird.«

»Natürlich.«

Aber ich merke genau, wann jemand ein Messer zieht und es auf mich richtet.

Ich schlug vor, öfter mal zu verreisen, wenn sie so niedergeschlagen war. Ab und zu ein Wochenende in Paris, das konnten wir uns jetzt leisten. Wir waren durchschnittlich gut verdienende junge Leute, auch wenn es ratsam gewesen wäre, etwas mehr zu sparen. Ich könnte mir sogar über Ostern eine Woche freinehmen. Vielleicht wäre auch Spanien nicht schlecht, oder Italien. Oder ein paar Tage aufs Land zum Reiten. Sie sagte, sie wollte nicht übers Wochenende verreisen, und schon gar nicht über Ostern. Sie wollte noch nicht einmal im Sommer verreisen. Wir hatten in diesem Jahr vorgehabt, in die Türkei zu fahren, da alle anderen nach Griechenland fuhren. Und jetzt wollte sie nicht mehr. Ich könnte ja allein fahren. Ich sagte, nein, ich könnte nicht allein fahren. Was hätte das für einen Sinn? »Warum nicht?« sagte sie. »In deinem Kopf lebst du sowieso ganz für dich allein.«

Man gibt sich ja alle Mühe, verständnisvoll zu sein. Ich sagte, wenn sie wirklich so deprimiert und unglücklich war, dann sei es doch vielleicht, eventuell, das beste, wenn sie, ähm, professionelle Hilfe in Anspruch nahm, möglicherweise, nun ja, eine Psychotherapie machte. Sie sagte: »Ich bitte dich, Schatz, nun mach mal einen Punkt.« Und sie sagte: »Diese Wohnung ist unmöglich, vollkommen unmöglich, hörst du? Wir kriegen überhaupt keine Sonne, die Teppichböden sind die schlimmsten Staubfänger, die man sich vorstellen kann, es stinkt aus den Abflüssen, die

Schranktüren gehen nicht zu, das heiße Wasser wird nie richtig heiß, die Rohre ächzen, den Backofen kann man vergessen, die Wände sind völlig vergilbt und man kann rein gar nichts dagegen tun, weil die Vermieterin es nicht bezahlen will. Ich frage mich, was wir eigentlich hier machen.«

Ich hatte das Gefühl, sie übertrieb ein bißchen. Aber damit hatte ich wenigstens einen Ansatzpunkt. Ich schlug vor, wenn es an der Wohnung lag, daß sie so deprimiert war, obwohl sie nicht behaupten konnte, ich würde nicht im Haushalt helfen, dann sollten wir schon jetzt eine eigene Wohnung kaufen, anstatt zu warten.

»Und mit wessen Geld?« Sie klang aggressiv. Ich sagte, sie wisse sehr gut, mit wessen Geld. Etwas eigenem, und einer Menge von ihrem Vater. Es gab doch die stillschweigende Übereinkunft, daß er uns beim Kauf helfen würde, wenn wir soweit waren. Sie sagte, eine Wohnung zu kaufen würde uns nicht weiterbringen. Diese Wohnung sei grauenvoll, aber deswegen sei sie nicht deprimiert. Ich sagte, ich wüßte nicht, was ich noch vorschlagen sollte, ich war sowieso derjenige, der die ganzen Vorschläge machte, und kaum sagte ich etwas, warf sie mir unweigerlich vor, ich sei dumm. Ich verstand einfach nicht, warum wir nicht glücklich sein konnten.

»Schlag nichts mehr vor«, sagte sie. »Und hör vor allem auf, mir ständig Blumen zu kaufen, als läge ich im Sterben oder sowas.«

Den Blitzableiter spielen

Meine Mutter kam zu Besuch. Ich glaube, weil ich Geburtstag hatte. Mutter feiert jeden Geburtstag, selbst wenn alle anderen ihn vergessen haben. Sie denkt sogar an Hilarys. Es ist für sie wie ein Ritual, an dem sie fast sklavisch festhält, ähnlich dem Sittenkodex, den sie blind befolgt, dem Zehnten für die Kollekte, ihrem Pflichtgefühl gegenüber Großvater, ihrer Entscheidung, einen Mann nicht zu heiraten, weil er sich zehn Jahre zuvor hatte scheiden lassen.

Sie hatte an meinen Geburtstag gedacht und hielt den traditionellen, selbstgebackenen Geburtstagskuchen mit Zitronenglasur in der Hand, als sie trotz der langen Busfahrt fröhlich und munter vor der Tür stand, denn natürlich ist Mutter selten so guter Laune wie bei der Erfüllung einer familiären Verpflichtung. Ich bedankte mich und gab ihr einen Kuß. Ich freute mich sogar über ihren Besuch, weil ich hoffte, dadurch würde sich die Spannung vielleicht ein bißchen lösen. Aber kaum hatten wir uns gesetzt, um den Kuchen zu essen, fragte Shirley: »Nun, Mrs. Crawley, haben Sie in letzter Zeit wieder ein paar Seelen gerettet?«

Die Bemerkung war absichtlich kränkend. Shirley hatte das unschuldige Lächeln aufgesetzt, das immer ihren beißenden Spott begleitet. Meine Mutter sagte bloß: »Nicht ich rette die Seelen, Liebes, sondern Gott«, und dann erzählte sie uns von Peggys süßem kleinen Frederick. Er war kräftig und blond und hatte schon alle Milchzähne, ein richtiger Wonneproppen. Ihre großen, ungeschickten Hände massakrierten mit dem wohnungseigenen stumpfen Brotmesser den Kuchen. »Möchtest du, George?«

Shirley sagte: »Ich nehme an, Peg plant schon das nächste?«

In Anbetracht der immer noch undurchsichtigen Vaterschaft des ersten verfinsterte sich Mutters Miene natürlich. Aber sie zwang sich zu einem nachsichtigen Lachen und sagte: »Oh, das weiß ich nicht, Peggy erzählt mir nicht viel von sich.«

»Vielleicht prüft sie gerade einige in Frage kommende Väter«, fuhr Shirley fort. »Sie steht zur Zeit auf Buddhismus, nicht? Vielleicht haben wir bald einen Chinesen in der Familie.«

Als wir einen Moment allein in der Küche waren, fragte ich sie, was zum Teufel sie sich dabei dachte. Warum konnten wir nicht einfach in Ruhe zusammen Tee trinken?

»Ich finde es unerträglich«, sagte sie, »wie du immer den braven Jungen spielst, wenn deine Mutter da ist. Sie hält dich für den reinsten Musterknaben. Wenn sie wüßte, wie du wirklich bist.«

»Wie bin ich denn?« fragte ich.

»Das brauche ich dir wohl kaum zu sagen«, erwiderte sie.

»Aber Schatz, du bist doch diejenige«, warf ich ein, »die gesagt hat, sie hätte nichts dagegen, wenn sie zu uns zieht.«

»Eben«, erklärte sie, »damit sie gezwungen wäre, der Wahrheit ins Auge zu blicken. Wir könnten endlich reinen Tisch machen.«

»Ich fluche sogar in ihrer Gegenwart«, sagte ich, »ich verstelle mich überhaupt nicht.«

Woraufhin sie, was leider sehr wirkungsvoll ist, einfach in Lachen ausbrach und zurück ins Wohnzimmer ging.

Als ich Mutter mit dem Auto nach Acton zurückbrachte, sagte ich: »Es tut mir leid, wenn Shirley ein bißchen unfreundlich war, Mama.«

»War sie das, Liebling? Das ist mir gar nicht aufgefallen.«

»Ich weiß auch nicht, aber sie scheint momentan irgendwie frustriert zu sein. Ich kann mir nicht erklären, woran es liegt.«

»Wir machen alle mal eine schlechte Zeit durch. Die Ärmste«, sagte Mutter mitfühlend. Dann, an der Ampel bei der A 40, wagte sie einen Vorstoß: »Ich weiß, es geht mich nichts an, aber vielleicht solltet ihr eine Familie gründen. Sie hat vor ein paar Monaten mal erwähnt, daß sie gerne ein Baby hätte.«

Als ich weiterhin schweigend auf Grün wartete – wie üblich versuchte ein Verkehrsrowdy, sich an mir vorbeizudrängeln, etwas, das ich nie zulasse – sagte sie:»Ich glaube, es kommt im Leben der Moment, wo das der nächste logische Schritt ist, der einzige Weg zu wachsen.«

Ich lachte und trat kräftig aufs Gas. Ich fahre unheimlich gerne Auto. Ich sagte:»Vergiß nicht, Mama, ich bin Spezialist für logische Schritte, das ist mein Beruf, und ich kann dir versichern, es wäre keiner. Bei Shirley handelt es sich bloß um einen typischen Fall von Langeweile. Da liegt das Problem. Wenn sie ein Baby hätte, würde sie sich nur noch mehr langweilen. Sie würde es ständig bei Verwandten oder Babysittern abladen.«

Mutter sagte mit munterer Stimme:»Du weißt, auf mich könnt ihr zählen. Es macht mir großen Spaß, auf Frederick aufzupassen.«

Da ich Angst hatte, die Ereignisse könnten sich meiner Kontrolle entziehen, rief ich in der folgenden Woche Shirleys Vater an und sagte sehr vorsichtig einen sorgfältig vorbereiteten Text auf: Shirley sei deprimiert, weil wir schon so lange in dieser schäbigen Wohnung hausten, die Vermieterin weigere sich, Reparaturen oder Renovierungsmaßnahmen durchzuführen, auf dem Wohnungsmarkt sehe es zur Zeit schlecht aus, wegen der absurden, mieterfreundlichen Gesetze, die die Labour-Regierung erlassen hatte und zu deren Aufhebung Maggie noch nicht gekommen war, die Immobilienpreise seien heutzutage so hoch, daß es für zwei junge Leute völlig unvorstellbar war, aus eigenen Mitteln etwas Anständiges zu erwerben – und ich fragte ihn, ob die Möglichkeit bestünde, jetzt, da ich etwas Geld gespart hatte, denn ich legte dreißig Prozent meines Gehalts auf die hohe Kante – ob nicht die Möglichkeit bestünde, daß er uns unter die Arme griff, am besten mit einer ziemlich hohen Summe, und…

72

Er sagte: »Nicht ehe ich genau weiß, wie die finanzielle Vereinbarung mit Mary aussehen wird, fürchte ich.«

Es war gerade Mittagszeit, und als ich aufgelegt hatte, betrachtete ich die Weltkarte an der Wand, auf der kleine Fähnchen die Länder markierten, in denen meine Software benutzt wurde. Von Panama bis Portugal, hieß es im Werbeprospekt, von Italien bis Indonesien. Wie kommt es, fragte ich mich, daß ich in die privaten Angelegenheiten der Menschen, die mir nahestehen, nicht eingeweiht werde? Warum nicht? Warum werde ich ausgeschlossen? Ich war verletzt und wütend.

»Warum hätte ich es dir sagen sollen?« entgegnete Shirley.

»Weil wir verheiratet sind, verdammt noch mal! Weil wir alles miteinander teilen sollten. Du jammerst, weil ich dich nicht verstehe, aber du verschweigst mir, was ich wissen muß, um überhaupt eine Chance zu haben, dich zu verstehen. Die Sache hat dich offensichtlich sehr mitgenommen. Es erklärt alles. Und ich tappe monatelang im dunkeln!«

Sie sagte, ich hätte vielleicht recht. Ja, wahrscheinlich sogar. Aber sie hatte einfach keine Lust gehabt, es mir zu erzählen. Sie hatte es nicht übers Herz gebracht, darüber zu sprechen. Es war zu schrecklich. Ihre Eltern waren immer ein fester Bezugspunkt für sie gewesen, das hatte sie jetzt erst erkannt.

Sie war den Tränen nahe, und ausnahmsweise durfte ich sie trösten.

Aber im Laufe der nächsten Monate nahmen die Spannungen zwischen uns noch zu, obwohl das kaum möglich war, und vor allem ganz unnötig. Wenn ich nach Hause kam, war Shirley mürrisch und reizbar und fast alles, was ich sagte, brachte sie in Rage. Wenn ich zum Beispiel ganz unschuldig fragte, was es zum Abendessen gab, herrschte sie mich an, ich solle mich gefälligst selber um mein Abendessen kümmern. Obwohl ich nach dem Tag im Büro und dem Feierabendverkehr todmüde war und noch einen Haufen Arbeit mit nach Hause gebracht hatte, erbot ich mich, zum indischen Laden zu gehen und ein paar Leckerbissen zu holen, woraufhin ich zu hören bekam, ich hätte sowieso keine Ahnung vom Einkaufen und würde immer das Falsche anschleppen, daher hätte es ja wohl kaum Sinn, daß ich ginge, oder? Nach allem, was man so aus Zeitungsartikeln und Fernsehberichten weiß oder beispielsweise beim Autowaschen im Radio hört, kam mir natürlich der Gedanke, daß Shirley möglicherweise an einer körperlichen/seelischen Krankheit oder gar unter Streß litt und daß ich vielleicht Mitleid für sie empfinden sollte, anstatt das Gegenteil. Ich gab mir ernsthaft Mühe. Aber ich überlegte auch, daß ich, wenn sie tatsächlich zu, sagen wir mal, krankhaften Depressionen neigte (obwohl sie in den vergangenen sieben Jahren noch nie in einem solchen Zustand gewesen war), nicht für den Rest meines Lebens die trostlose Rolle des Blitzableiters spielen wollte. Oder? Es war ein schwerwiegendes Problem.

Ich streichelte die feinen Härchen in ihrem anmutigen Nacken, während sie mit dem Rücken an das Sofa gelehnt auf dem Boden saß und fernsah. Sie schob meine Hand weg.

Szenen wie diese kamen häufig vor. Warum konnten wir nicht fröhlich sein?

Ich sagte: »Wir wär's mit einem Bier im Torrington? Da treffen wir bestimmt Bekannte.«

Sie gab keine Antwort.

»Keine Lust auf ein Gläschen, Häschen?«

Nichts. Keine Reaktion.

Ich rief ihren Bruder Charles an, traf mich mit ihm in einem Pub in Kentish Town und fragte ihn bei ein paar Bieren nach seiner Meinung.

Hatte Shirley als Kind je unter Depressionen gelitten? Er bediente sich fleißig aus meiner Schachtel Rothmans und ließ unablässig eine Fünfzig-Pence-Münze über seine blassen Finger laufen. Er sagte, Shirley sei immer der Liebling ihrer Eltern gewesen, sie hatte alles bekommen, was sie wollte – ein Pony,

Ballettunterricht, Skireisen – während man ihm kaum Beachtung schenkte und sich auch noch über ihn lustig machte, wenn er auf die soziale Ungerechtigkeit hinwies, auf der ihr Lebensstil beruhte. Er hatte einmal dem philippinischen Hausmädchen einen Packen Geldscheine aus Vaters Brieftasche gegeben, aber leider hatte das Mädchen, ängstlich und unterwürfig wie sie war, das Geld sofort an Mutter zurückgegeben, woraufhin ihm sein Vater eine gehörige Tracht Prügel verabreicht hatte. So war das bei ihnen zu Hause gewesen. Im Gegensatz zu ihm hatte Shirley jedoch nicht rebelliert, sondern sich nur allzu bereitwillig angepaßt, und jetzt bekam sie eben die Folgen ihrer geistlosen, eigennützigen Erziehung zu spüren, nämlich den Überdruß der richtungslosen Bourgeoisie. Was sie brauchte, war eine Aufgabe, ein Lebensinhalt. Er selber saß in einem Ausschuß, der sich dafür einsetzte, daß neuer Wohnraum für sozial Schwache geschaffen wurde. Er hatte wesentlich zur Erhaltung mehrerer besetzter Häuser beigetragen, die von der Räumung bedroht gewesen waren. Er war niemals deprimiert. Bei all dem Leid und Elend in der Welt, sagte er, lag es doch auf der Hand, was man mit seinem Leben anfangen sollte, und er hatte absolut kein Verständnis für Leute, die untätig herumsaßen und Trübsal bliesen.

Da es zwecklos war, mit jemandem zu streiten, der so absurde Ansichten vertrat, trank ich aus, zahlte und ging. Allerdings möchte ich festhalten, daß ich noch am selben Abend Shirley den Vorschlag machte, einer dieser Organisationen beizutreten, die kostenlose Kinderkrippen für werktätige Mütter betreiben.

»Wie bitte?« sagte sie, während sie eine Zitrone in Scheiben schnitt, »hast du den Verstand verloren? Oder willst du etwa, daß ich wie deine Mutter werde?«

Schließlich fragte ich sie ohne Umschweife. Lag alles nur daran, daß sie sich ein Kind wünschte?

Was alles? Daß sie so deprimiert und launisch war (um nicht zu sagen abgestumpft).

»Ach so. Das ist nur eine Phase«, sagte sie, während sie mit Töpfen und Pfannen hantierte. Sie küßte meinen Nacken, während ich mich über mein Kotelett hermachte.

»Also willst du kein Baby?« Bei Unterhaltungen mit Shirley wünschte ich oft, ich hätte mein Diktaphon in der Tasche. Sie schüttelte übertrieben heftig den Kopf. Sie nahm mich nicht ernst. Ich übte mich in Geduld.

»Ich meine, wenn das der Grund ist, wenn du wirklich Kinder haben willst«, ich atmete tief ein, »und da es nun mal so ist, daß ich keine will, ich weiß zwar nicht warum, aber ich möchte wirklich keine, ich fühle mich auch ohne Kinder erfüllt und glücklich, würde ich es für das beste halten, wenn wir uns trennen, damit du noch genug Zeit hast, einen anderen Mann zu finden und wir endlich aufhören, uns gegenseitig das Leben zur Hölle zu machen. Denn das kommt mir ehrlich gesagt wie ein Verbrechen vor. Ich meine«, fuhr ich eilig fort, jetzt zu ihrem Rücken sprechend, denn sie hatte sich abgewandt und ließ Wasser in die Töpfe laufen – Shirley hantierte ständig mit irgendwelchen Töpfen –, »eigentlich will ich nicht, daß wir uns trennen, ganz und gar nicht; ich will vielmehr, daß wir zusammen glücklich sind. Das habe ich dir schon hundertmal erklärt. Aber wenn du...«

Es sind die neuen, schonend kochenden Edelstahltöpfe, die mehr als ein Monatsgehalt gekostet haben. Ich muß allerdings zugeben, daß sie sehr schick aussehen. Ich habe mich nie gegen solche Anschaffungen gesträubt. Im Gegenteil, ich habe getan, was ich konnte, um sie glücklich zu machen. Ich war immer richtig froh, wenn sie überhaupt einen Wunsch äußerte.

Endlich drehte sie sich um. Sie stand rückwärts gegen die Spüle gelehnt und hatte die Hände auf die Ablauffläche gestützt. Sie trug glänzende blaue Jogging-Shorts. Sie schaute mich eine ganze Weile schweigend an und brach dann, nach all den Spannungen der letzten Monate, endlich in Tränen aus. Sie schluchzte und hockte sich plötzlich auf den narbigen, schwarz-rot karierten Linoleumfußboden. Sie sagte, natürlich wolle sie nicht, daß wir uns trennten. Wie konnte ich das nur glauben? Und es täte ihr leid, daß sie so mürrisch und stur war. Sie wußte selber nicht, warum sie sich so benahm. Aber es gab so vieles, das ihr zu schaffen machte. Ehrlich. Sie brach erneut in Tränen aus.

Tränen haben, das muß ich zugeben, auf mich eine überwältigende, ja geradezu lähmende Wirkung. Ich kann ihnen einfach nicht widerstehen. Als Kind konnte ich den Tränen meiner Mutter nicht widerstehen, und jetzt konnte ich Shirleys Tränen nicht widerstehen.

Daher gab ich jeden Versuch auf, das Gespräch bis zu einem vernünftigen Ergebnis weiterzuführen, und kniete mich schnell neben sie, um sie zu trösten. Wir kuschelten uns aneinander, sie weinte, ich flüsterte zärtliche Worte, wir küßten uns, schauten uns in die geröteten Augen, gestanden Fehler ein, verziehen uns, küßten uns erneut, liebten uns schließlich, nachdem wir irgendwie ins Schlafzimmer gelangt waren, und ich gab mich der naiven, wenn auch nicht ganz unverständlichen Hoffnung hin, das Blatt habe sich gewendet.

Es folgten zwei glückliche Wochen der Aussöhnung, Harmonie und Heiterkeit. Es war also immer noch möglich. Alles war wieder in Butter. Wir würden doch in die Türkei fahren. Wir buchten die Fähre, ließen das Auto generalüberholen. Es würde wunderbar werden. Das Leben war toll. Und dann fing alles von vorne an: Gezanke, Gemaule, schlechte Laune. Türkeireise gestrichen. Nicht nur die Türkeireise, auch jeder andere Urlaub. Klar? Wenn ich sie daran erinnerte, was sie an jenem Abend alles gesagt hatte, welche Zugeständnisse sie gemacht hatte, dann behauptete sie entweder, eine solche Szene hätte nie stattgefunden, oder sie probierte es mit einer witzig-hämischen Bemerkung wie: »Ich wurde zu dieser Aussage genötigt, Euer Ehren. Mein Anwalt war nicht dabei. Ich widerrufe alles.« Oder sie warf lachend den Kopf in den Nacken und sagte: »Oh, George, ich finde es wunderbar, daß du einfach immer, immer recht haben mußt. Du bist phänomenal.«

Ich sprach mit niemandem darüber. Jeden Morgen ging ich zur Arbeit, scherzte mit Tony, meinem Mitarbeiter, flirtete diskret mit Joyce und Sandra, den Sekretärinnen, erstattete Johnson und Will Peacock Bericht, ging mit Kunden essen und machte der Telefonistin unverschämte, spaßige Anträge durchs Telefon. Zweifellos können Sie sich den Alltag im neonbeleuchteten, nach abgestandenem Tabakqualm riechenden Büro gut vorstellen, die kleinen Förmlichkeiten, Nettigkeiten und Höflichkeiten, die unvermeidlichen Streitereien, das Getuschel hinter dem Rücken der anderen, während man im großen und ganzen prächtig miteinander auskommt.

Ich sprach mit niemandem. Bei Shirley war es vermutlich ebenso. Fröhlich und munter bei der Arbeit, niedergeschlagen und teilnahmslos zu Hause. Als wären wir nur noch in der sicheren Umgebung des Büros oder der Schule wir selbst. Wenn Besuch kam, Mark und Sylvia zum Beispiel, die ein gutes nachbarschaftliches Verhältnis pflegen wollten (hatten wir schon bemerkt, daß die Haustür nicht richtig schloß, und in welchem Zustand der Rasen war?) und sich mit ein paar Dosen Whitbread-Bier oder einem Teller zäher Pfannkuchen Einlaß verschafften, machten wir ihnen gekonnt etwas vor. Shirley gab sich fast übertrieben gutgelaunt, ich trank reichlich, aber sobald sie weg waren, sackten wir wieder in uns zusammen. Wir schauten fern, lasen Zeitung, gingen zu verschiedenen Zeiten ins Bett.

Und wenn ich mich recht entsinne, geschah es an einem solchen Abend, daß mein Herz sich verhärtete. Ich verwende diese biblische Wendung, denn nachdem ich meine ganze Kindheit hindurch Bibelunterricht gehabt hatte, begriff ich jetzt, was damit gemeint war: das absichtliche, ganz bewußte Sichverschließen vor zärtlichen Gefühlen. Mein Herz verhärtete sich. Ich hatte genug.

DAS WÄRE BESSER FÜR MICH GEWESEN

Großvater war jetzt vollkommen inkontinent. Ich hatte ehrlich gesagt den Verdacht, daß sie beim guten alten National Health Service die Prostatektomie versaut hatten, daß sie irgendetwas Wichtiges weggeschnitten hatten, ein Stück vom Schließmuskel oder so, aber wie Shirley sagte, den Ärzten kommt man nie auf die Schliche. Außerdem war Großvater nicht der Typ, der in der Regenbogenpresse besondere Anteilnahme hervorrufen oder im Falle einer Klage auf Schmerzensgeld die Sympathien des Gerichts gewinnen würde. Die Leute hätten instinktiv kapiert, daß er es nicht besser verdient hatte. Also verwendete ich jeden Morgen etwas Zeit darauf, Erkundigungen über Pflegeplätze in Altersheimen einzuholen. Ich opferte genau fünfzehn Minuten, von halb elf bis viertel vor Elf, dafür, nacheinander alle zuständigen Stellen anzurufen. Auf diese Weise war ich auf den Ernstfall vorbereitet und bräuchte mich zu gegebener Zeit nicht eine ganze Woche mit der Angelegenheit zu beschäftigen, während ich im Büro womöglich gerade ein neues Projekt auf den Weg bringen mußte.

Wie meine Recherchen ergaben, bestand das Problem darin, daß der alte Mann nicht an Altersschwachsinn litt. Würde er nämlich an Altersschwachsinn leiden und bestünde deshalb die Gefahr, daß er sich selber Schaden zufügte, indem er zum Beispiel den Wasserkocher auf den Gasherd stellte oder beim Anzünden seiner Pfeife sein Jackett in Flammen setzte, dann hätte man ihn aufgenommen (obwohl man sich bei solchen Aussichten natürlich überlegen müßte, ob es sich nicht mehr lohnte, ihn noch eine Weile zu Hause zu behalten). In allen anderen Fällen wurde die häusliche Pflege empfohlen und da die Sozialarbeiterin meine Mutter als »fähig und willens, wenn auch ein bißchen überfürsorglich« beschrieben hatte, war man der Meinung, er solle in der Gorst Road bleiben.

Nun, da die Grundstückspreise wieder scharf anzogen, kam ich nach einigem Nachdenken zu dem Ergebnis, das mir diese Lösung fürs erste ganz gut paßte. Noch ein paar Jahre, dann würde das Haus einen Haufen Geld einbringen, von dem nicht nur Großvaters Heimplatz bezahlt werden könnte, sondern noch genug übrig bleiben würde, um Mutter eine kleine Wohnung zu kaufen. Auf diese Weise wären wir nicht gezwungen, sie bei uns aufzunehmen.

Aber dann geschah innerhalb einer Woche zweierlei. Großvater fiel die Treppe hinunter und brach sich die Hüfte, und Mutter, die ihn von nun an waschen und ihm wie einem Baby zu jeder Tages- und Nachtzeit die Windeln wechseln mußte, bekam irgendeine Virusinfektion, die sie völlig außer Gefecht setzte. Sie rief mich um sieben Uhr morgens mit schwacher Stimme an, nachdem sie bis zum dritten Tag ihrer Krankheit gewartet hatte, ehe sie mich ›belästigte‹.

Ich fuhr durch schauderhaften Verkehr in die ›Bananenrepublik‹ von Hackney, um Peggy, die natürlich kein Telefon hatte, abzuholen und nach Park Royal zu bringen, damit sie dort aushalf. Allerdings wurde die buntbemalte Tür ihres Einzimmerapartments im dritten Stock nicht von meiner Schwester geöffnet, sondern von einer ziemlich stämmigen Inderin mit einem zwischen grellen Stoffbahnen sichtbaren kugelrunden braunen Bauch und dem obligatorischen roten Einschußloch auf der Stirn. Sie hatte den feisten, strampelnden kleinen Frederick auf dem Arm, während ihre beiden eigenen (so nahm ich wenigstens an) kleinen Mädchen mit finsteren Blicken hinter ihrem Sari hervorschauten – und das alles vor einem Hintergrund aus Möbeln vom Wohltätigkeitsverein und heilloser Unordnung. Auf dem

Teppich lagen zum Beispiel ein Kochtopf und eine zerfetzte Zeitung.

Peggy hatte einen Job, sagte die Frau. Wo, als was arbeitete sie und wie kam ich dort hin? Sie wußte es nicht. Was mal wieder typisch Peggy war. Sie bestellte eine Babysitterin und erklärte ihr nicht mal, wo sie zu erreichen war. Was sollte die Frau machen, wenn das Kind krank wurde, wenn es einen Notfall gab? Aber Peggy nimmt grundsätzlich an, daß alles gut geht. Das hat sie vermutlich von der Religion unserer Mutter übernommen. Möge ihr diese Zuversicht immer von Nutzen sein. Immerhin gut zu wissen, daß es ein zweites Einkommen in der Familie gab.

Ich fuhr in die Gorst Road, was bedeutete, dem zeitverschlingenden Verkehrssystem unserer Hauptstadt eine weitere Stunde in den Rachen zu werfen, und mußte dann weitere fünf Minuten warten, bis Mutter sich zur Haustür geschleppt hatte, denn ich hatte meinen Schlüssel vergessen. Ihr Gesicht war aschfahl und sie klagte, was ihr gar nicht ähnlich sah, über unerträgliche Bauchschmerzen. War sie beim Arzt gewesen? Nein, und sie wollte auch nicht hingehen. Es war nur ein Bazillus. Aber sie mußte zum Arzt gehen. Verdammt noch mal! Sie wollte nicht. Aber… Sie wollte nicht. Sie konnte Ärzte nicht leiden. Gott würde sie zu sich nehmen, wann immer er es für richtig hielt. Das hat meine Mutter wirklich gesagt. Ich umarmte sie trotzdem und brachte sie in ihrem Nachthemd zum Sofa hinüber; dann ging ich die Treppe hinauf, um nach Großvater zu sehen, doch der Gestank auf dem Treppenabsatz verriet mir bereits mehr, als mir lieb war, und ich ging gleich wieder hinunter.

Mutter hatte sich auf dem Sofa ausgestreckt. »Es tut mir leid«, flüsterte sie. »Und der Pflegedienst für Großvater? Hast du von denen etwas gehört?« Angeblich sollte in den nächsten Tagen eine Sozialarbeiterin vorbeikommen. »Dann müssen wir ihn ins Krankenhaus bringen. Jetzt gleich. Dort wird man sich um ihn kümmern.« Aber er wollte nicht ins Krankenhaus, sagte sie. Er weigerte sich. Er wurde fuchsteufelswild, wenn man es erwähnte. »Tut mir leid«, sagte sie noch einmal. Sie schloß die Augen, hielt sich den Bauch und seufzte. Ich dachte: »Es ist unglaublich, aber ich bin für diese beiden Menschen verantwortlich. Sie sind meine Familie. Und ich bin mit meinem Kontaktmann von Tektronics zu einem frühen Mittagessen verabredet.« Ich fragte: »Kann denn niemand von der Kirche kommen und helfen?« Sie schüttelte den Kopf. Alle, die in Frage kamen, waren im Urlaub.

Einen Augenblick lang stand ich ratlos im Wohnzimmer, aufs neue gefangen in dieser dunklen Höhle meiner Kindheit: die Fotografien, die Wedgwoodware, die altmodisch-naiven Hummel-Figuren, der trostlose Rhododendron draußen vor dem Fenster, und der alles vereinende, alles beherrschende Eindruck von Braun, der zugleich ein Geruch war. Das Zimmer roch irgendwie braun. Da stand ich nun. Bis mir das Naheliegende einfiel. Es gibt nichts, wovon man sich nicht mit Geld freikaufen kann. Und obwohl es teuer werden würde, griff ich nach dem Telefonhörer.

An diesem Tag machte ich so früh wie möglich Feierabend und fuhr so gegen sieben in die Gorst Road, um mich davon zu überzeugen, daß alles in Ordnung war und wir auch bekamen, wofür wir bezahlten. Die Schwester war groß und angenehm füllig. Ihr Haar war über ihrem langen, fleischigen Nacken zu einem Knoten hochgesteckt; sie gehörte zu den Frauen, denen ihr Gewicht gut steht, und während sie geschäftig umherlief, raschelte ihre gestärkte Tracht, und ihre Strümpfe rieben zwischen den kräftigen Schenkeln leise aneinander. Anfang dreißig, schätzte ich, tüchtig, zuverlässig, unverwüstlich. »Wird gemacht, Mr. Crawley«, antwortete sie, als ich irgendeinen Wunsch äußerte. Ich bat sie, mich George zu nennen.

Oben schlief Mutter zwischen ihren grünen Nylon-Laken (Shirley würde schon bei dem Gedanken zusammenzucken), und auf dem Flur roch es jetzt beinahe lieblich. Ich schaute zu Großvater hinein und fand ihn aufrecht im Bett sitzend mit dem Express

auf den Knien. Sämtliche Kleidungsstücke, Handtuch, Morgenmantel, Netzunterhemd, alles war säuberlich von Frauenhand
gefaltet. Sogar das weiße, borstige Haar des alten Mannes war
glattgekämmt, seine Wangen frisch rasiert. Er sah überraschend
viril aus, als könnte er jeden Moment aufspringen. Ich lächelte.
»Mußte eine Schwester bestellen«, sagte ich. »Nicht gerade billig, aber was soll's.« Er sah mich spöttisch an. »Schönen Tag im
Büro gehabt?«

Ich stellte mir vor, wie die Schwester ihm den Hintern und die
schlaffen alten Hoden puderte. Ich dachte, wenn man sich solche
Dienste regelmäßig leisten könnte, wäre das Familienleben gar
nicht so übel. In unserem Fall, vorausgesetzt es war nur für zwei
oder drei Nächte, lohnte sich die Ausgabe allemal. Und auf dem
Weg nach unten, während ich feststellte, daß die durchgescheuerten Stellen im Teppich größer und das Treppengeländer wack-
liger geworden waren, kam mir der Gedanke, daß ich versuchen
könnte, die Schwester zu verführen. Warum nicht? Ich konnte
Shirley sagen, ich müßte über Nacht bei Mutter bleiben, und
dann könnte ich die Schwester vielleicht in meinem und Peggys
altem Zimmer flachlegen. Das würde bestimmt ein paar Geister
austreiben.

Ihr Name war Rosemary. Ich ging los und kaufte ein paar Lebensmittel für sie ein, damit sie sich etwas zum Abendessen machen konnte (dank Shirley bin ich nämlich ausgesprochen gut im
Einkaufen), und wir aßen am gemusterten Formica-Küchentisch
und unterhielten uns. Es war richtig angenehm, mit Rosemary
zusammenzusein, eine ganz unverhoffte Wohltat. Ich fühlte
mich so entspannt und locker, daß ich selber verblüfft war. Besonders, da ich mich in letzter Zeit öfter gefragt hatte, ob ich mir
nicht ein Beruhigungsmittel verschreiben lassen sollte. Sie erklärte, als ich meiner Bewunderung über die vielen kleinen Extra-
leistungen, die sie erbracht hatte, Ausdruck verlieh, daß die Kran-
kenpflege durchaus nicht ihr Traumberuf war, eigentlich hatte sie

Pianistin werden wollen. Sie hatte jahrelang Klavierstunden genommen und es fast geschafft, aber leider nicht ganz. Und da sie es leider auch nicht ganz geschafft hatte zu heiraten, hatte sie entschieden, daß sie ein gesichertes Auskommen brauchte. Sie war Krankenschwester geworden, arbeitete jetzt aber bei einer Agentur und nicht im Krankenhaus, »um flexibel zu sein«, sagte sie. Inzwischen mochte sie ihren Beruf in gewisser Weise. Mein Großvater zum Beispiel war ganz goldig gewesen und hatte ihr alle möglichen interessanten Geschichten erzählt.

Ich widersprach ihr nicht. Ich hörte ihr nur zu, und während ich ihr zuhörte und wir das verspeisten, was ich im indischen Supermarkt um die Ecke aufgetrieben hatte, war ich entzückt von ihrer Offenheit, von dem fremden Leben, das sich mit so ergreifender Schlüssigkeit vor mir entfaltete; und wie so oft, wenn ich eine Frau kennenlerne, egal wie sie aussieht, wurde mir klar, daß sie die Frau war, die ich hätte heiraten sollen: heiter, praktisch, großzügig, begabt, lebenstüchtig, nicht allzu verbittert. Sie hatte kräftige gerade weiße Zähne und große blasse fleischige Hände, die ein emsiges, fast animalisches Eigenleben zu führen schienen. Auch wenn sie still auf dem Tisch lagen, strahlten sie eine nervöse Energie aus; sie wirkten fast wie Seesterne, feucht, weich und lebendig. Kein Nagellack. Kein Firlefanz. So eine hätte ich nehmen sollen. Das wäre besser für mich gewesen.

Nach dem Essen bat sie um Erlaubnis, ehe sie sich eine Zigarette anzündete, und dann schaute sie mir völlig unvermittelt direkt in die Augen und lächelte. Als sie den Rauch ausblies, verzogen sich ihre schmalen Lippen und verliehen ihrem Gesicht einen traurigen, lebensklugen Ausdruck. Ihre Wangen waren voll. Und mir fiel etwas ein, an das ich neulich gedacht hatte, als ich im Bus saß und beobachtete, wie ein Paar sich küßte: daß alle jungen Frauen, auch wenn sie im ersten Moment farblos oder sogar häßlich wirken, ihre kleinen Reize besitzen, etwas Charmantes und Betörendes an sich haben, daß es keine einzige gibt,

die meinen Blick nicht irgendwie zu fesseln vermag: indem sie
verschwörerisch lächelt, indem sie den Kopf schieflegt, sodaß ihr
Haar zur Seite fällt (warum finde ich das so anziehend?), indem
sie ganz leicht mein Handgelenk berührt oder beim Lachen einen Fingerknöchel in den Mund nimmt. Auf die eine oder andere Art, und zwar, wie mir scheint, mit Absicht, gleichen diese
Frauen aus, was sie vielleicht nicht haben: den vollkommenen
Körper. So war es auch bei Rosemary; ihre freundliche, aber nie
kokette Offenheit, ihre Unvoreingenommenheit mir gegenüber,
frei von männlich-weiblichen Verhaltensstrategien (siehe die
Mädchen im Büro, je unerreichbarer desto koketter) – diese
Eigenschaften ließen sie so zwanglos, animalisch und liebenswert
erscheinen, daß ich mir durchaus vorstellen konnte, von ihrem
imposanten, fülligen Körper ohne Nervosität oder Angst umschlungen zu werden, wenn er erst einmal von der steifen Schwe-
sterntracht befreit wäre.

Ihre Brüste waren üppig, geradezu ausladend.

Ich hatte einen eindeutigen Entschluß gefaßt, spielte in Gedanken bereits atemberaubende Taktiken durch und wollte mir
gerade noch ein bißchen Mut antrinken, da traf Peggy ein, mit-
samt dem kleinen Frederick, und nachdem sie nach oben gerannt
war, um zu sehen, wie es Mutter ging, verkündete sie (sie hatte
sich die Haare abgeschnitten, seit ich sie das letzte Mal gesehen
hatte), daß sie über Nacht bleiben und in ihrem alten Zimmer
schlafen würde. So mußte ich mich mit den weniger scharfen,
aber auch nicht ganz unbefriedigenden Kurven der North Circular begnügen.

Heftiger Sommerregen

Ich weiß nicht, welcher Teufel mich in jener Nacht ritt. Ich ging wie gewöhnlich etwa eine Stunde später als Shirley zu Bett, nachdem ich in aller Ruhe ein paar Artikel über Hardware gelesen hatte, um mich auf dem laufenden zu halten. Ich zog mich aus und schlüpfte unter die Bettdecke. Es war Juli, aber es regnete heftig. In zwei Wochen wollten wir eigentlich in die Türkei fahren, nur war jetzt wieder alles in der Schwebe, weil Shirley nicht mehr mitkommen wollte. Würde ich allein fahren? Wohl kaum. Aber die Fähre war bereits gebucht. Warum konnte Shirley nicht ausnahmsweise vernünftig sein?

Fast augenblicklich wurde mir klar, daß ich nicht einschlafen konnte. Ich versuchte stillzuliegen. Ich nahm meine gewohnte Schlafstellung ein. Nichts zu machen. Ich war sowohl körperlich als auch geistig mehr als hellwach. Meine Haut schien vor lauter Widersprüchen zu kribbeln und zu knistern. Ich hatte einfach zuviel Blut in mir, ungenutzt, unbefriedigt. Ich ballte die Fäuste, krampfte die Zehen zusammen. Ich knirschte mit den Zähnen. Eine Weile gab ich mich lebhaften erotischen Phantasien hin; etwa wie ich meine Zunge gegen die Schwellung der derben blauen Baumwollunterhose eines Mädchens preßte, und ähnliches mehr. Dann, um meine Gedanken davon loszureißen, dachte ich über meine Mutter nach, deren sexloses Leben erstaunlich friedlich erschien. Wie konnten Menschen nur so verschieden sein? Was war aus dem unkomplizierten, vernünftigen Leben geworden, das ich für mich geplant hatte?

Wie ein Zombie, als würde ich von einer unsichtbaren Macht gelenkt, setzte ich mich im fahlen Zwielicht auf. Ich stieg aus dem

Bett und ging ans Fenster, aufs äußerste angespannt, meine Handflächen spürbar feucht. Beim Zurückziehen des Vorhangs wurden die üblichen zwei Reihen geparkter Autos sichtbar, die im Regen und im Schein der Straßenlaternen matt glänzten und bis hinunter zum tropfnassen Park reichten. »Mein ganzes Leben«, dachte ich im Gedenken an Charles, während ich mir gleichzeitig sagte, daß mir solche Überlegungen gar nicht ähnlich sahen, »ist nichts als ein erbärmliches Dahinrollen auf den starren Schienen meiner frühkindlichen sozialen und sexuellen Konditionierung gewesen.« Verwirrt und aufgeregt zog ich mir etwas an und holte meine Schuhe.

Über eine Stunde lang lief ich ohne Regenschirm und bloß mit einer Trevira-Hose und einem Baumwollhemd bekleidet durch die ehrwürdigen, ziegelgepflasterten Straßen von Finchley. Ich sog die frische feuchte Luft ein. Ich schien einerseits vor Lebendigkeit zu platzen, und gleichzeitig fühlte ich mich wie gelähmt, als sei ich in eine Falle geraten und marschierte nur noch wie ein Zombie umher. Aber was für eine Falle? Hinderte mich irgendetwas oder irgendjemand daran, zu tun was ich wollte?

Ich marschierte. Der heftige Sommerregen fiel in Böen, fegte gegen die soliden, schweigenden Vorstadthäuser und prasselte auf die schwarz glänzenden undurchsichtigen Fensterscheiben. Und so faßte ich den endgültigen Entschluß, mit Rosemary statt mit Shirley in die Türkei zu fahren. Warum sollte sie die Einladung nicht annehmen? Ich würde alles bezahlen. Sie arbeitete für die Agentur, um flexibel zu sein, hatte sie gesagt. Sie war nicht verheiratet, hatte sie gesagt.

Ich plante mein Vorgehen bis ins kleinste Detail. Ich würde auf keinen Fall Nerven zeigen. Ich würde dieses und jenes sagen, das Lächeln zum Einsatz bringen, das Shirley immer so sexy fand. Und ich malte mir das Ergebnis aus: heiße Nächte in türkischen Hotels, Kamasutra-Stellungen und anschließend bei bester Laune reichhaltige Mahlzeiten in schicken Restaurants. Andere

Leute suchten doch auch Trost in Affären, oder etwa nicht? Neulich hatte ich diesbezüglich sogar ein ziemlich peinliches, weinerliches Geständnis von Gregory zu hören bekommen.

Ich schlief in dieser Nacht überhaupt nicht. Ich saß im Wohnzimmer und las Akten aus dem Büro, und am nächsten Morgen fuhr ich schrecklich früh, eine gute halbe Stunde bevor sie abgelöst werden sollte, bei feucht-windigem Wetter in der Gorst Road vor, um Rosemary den Vorschlag zu unterbreiten. Den Schlüssel einmal herumdrehen, wie gewohnt kurz ziehen, dann drücken, schon ging die Tür auf.

»Hallo, mein Lieber«, sagte Mutter mit säuselnder Stimme, »ich bin schon wieder auf den Beinen.« Während sie mich umarmte, fügte sie hinzu: »Es ist wie ein Wunder. Gestern fühlte ich mich noch sterbenselend.«

Tatsächlich wirkte sie immer noch schwach und zerbrechlich. Obwohl sie jetzt in die Hände klatschte und strahlte. Das ist so eine Marotte von ihr. Als wären wir in der Sonntagsschule und sängen im Chor.

»Und die Schwester?«

»Die habe ich nach Hause geschickt. Die Ärmste war ganz erschöpft. Ich glaube, ich komme jetzt gut allein zurecht. Ehrlich gesagt war sie ziemlich streng mit Vater, dem Ärmsten. Ich mache gerade Tee für Peggy. Möchtest du auch eine Tasse?«

Peggy lag noch im Bett, obwohl das Geschrei ihres Sprößlings bereits aus der Küche zu hören war.

Vermutlich verrät es einiges über den Zustand, in den ich mich gebracht hatte, oder vielmehr in den Shirley, in den das Leben mich gebracht hatte, daß ich keine zwei Stunden später, sobald ich im Büro einen Moment allein war, dieses Mädchen anrief, dem ich bisher nur das eine Mal begegnet war, als wir gemeinsam ein kärgliches Mahl einnahmen und ich zuschaute, wie sie bedächtig ihre weißen Hände zum Mund führte.

»Ich habe Ihre Nummer von der Agentur bekommen. Ich habe

88

gesagt, Sie hätten Ihre Handtasche bei uns vergessen.«»Oh, wirklich? Wie dumm von mir. Ich werde...«»Nein, nein, es stimmt ja gar nicht.«»Was?«»Sie haben sie nicht vergessen. Ich habe mir Ihre Nummer geben lassen, weil ich Sie wiedersehen wollte. Sie haben mir so gut gefallen.«

Nach einer kleinen Pause sagte sie:»Ist Ihnen klar, daß Sie mich geweckt haben? Ich war die ganze Nacht auf den Beinen.«

»Tut mir leid«, sagte ich. Ich hatte mir vorgenommen, sofort aufzulegen, wenn sie nein sagte. Ich mochte sie wirklich, aber ich konnte mir nicht vorstellen, am Telefon zu hängen und zu betteln. Meine Frau war miesepetrig, das war alles. Ich wollte mich nur ein bißchen amüsieren.

Sie sagte:»Na schön, wie wäre es mit nächsten Freitag?«

Ich legte den Hörer auf und sah mich um: der Schreibtisch, die Jalousien, der formschöne Hew-Pack-Computer. Geschafft! Geschafft! Wenn du es wirklich willst, George. Wenn du wirklich so einer sein willst.

Ich sah mich um, preßte die Fingerknöchel gegeneinander, biß auf die Innenseiten meiner Wangen, überlegte. Mir wurde klar, daß ich die Sache noch nicht durchdacht hatte. Ich hatte mich noch nicht entschieden. Ganz so verhärtet war mein Herz noch nicht. Im Grunde war es wohl so, daß die Belastungen eines solchen Aufbruchs zu neuen Ufern an manchen Leuten – der Gedanke an Peggy drängt sich auf – einfach abperlen; keine Erfahrung kann sie tief berühren, daher spielt es kaum eine Rolle, was sie tun. Für andere dagegen, mich zum Beispiel, ist eine solche Situation wie ein Säurebad. Wollte ich wirklich zum Ehebrecher werden? Ich hatte eine tiefsitzende Angst vor Veränderungen, davor, mich zu verlieren, eine Angst, die schon meine Mutter immer ausgenutzt hatte. Ich würde es jederzeit vorziehen, ein braver Ehemann zu sein, solange ich meinen Spaß und mein Vergnügen dabei haben konnte.

Warum konnte Shirley nicht vergnügt sein?

Abends um sechs hatte ich so viele Stunden untätig vor dem Bildschirm verbracht, mich gequält und mit mir gerungen – Rosemary ja oder nein (und wie sollte ich meine Abwesenheit am Freitagabend erklären?) –, daß ich zu dem Entschluß kam, ich müsse unbedingt sofort, noch am selben Tag, eine Entscheidung erzwingen, denn sonst würde ich verrückt werden und als Dreingabe wahrscheinlich auch noch meinen Job verlieren.

Als ich zu Hause ankam, hatte Shirley gerade eine lange Sitzung mit ihrer Mutter hinter sich, die inzwischen ihre Tochter schamlos mit den bitteren Beschwerden über ihren Vater belästigte. Nicht gerade hilfreich bei der Lösung unserer eigenen Eheprobleme. Sobald Mrs. Harcourt die Wohnungstür hinter sich geschlossen hatte, erklärte ich Shirley, daß wir uns ernsthaft unterhalten mußten. »Schieß los«, sagte sie daraufhin mit der üblichen munteren Ironie. Da ich fürchtete, ich würde sonst den Mut nicht aufbringen, kam ich ohne Umschweife zur Sache, indem ich sagte, unsere Ehe stecke momentan in einer schweren Krise, das wüßten wir beide, und ich sei sehr frustriert. Da wir uns vorgenommen hätten, stets ehrlich zueinander zu sein, wolle ich sie wissen lassen, daß ich vorhatte, sie zu betrügen.

»Du hast was vor?«

Ihr ungläubiger Tonfall erschreckte mich. Hatte sie es etwa nicht kommen sehen? Entschlossen begann ich mit meiner Erklärung. Sie war die einzige Frau, mit der ich je geschlafen hatte, nicht wahr? Du lieber Himmel, wir waren seit unserem siebzehnten Lebensjahr zusammen. Und ich hatte mein Leben nie genießen können, da ich gleich nach der Schule studiert und mir nach dem Examen sofort eine Arbeit gesucht hatte, weil ich dringend Geld brauchte. Ich hatte das Gefühl, etwas verpaßt zu haben. Heutzutage hatten alle mehr als eine Beziehung im Leben. Die meisten glücklichen Ehen basierten darauf, daß sich beide Partner vorher schon die Hörner abgestoßen hatten. Und jetzt würde ich sie eben betrügen. Ich hatte eine Freundin.

»Warum erzählst du mir das?« fragte sie mit stockender Stimme. Es war, als habe sie die ganze Zeit in einer anderen Welt gelebt.

»Ich war schon immer der Meinung, daß man über alles reden sollte«, sagte ich. »Du bist diejenige, die sich einem klärenden Gespräch immer verweigert. Ich wollte deutlich machen, wie schlimm die Lage inzwischen ist. Ich wollte, daß du mich verstehst.«

Sie schüttelte energisch den Kopf, setzte sich hin, stand wieder auf, drehte sich um, rieb sich nervös die Hände. Sie lachte sogar. Und dann erklärte sie mir, wie bescheuert ich sei, daß ich schlicht und einfach die krankhafte Frömmigkeit meiner Mutter, die Grobheit meines Großvaters, die Naivität meiner Schwester und außerdem die Dummheit meiner Tante übernommen hätte. Ich sollte mich mal selber hören. Junge, Junge, wenn ich mich nur hören könnte. Ich bestünde aus einem Haufen Widersprüche. Ich müsse verrückt sein. Wie könne ich ankündigen, daß ich es mit einer anderen treiben wolle, und mich auch noch rechtfertigen. Sie war aufgebracht. Als von mir keine Antwort kam, wurde sie plötzlich ganz ruhig und sagte matt:

»Dann ist es also vorbei mit uns.«

Wir waren im Wohnzimmer, und ich weiß noch, daß wir uns beide unmotiviert im Raum bewegten, um einander nicht ins Gesicht sehen zu müssen. Als sie mir den Rücken zudrehte und aus dem Fenster schaute, sah ich, daß ihre Schultern zitterten, und der Anblick erfüllte mich mit Zärtlichkeit.

Ich fragte, was sie, nach ihrem Verhalten während der letzten Monate, von mir erwartete? Wirklich, was erwartete sie denn?

Shirley schwieg.

»Ich liebe sie nicht«, sagte ich. »Ich habe bloß das Bedürfnis, mich ein bißchen zu amüsieren. Hier komme ich mir vor, wie lebendig begraben.«

Sie brach in Tränen aus. Aber dieses Mal biß ich die Zähne fest zusammen. Ich blieb eisern. Sie sagte, wenn ich endlich einmal aufhören würde, sie und unsere verdammte »Beziehung« zu analysieren, dann würde sich vielleicht alles von selbst regeln.

Sie sagte nichts mehr, sondern weinte nur noch, während sie weiter durch das große, stümperhaft verglaste Doppelfenster hinausschaute, wo die braunen Backsteinhäuser auf der gegenüberliegenden Straßenseite in der Abenddämmerung allmählich ihre Farbe verloren. (Häuser, Häuser, nichts als Häuser. In jedem davon leben Menschen zusammen. Wie schaffen sie das nur?) Dann sagte Shirley mit überraschend sanfter Stimme: »Na schön, wenn du meinst, ich habe mich in den letzten zehn Jahren verändert, was ist dann mit dir?«

»Was soll mit mir sein? Ich habe mich kein bißchen verändert.«

»Du warst damals so jung und unverbraucht«, sagte sie. »So ernsthaft.«

»Niemand wünscht sich so sehr wie ich, daß unsere Ehe funktioniert«, sagte ich.

»Dann geh nicht mit dieser Frau ins Bett. Du hast gesagt, du liebst sie nicht. Ich könnte es verstehen, wenn du dich in eine andere verliebt hättest, aber so ergibt es für mich keinen Sinn.« Um dem Gespräch eine neue Wendung zu geben, fügte sie hinzu: »Wenn du dich amüsieren willst, laß uns doch in Gottes Namen irgendwohin fahren und Crazy Golf spielen.« Denn das hatten wir kürzlich an einem Samstagnachmittag im leeren Friern Park gemacht und viel Spaß dabei gehabt.

»Mein Entschluß steht fest«, sagte ich. »Sonst hätte ich nichts gesagt. Ich wollte ehrlich zu dir sein. Ich wollte klare Verhältnisse schaffen.«

Daraufhin schaute sie sich im Zimmer um, sammelte ein paar Dinge zusammen, ging schnell zur Tür und rannte die Treppe hinunter. Ihre Absätze machten auf dem Beton ein Geräusch, das klang wie das Kratzen beim Anreißen eines Streichholzes. Vom

Fenster aus sah ich, wie sie die Garagentür öffnete, und ihr Rock an den Rückseiten ihrer schlanken Waden hochrutschte, als sie sich kurz auf die Zehenspitzen stellte. Sie ging in die Garage, und nach ein paar vergeblichen Versuchen, den Wagen anzulassen, setzte sie wie üblich ruckartig zurück und schrammte über den Kantstein, als sie in die Straße einbog. An der Ecke blinkte sie links, bog nach rechts ab und war verschwunden.

Eine umfassende Änderung meiner Ansichten und Prinzipien

Als das Auto davonbrauste, weinte auch ich, zum ersten Mal seit etlichen Jahren. Vielleicht hatte sie recht. Es war vorbei mit uns. Obwohl ich inständig hoffte, daß es nicht so war. Später machte ich mir ein paar Rühreier und dachte daran, daß es, falls ich mit dem Bus zur Arbeit fahren mußte, ratsam war, den Wecker auf eine frühere Uhrzeit als sonst zu stellen. Shirley war bestimmt zur neuen, unnötig kostspieligen Wohnung ihrer Mutter in Ealing (mit dem Geld hätten wir uns ein Haus kaufen können) gefahren und würde wahrscheinlich dort übernachten, wodurch ich ohne Auto dastand. Ich rief ein paarmal an, aber es war immer besetzt. Ich gewöhnte mich langsam an die neue Lage und war gar nicht mehr so unglücklich darüber. Zumindest tat sich in unserer Beziehung etwas, und eine dramatische Zuspitzung war allemal besser als eine endlose Kette fruchtloser Reibereien.

Und am nächsten Abend, als ich mit Rosemary zuerst zum Bowling (jawohl, Bowling!), dann in ein Restaurant und schließlich in ihre Wohnung ging, wurden die Vorteile meiner Strategie offenkundig. Ich konnte jetzt nichts mehr gewinnen, wenn ich mein Ziel nicht bis zum Ende verfolgte. Also zögerte ich keine Sekunde, zeigte mich von meiner geistreichen, unterhaltsamen Seite – ich fühlte mich wieder wie siebzehn, jedoch mit dem Vorteil der größeren Lebenserfahrung – landete gegen Mitternacht mit Ros (sie bat mich, sie so zu nennen) auf einer ziemlich unbürgerlichen Matratze auf dem Fußboden (umgeben von Bechern, Weingläsern und abgelegten Kleidungsstücken) und machte meine Sache, trotz meiner ekstatischen Begeisterung angesichts eines neuen, ungewohnten Körpers gar nicht mal schlecht, glaube ich.

Am Sonntagabend fand ich bei meiner Rückkehr nach Hause eine Nachricht vor, die wie folgt lautete:

George, bitte, ich komme mir vor wie in einem Alptraum. George, wir dürfen nicht zulassen, daß unsere Ehe auf diese Weise zu Ende geht. Das dürfen wir einfach nicht. Ich weiß, es ist teilweise meine Schuld, aber ich kann doch nichts dafür, daß ich deprimiert war. Ich habe dir verschwiegen, daß ich bei einem Arzt und bei einem Psychiater war, denn du hast in mir die Angst geweckt, psychisch krank zu sein, aber die beiden haben mir versichert, ich sei völlig gesund. Manchmal muß man sich damit abfinden, daß Unglücklich-sein nichts weiter als Unglücklichsein ist und Enttäuschung nichts weiter als Enttäuschung. George, ich weiß, als wir jünger waren, auf die Universität gingen und viel Zeit mit Jill und Greg verbrachten, als uns Beruf, Karriere und die Reisen, die wir machen wollten, furchtbar wichtig erschie-nen, habe ich gesagt, ich wolle keine Kinder bekommen. Ich habe gesagt, ich hätte Angst vor der atomaren Bedrohung usw. und würde mir Sorgen machen, in was für einer Gesellschaft die Nachkommen unserer Generation auf-wachsen würden. Das war wirklich albern von mir. Heute weiß ich genau, daß ich Kinder haben will, eigene Kinder. Ich weiß, daß ich darin meine Erfüllung finden werde. Ganz im Ernst, ich bin an einer beruflichen Karriere, egal wie sie aussieht, nicht interessiert. Mir ist bewußt, daß du mich rein physisch nicht verstehen und meine Gefühle nicht nachvollziehen kannst. Wie solltest du auch, du bist ja ein Mann. Aber kannst du sie als mein Liebhaber und Ehemann und Freund nicht wenigstens akzeptieren? Gut, du hast

recht, ich habe es versprochen. Aber es war ein dummes Versprechen, so als würde man versprechen, nichts mehr zu essen, ehe man erfahren hat, was Hunger ist. Kannst du das denn nicht verstehen? Du bist so hartherzig geworden, George. Kannst du nicht ein bißchen verständnisvoller werden? Komm schon, sei doch wieder mein kleiner fröhlicher, gutaussehender, schwer gebeutelter, unverwüstlicher Methodist, dann vergessen wir die ganze Angelegenheit und fahren zusammen in die Türkei.
In Liebe. Immer noch!!!!
Shirley

Es war neun Uhr. Ich rief sofort an. Vierzig Minuten später war sie da. Nach ihrem Brief und ihrer mutlosen Stimme am Telefon hatte ich sie mir schlampig gekleidet vorgestellt: Jeans, Pullover, Turnschuhe, tränenfeuchte Wangen, kleinmädchenhaft. Ich hatte mir vorgestellt, daß wir zuerst gemeinsam weinen und beide auf schuldig plädieren und dann darüber lachen würden, wie verrückt wir gewesen waren. Das hatte ich erwartet, und zumindest teilweise ersehnt. Statt dessen war sie sorgfältig geschminkt, ihre Lippen glänzten, sie trug ein neues, gerade geschnittenes Kleid im Stil der zwanziger Jahre, das kurz über ihren wohlgeformten Knien endete, und sie schritt vorsichtig in schicken weißen, hochhackigen Schuhen, die ebenfalls neu waren. Sie wirkte fast wie aus Porzellan, zerbrechlich und unnahbar, aber auch sehr elegant. Ihre Aufmachung betonte ihre Figur, ihr schmales Gesicht und ihre großen runden Augen. Sie umarmte mich.
»Shirley!« Ich seufzte. Manchmal werde ich von Gefühlen überwältigt. Ich würde mich dann am liebsten gehenlassen und wünsche mir, daß sich alle Probleme in Luft auflösen.
Aber die Umarmung war kurz. Shirley setzte sich, schlug die Beine übereinander, beugte sich vor und sagte mit sehr deutlicher Aussprache, so als würde sie ein Interview geben oder zu einem

gemischtrassigen Publikum sprechen: »Ich bleibe oder, besser gesagt, du bleibst, sofern du dir den Gedanken an andere Frauen aus dem Kopf schlägst. Andernfalls mußt du gehen.«

Im nachhinein, eingedenk der Stimmung, die mich überkam, als sie gleichzeitig verletzlich und elegant wirkend die Wohnung betrat, bin ich mir sicher, daß sie mir dieses Zugeständnis leicht hätte entlocken können, wenn sie so schlau gewesen wäre, die Sache anders, und damit meine ich verführerisch, liebenswürdig und verständnisvoll, anzugehen. Aber gleich wieder in einen Streit hineingezogen und quasi mit Waffengewalt zu einem Zugeständnis gezwungen zu werden, kam nicht in Frage. Daher sagte ich mit einer Souveränität, die mich selbst überraschte, und die, wie ich fand, meiner Mutter würdig gewesen wäre: »Shirley, ganz im Ernst, wir haben so viele Probleme in unserer Beziehung, daß unsere einzige Chance darin besteht, eine Weile glücklich zusammenzuleben. Dann können wir vielleicht Zugeständnisse machen. Das ist ein mühsamer Prozeß. Wir werden uns beide anstrengen müssen.«

»Ach so, du meinst also, fürs erste reicht ein Versöhnungskuß?« sagte sie.

»Aber hast du nicht genau das in deinem Brief geschrieben?«

»Sofern du mir das Versprechen gibst«, sagte sie. »Aber ich werde mich nicht wie ein Fußabtreter behandeln lassen.«

Ich stand auf. Ich hatte irgendwie das Gefühl, als würde ich auf einer Bühne stehen. Ich war mir meiner Position im Raum, meiner Körperhaltung und meiner Gesten vollkommen bewußt. Das Ganze kam mir äußerst unwirklich vor. Es war nicht unangenehm, nur etwas beunruhigend. Ich boxte leicht gegen die Wand. Ich sagte, also gut, wenn alles, was sie mir sagen wollte, war, daß sie Kinder bekommen und eine glückliche, traditionelle Familie haben wolle, würde ich ihr raten, ganz ganz langsam und ganz ganz liebevoll vorzugehen, und dann würde ich vielleicht nachgeben, wahrscheinlich sogar, denn das taten schließlich die meisten Männer irgendwann, aber momentan hätte ich Angst, daß ein Baby uns zu fest aneinanderketten würde, gerade jetzt, da deutliche Anzeichen dafür zu erkennen seien, daß wir vielleicht gar nicht zusammenpaßten. Warte einfach ein paar Monate ab, sagte ich. Laß dich nicht entmutigen.

Würde es Shirley auffallen, wenn die Sonne im Westen aufginge? Das muß man sich wirklich fragen. Jedenfalls schien sie in diesem Fall nicht zu bemerken, was für eine umfassende Änderung meiner Ansichten und Prinzipien ich ihr soeben angeboten hatte, was für ein großes Entgegenkommen das war.

Sie zündete sich eine Zigarette an. »Wenn du nicht versprichst, diese andere Frau nie wiederzusehen, wirst du aus dieser Wohnung ausziehen und in Zukunft allein leben müssen.«

»Shirley«, sagte ich, »wir sind beide müde und gereizt. Laß uns ins Bett gehen und eine Nacht darüber schlafen. Ich muß morgen früh zur Arbeit. Du hast Ferien. Ich nicht.« (Das Schuljahr war seit kurzem zu Ende).

Sie sagte, sie habe momentan nicht die geringste Lust, mit mir in einem Bett zu schlafen.

»Mach, was du willst.«

Aber sie muß mitten in der Nacht zu mir unter die Bettdecke geschlüpft sein, denn ich wachte plötzlich auf, weil sie sich an mich klammerte. Sie war nackt, was ungewöhnlich für sie war (normalerweise trägt sie ein wenig aufreizendes blaues Baumwollnachthemd). Ohne zu weinen, ohne ein Wort zu sagen, umschlang sie mich. So kam es, daß wir uns, nachdem ich richtig wach geworden war, ungestüm liebten, und sie war oben, was ebenfalls ungewöhnlich war. Und ich weiß noch, daß ich währenddessen beinahe euphorisch dachte: »Das ist das wahre Leben, das wahre Leben, modern, leidenschaftlich, impulsiv!«

Ollerton Road 17

Genau fünf Tage vor unserer geplanten Reise in die Türkei erhielt Shirley einen Brief, in dem sie davon »in Kenntnis gesetzt« wurde, daß ihre Schule aufgrund von Kürzungen bei den staatlichen Zuschüssen usw. gezwungen sei, den Lehrkörper um zwei Stellen zu verkleinern, und man daher bedauere, ihr mitteilen zu müssen, daß sie ab Beginn des neuen Schuljahrs arbeitslos sein würde. Ich für meinen Teil war sicher, daß sich diese Nachricht am Ende als Segen entpuppen würde. Ein Glücksfall. Jetzt würde sie gezwungen sein, sich etwas Anspruchsvolleres zu suchen, eine Stelle, die echte Aufstiegsmöglichkeiten bot, zumal sie für die meisten staatlichen Schulen nicht die nötigen Voraussetzungen mitbrachte, denn sie hatte ihr praktisches Lehrerexamen niemals gemacht. Sie könnte in die Medienbranche gehen oder ins Marketing oder in die Firmenverwaltung oder ins Produkt-Management. Das würde sie zu einer positiveren Lebenseinstellung und höchstwahrscheinlich zur Aufgabe ihrer Baby-Pläne zwingen.

Aber Shirley war tief getroffen. Sie zeigte mir, als ich von der Arbeit nach Hause kam, sofort ganz aufgeregt den Brief, und man sah ihr an, daß sie fast den ganzen Tag lang geweint hatte. Ich war offen gestanden ratlos. Ohne Erfolg versuchte ich, sie zu trösten, indem ich lachend sagte, ob sie nicht auch fände, daß sie, für die abgebrühte Intellektuelle, die sie stets gewesen sei, in letzter Zeit ziemlich oft weinte? Sie ging ins Badezimmer und schloß sich ein. Nicht zum ersten Mal regte sich in mir der quälende, der bohrende Verdacht, aller Wahrscheinlichkeit nach die falsche Frau geheiratet zu haben.

99

Merkwürdigerweise gebe ich mir jedesmal die größte Mühe, dieses Gefühl sofort zu unterdrücken; ich will es einfach nicht akzeptieren, auch jetzt noch nicht, und ich verfalle in hektische Aktivität, um die Dinge wieder ins Lot zu bringen und »die Situation zu retten«. Daher schaute ich mich in der Küche um, kochte Spaghetti alla Carbonara, was eines der wenigen Gerichte ist, die ich zubereiten kann, stöberte in einer hinteren Ecke der Speisekammer eine Flasche Wein auf, weiß, steckte sie ins Eisfach, legte eine Tischdecke auf den Tisch (es dauerte eine Weile, bis ich herausfand, wo Shirley sie aufbewahrte), sägte ein paar tiefgefrorene Brötchen durch und schob sie in den Backofen usw. Ich bereitete ein Festmahl für uns.

Als Shirley schließlich aus dem Badezimmer kam, hervorgelockt, vermute ich, vom Geruch des brutzelnden Schinkenspecks, war sie dankbar, aber offenbar immer noch untröstlich. Das einzige, was ihr jemals Freude gemacht hatte, sagte sie, sei ihre Beziehung zu den Kindern in der Schule gewesen. Das war das einzige, was sich nicht als Mißerfolg erwiesen habe. Und das jetzt einfach so zu verlieren … Es ginge einfach alles schief.

Ich versuchte fröhlich zu sein und hantierte geschäftig mit Küchengeräten, deren Benutzung mir ziemlich unvertraut war. »Betrachte es als Herausforderung«, sagte ich. »Such dir einen interessanten Job.« Das kam noch hinzu, sagte sie, sie konnte sich jetzt unmöglich einen interessanten Job suchen, denn wenn sie das tat, würde sie niemals ein Kind bekommen. Man konnte nicht einen Job annehmen und nach wenigen Monaten schwanger werden, das wäre nicht fair. Und sie wollte nicht noch ein paar Jahre warten.

Ich stimmte ihr zu, obwohl ich insgeheim dachte: Na, komm schon, Mädchen, reiß dich zusammen! Ich meine, wenn mir so etwas passieren würde, ließe ich mich nicht unterkriegen, ich würde mich aufrappeln und wieder in die Schlacht stürzen. Was war aus ihrer Joie de vivre geworden, verdammt nochmal. Sie war doch erst achtundzwanzig. Am nächsten Tag überfiel mich eine plötzliche sommerliche Geilheit, so drängend wie Durst, und da ich ja eigentlich bis jetzt noch niemandem etwas versprochen hatte, machte ich früher Feierabend (ich dachte mir, schließlich verreisen wir nächste Woche) und fuhr nach Willesden, um Rosemary zu besuchen.

Die ihre Tage hatte. Meiner Meinung nach sollte eine Geliebte niemals ihre Tage bekommen. Wir küßten uns, saßen beieinander und redeten. Sie erzählte (schon wieder!), wie amüsant die Marine-Anekdoten und die kleinen Scherze meines Großvaters gewesen seien, und sie fragte mich, ziemlich unverblümt, fand ich, über meine Familie und meine Arbeit aus. Als ich nach etwa einer Stunde aufbrechen wollte, protestierte sie; Tage hin, Tage her, sie wollte, daß ich über Nacht bliebe, und daher mußte ich ihr schließlich mitteilen, was ich, wie mich die Erfahrung inzwischen gelehrt hat, entweder gleich am Anfang hätte klarstellen oder bis in alle Ewigkeit abstreiten sollen: nämlich, daß ich verheiratet war (daß meine Frau und ich aber nicht miteinander auskamen und daran dachten, uns scheiden zu lassen, usw.). Rosemary sagte, ich solle mein Jackett anziehen, meinen Blumenstrauß und meine Aktentasche nehmen und auf der Stelle verschwinden. Was ich, nachdem ich etwa eine Sekunde lang blitzartig nachgedacht hatte, auch tat.

Ich fuhr nach Hause und schenkte die Blumen, die glücklicherweise noch eingewickelt waren, Shirley. Das heiterte sie etwas auf. Aber meine Pechsträhne war noch nicht zu Ende. Denn als sie mich umarmte, um sich für die Blumen zu bedanken, roch sie das Parfüm, das noch von der Umarmung mit Rosemary an meinen Sachen haftete. (Frauen haben eine furchtbar feine Nase für Parfüm. Ich hingegen kann offen gestanden die verschiedenen Marken kaum voneinander unterscheiden. Für mich riechen sie alle nach Sex.)

Ich war sofort geständig. Wie gesagt, ich hatte beschlossen, immer ehrlich zu ihr zu sein. Diesmal weinte sie nicht, sondern wirkte kühl und gefaßt.

»Dann wirst du jetzt ausziehen.«

Sie ging ins Schlafzimmer und fing an, meine Sachen einzupacken. Ich beachtete sie nicht, sondern setzte mich vor den Fernseher und schaute mir eine Sendung über Altenpflege an, die mich wieder einmal darüber nachdenken ließ, ob es nicht an der Zeit sei, Großvater auszuquartieren und das Haus in der Gorst Road zu verkaufen.

»Raus.« Shirley kam zurück ins Wohnzimmer. »Die Koffer mit deinen Sachen stehen im Flur.«

»Und wohin?« fragte ich.

»Wohin du willst.«

»Shirley«, sagte ich. »Komm schon, wir haben das alles doch bereits durchgekaut. Sei bitte vernünftig. Und überhaupt, wovon willst du die Miete bezahlen, wenn ich ausziehe. Du hast ja nicht einmal einen Job. Außerdem müssen wir Samstagmorgen um zehn auf der Fähre sein.«

»Raus.«

Sie setzte sich, die langen Beine wirkungsvoll gekreuzt, auf den Fußboden und starrte mich an, während ich weiter fernsah. Sie starrte mich minutenlang an und ließ mich die volle Wucht ihres Blickes, den ich nicht erwidern wollte, spüren. Dann, als sie gerade den Mund aufmachte, um etwas zu sagen, klingelte es an der Tür, und draußen standen Mark und Sylvia, wie üblich mit ein paar Flaschen Bier. Zum ersten Mal wurden sie herzlich empfangen, und zwar von uns beiden, so als hätten wir uns vorher abgesprochen: »Oh, hallo ihr zwei, schön, euch zu sehen! Kommt rein!«

Ein paar Stunden lang gaben wir uns ausgelassen, redeten über die alte Frau im Parterre, die neuerdings ihre Möbel immer mitten in der Nacht umstellte, über den Typen ein paar Häuser weiter, der seinen Austin Maxi sogar im Sommer mit einer Plane

zudeckte, über die dreihundert Srilanker, die kürzlich in Nr. 5 eingezogen waren. Shirley improvisierte ein paar sehr delikate
Käse- und Salat-Snacks auf Toast; die Stimmung war heiter und
gelöst, und auch nachdem die beiden sich verabschiedet hatten,
fielen keine allzu bösen Worte zwischen uns. Als ich jedoch am
nächsten Abend die Tür öffnete, stand Shirley im Flur und verkündete mir, sie habe ein Zimmer in Southgate für mich gefunden.

»Raus«, sagte sie. Sie legte zwei nagelneue Yale-Schlüssel auf
die Kommode. »Ollerton Road 17. Du findest die Straße im Stadtplan. Ich habe die Miete für einen Monat im voraus bezahlt. Geh
jetzt.«

Ich überlegte nicht lange. Hauptsächlich, um ihr zu zeigen,
daß es mir völlig egal war, nahm ich wortlos und mit finsterer
Miene die Koffer und die Schlüssel, an denen ein Gepäckschild
mit der Adresse und verschiedenen bürokratischen Angaben befestigt war, und stapfte, dem Schicksal mutig ins Auge blickend,
die Treppe hinunter. Zumindest hatte ich diesmal den Wagen.

Das Zimmer war, wie erwartet, eine von Londons unzähligen
Übergangsunterkünften in einem großen alten viktorianischen
Gebäude, das man in acht getrennte, möblierte Einzimmer-Woh-
nungen unterteilt hatte. Der Klingelleiste entnahm ich, daß eine
gewisse Ms. Deborah Samberuts meine Vorgängerin gewesen
war. Nun ja. Ich stieg in den dritten Stock und fand eine schmale
Liege, eine Kommode, ein Waschbecken, einen Kleiderschrank
usw. vor. Alles war makellos sauber und hoffnungslos schäbig.
Die Rollos waren kaputt. Die Wände waren grau. Ein vergilbtes
Picasso-Poster war vor ewiger Zeit mit Klebeband geflickt worden, und der beklemmende Duft nach Raumspray führte einen
aussichtslosen Kampf gegen den abgestandenen Zigaretten-
geruch, der im Laufe der Jahre in den struppigen Teppich einge-
sickert war. Ich schaute mich um, rauchte selber eine Zigarette,
um den Mief zu überdecken, und dann ließ ich meine Koffer

zurück und machte mich auf die Suche nach einem Pub, in dem ich etwas essen konnte.

Ich glaube, drei oder vier Stunden lang war ich überzeugt, daß es tatsächlich vorbei war, daß wir uns getrennt hatten, daß ich ein oder zwei Monate in diesem armseligen Zimmer bleiben würde, bis ich etwas Angemessenes gefunden hätte, möglichst in der Nähe vom Büro, vielleicht in Greenford oder Perivale, und ein neues, glücklicheres, normaleres oder zumindest weniger aufreibendes Leben beginnen könnte. Ich würde eine Wohnung mieten, sie einrichten und mir ein wirklich schickes Auto auf Pump kaufen, den neuen Audi 80 zum Beispiel, der mir ziemlich gut gefiel.

Ich schloß die Tür hinter mir und ging in Richtung Hauptstraße. Die Luft war kühl, aber von einem sommerlichen Geruch erfüllt. Mir kam er wie der Geruch von Freiheit vor. Der Pub war voller junger Menschen, die, der Lautstärke ihrer Unterhaltungen, den Qualmwolken und den vielen leeren Gläsern nach zu urteilen, offensichtlich genau wie ich der Ansicht waren, daß Spaß und gute Freunde im Leben das Wichtigste sind. Ab und zu gab es Gejohle und gegenseitiges Schulterklopfen. Ich saß etwas abseits, betrachtete die lebhaften Gesichter, die Bewegungen und Posen der mehr oder weniger attraktiven Körper, und ich muß gestehen, daß ich eine Art stille und trotzige Freude dabei empfand zuzuschauen, wie diese Leute tranken und redeten.

Als ich jedoch gegen Mitternacht wieder allein in Ms. Samberuts Zimmer war und aus den Koffern, die Shirley gepackt hatte, Zahnpasta, Schlafanzüge, eine halbvolle Flasche Magnesiummilch und mein Fußpilz-Puder holte, wurde ich, aus einem mir unbekannten Grund, plötzlich von einem Schwall von Gefühlen überwältigt. Ich biß ins Kopfkissen und heulte. Ich fühlte mich richtiggehend körperlich krank, mein Hals tat weh, ich hatte Beklemmungen und Muskelschmerzen. Ich trommelte laut schluchzend mit den Fäusten gegen die Matratze.

Man fragt sich, wie es zu diesem heftigen, kräftezehrenden Gefühlsausbruch kommen konnte: Da liegt ein erwachsener Mann in einem schäbigen Vorortzimmer und jammert. Man fragt sich, ob man diese Gefühle nicht irgendwie hätte kontrollieren, dämpfen oder abwehren können. Denn im nachhinein betrachtet, bot sich mir damals eine Möglichkeit zur Flucht, die ich hätte nutzen sollen. Auch Shirley zuliebe. Allen Beteiligten zuliebe. Ironischerweise frage ich mich häufig, ob diese Anfälle von Reue und Sentimentalität, die mit der Stärke eines Orkans durch mich hindurchfegen, nicht vielleicht das beste an George Crawley sind – ob er in diesen Momenten nicht dem Gefühl der Liebe am nächsten kommt. Und genauso oft ertappe ich mich bei der Frage, ob sich durch Hilary nicht irgendwie mein Schicksal erfüllt, ob mein gegenwärtiges Dilemma, welches eine Folge dieser Krise ist, mich nicht genau vor die Entscheidung stellt, die treffen zu müssen mir vorherbestimmt ist.

Ich weiß es nicht. Der Hang zum Aberglauben ist natürlich schwer zu besiegen. Wie dem auch sei, ich lag weinend auf dem Bett in dem möblierten Zimmer und versuchte zu schlafen, konnte nicht, schlief dann doch ein und hatte prompt einen von diesen wirklich grauenvollen Alpträumen, an die ich mich später zwangsläufig würde gewöhnen müssen.

Bei Alpträumen sind Verstümmelungen meine Spezialität. Zuerst habe ich ein beklemmendes Gefühl des Entsetzens, das sich durch aufeinandergepreßte Zähne und einen starren Adamsapfel äußert. Dann wird mir mit einem Mal bewußt, daß mir zum Beispiel eine Hand fehlt. Aus dem Handgelenk tropft das Blut, manchmal ragt der Knochen hervor, die Sehnen sind zerfetzt. Daraufhin setzt eine hektische, blutig-anschauliche Traumhandlung ein, in deren Verlauf ich den Stumpf panisch mit einer Decke oder mit Klopapier umwickele und mich auf die Suche nach der Hand begebe, in der Hoffnung, daß sie vielleicht noch gerettet und wieder angenäht werden kann, während ich im Geiste in rasantem Tempo die vielen Sensationsmeldungen über Chirurgen durchgehe, die sich eine ganze Nacht lang bemühen, den Arm eines Kindes – es ist immer ein Kind – wieder zu befestigen. Und in meinem Traum bin ich merkwürdigerweise gleichzeitig ein Kind und ein Erwachsener, denn ich scheine die Hand schon vor Jahren verloren zu haben und trotzdem ist die Wunde noch frisch und blutig.

Ich suche. In der Gorst Road. Immer in der Gorst Road. Manchmal nach meiner Hand, manchmal nach meinem Fuß oder meinem Bein, manchmal auch nach meinem Schwanz oder sogar nach meinem Kopf. Wie ein schreckliches Gespenst stürme ich durch die Zimmer, hebe Sofakissen hoch, öffne Schubladen, genau wie ich im Wachzustand nach verlegten Schlüsseln, Stiften, Zetteln und Eintrittskarten suche. Aber weder wird der fehlende Körperteil gefunden, noch die Ursache der Verstümmelung erklärt. Und vielleicht will ich auch gar nicht, daß die Suche erfolgreich ist. Ich ahne nämlich, wie ekelhaft der Anblick sein wird, denn ich erinnere mich an ein Buch, in dem jemand aus einem flachen Grab den Kopf seines ermordeten Kindes ausgräbt, dessen Augenhöhlen voll Erde sind. Bei anderen Gelegenheiten fördert die Suche nicht das fehlende Körperteil zutage, sondern Großvater, fett und aufgedunsen in seinem Sessel sitzend, oder ausgerechnet Tante Mavis, im Nachthemd auf dem Rücken liegend, den dicken weißen Bauch entblößt, das Gesicht im Tode zu einem scheußlichen Grinsen verzogen.

So sieht mein üblicher Alptraum aus, die typische neurotische Angstphantasie, die vermutlich nur bestätigt, daß man ein zeitgemäßes Leben führt – gestreßter, vielbeschäftigter Mann – und zu den Phänomenen gehört, die man im Laufe der Zeit, wenn sie oft genug wiederkehren, sogar bis zu einem gewissen Grad liebgewinnt.

Aber in der Nacht, nachdem Shirley mich vor die Tür gesetzt hatte, trat es das erste Mal auf. Und die Bedeutung schien auf der

Hand zu liegen. Ich war durch die Trennung verstümmelt. Tatsächlich schrie ich im Schlaf nach meiner Frau, ich wollte ihr die Katastrophe, den blutigen Stumpf zeigen und weckte mich, durch mein lautes Rufen, schließlich selber auf. Ich war schweißgebadet, fassungslos, bis obenhin voll mit Adrenalin. Sofort rannte ich im Schlafanzug – schon unterwegs erleichtert, daß ich gar nicht erst angefangen hatte, mir wegen des Traums den Kopf zu zermartern – über die mit rissigem Linoleum bedeckten Stufen zwei Stockwerke nach unten, bis zu dem Münzfernsprecher auf dem Flur des ersten Stocks. Dann zurück in mein Zimmer, um Kleingeld zu holen, dann zurück zum Telefon.

Ich weinte, während ich sprach. Sie weinte, als sie mich weinen hörte. Wir versicherten uns gegenseitig, daß wir den Gedanken an eine Trennung nicht ertragen konnten. Wir hatten so viel in unsere Ehe investiert, unsere Persönlichkeiten waren so eng miteinander verflochten, daß wir ein Scheitern unserer Beziehung einfach nicht ertragen konnten. Was waren wir schon ohne unsere Ehe? Eine halbe Stunde später war ich zu Hause und genoß haargenau die gefühlsselige Versöhnung, die ich mir vor ein paar Tagen vergeblich erhofft hatte.

Und wenige Wochen später, kurz nach unserer Rückkehr aus der Türkei, fing es mit einem Ring bei einem Urintest zu nachtschlafender Zeit an, gefolgt von unserem ernsten Gespräch mit Mr. Harcourt, dem Finanzierungsplan, der Gehaltserhöhung, dem Haus in Hendon samt Anbaugenehmigung, morgendlicher Übelkeit, Schwangerschaftsratgeber, Geburtsvorbereitungskursen und einer Reihe notwendiger Anschaffungen...

So groß war die Macht der Liebe. Und jetzt, da es soweit war, machte es mir nichts aus. George, dachte ich, damit wirst du fertig. Es wird dir schon gefallen. Das ist der Lauf des Lebens. So etwas kann man in den Griff kriegen. Denn Shirley war jetzt in bester Laune. Sie war heiter und umgänglich, ganz meine alte Shirley. George, dachte ich, du hättest in diesem Punkt schon vor langer Zeit nachgeben sollen. Es wird nicht wehtun. Als wir eines Abends im Bett lagen und das Penguin-Namenslexikon durchgingen, sagte ich: »Laß uns das Kind Hilary nennen, wenn es ein Mädchen wird.«

»Warum?«

»Weil der Name anscheinend fröhlich bedeutet. Das paßt zu uns.«

HILARY

MANCHMAL SPIELT DAS LEBEN
EINEM ÜBEL MIT

Natürlich gibt es ein Tabu in bezug auf behinderte Kinder. Ich hatte Zeit und Gelegenheit, darüber nachzudenken. Entweder wird ihr Schicksal von Sozial-Aposteln beklagt, die zeigen wollen, daß die Regierung nicht genug tut, oder sie werden überhaupt nicht erwähnt. Außer vielleicht in besonders geschmacklosen Witzen. Ihre Eltern werden im allgemeinen als Engel dargestellt, die sie trotz allem lieben, oder als Teufel, die sie mißhandeln und im Stich lassen. Geschichten über Märtyrer und Gewalttäter verkaufen sich immer gut. Auch wird gelegentlich die öffentliche Aufmerksamkeit auf diejenigen gelenkt, die es unter Überwindung unglaublicher Schwierigkeiten schaffen, mit einem zwischen den zweiten und dritten Zeh geklemmten Pinsel Weihnachtskarten zu malen. Das Fernsehen zeigt in so einem Fall ungefähr eine halbe Minute lang ihre jämmerlichen, verrenkten Körper (nicht, daß man sie meiner Ansicht nach länger zeigen sollte). Dann gibt es noch die Berichte in den Sensationsblättern über die zukünftigen Möglichkeiten der Genmanipulation und natürlich über die gefühlsbeladene Frage, ob ein schwer geistig behindertes Mädchen zwangsweise sterilisiert werden soll – eine hochinteressante alte Kamelle. Aber die tagtägliche Pflege, das Waschen, Putzen, Füttern, ständig begleitet von dem überwältigenden Gefühl des Verlustes, der Hoffnungslosigkeit und Auswegslosigkeit ... das vergessen die Leute. Ich würde es auch tun, wenn ich könnte.

Ich küßte Shirleys feuchte Wangen, sie drückte fest meine Hand und schluchzte vor Freude. Das Kind war geboren. Unser

Kind. Es war ein Mädchen. Und hieß also Hilary. Wir fühlten uns wie eine feste Einheit, so als hätte sich die Bestimmung unserer Ehe erfüllt. Ich war richtig glücklich. Da sagt der junge Arzt, während er das auf einem weißen Laken liegende Kind untersucht, mit einem provinziellen Dialekt, bei dem man neuerdings immer an Sitcoms und Seifenopern denken muß: »Bei der Kleinen hier stimmt, fürchte ich, rein gar nichts. So was ist mir noch nie untergekommen.« Ärzte, habe ich festgestellt, können mit Behinderten ganz besonders gut umgehen.

Manchmal spielt das Leben einem übel mit, und man muß sich, ob es einem paßt oder nicht, auch noch damit abfinden! Meine Mutter, die uns Blumen und Babykleidung schenkt, sagt, sie sei davon überzeugt, daß es nichts ist, was die Ärzte nicht in Ordnung bringen können. Heutzutage sind sie zu den erstaunlichsten Dingen in der Lage, und wir sollen alle beten. Ich habe das Gefühl, sie nennt das Kind bewußt immer wieder bei seinem Namen, so als habe es schon eine richtige Persönlichkeit. Sie nimmt es hoch, küßt es, freut sich, so als sei alles vollkommen in Ordnung. Sofort fällt mir das unterschwellige, christliche Bemühen auf, dieses Kind unter allen Umständen in die Herde aufzunehmen, und sofort sträube ich mich instinktiv dagegen. Dann sträube ich mich gegen mein Sträuben. Sie ist meine Tochter. Darum sage auch ich: »Süße kleine Hilary«, während meine Mutter sie küßt und streichelt.

Shirley dagegen wirkt teilnahmslos. Sie überläßt es den Krankenschwestern, die Windeln zu wechseln. Offenbar will sie ihr Kind weder anfassen noch anschauen. Sie will nicht über die Probleme sprechen und nichts von den zahlreichen Gerüchten über Syndrome, Heilungsmöglichkeiten und Zukunftsaussichten hören, die ich in kürzester Zeit aufgeschnappt habe. Ich glaube, sie schweigt, weil sie es nicht wahrhaben will. Sie hofft, daß es nur ein böser Traum ist, aus dem sie bald erwachen wird. Leise schluchzend gibt sie dem Kind die Brust und streicht dabei über sein dünnes feuchtes Haar. Das kleine Gesicht sieht sonderbar aus, sonderbar anrührend.

Schließlich erscheint Mrs. Harcourt. Sie verströmt fröhliche Geschäftigkeit, läßt aber den Fotoapparat in der Tasche. Sie äußert nicht den Wunsch, den Körper des Mädchens zu sehen. Mr. Harcourt kommt vorbei, nachdem er zuvor angerufen hat, um sicherzugehen, daß er Mrs. Harcourt nicht antrifft. Er ist ernst und distanziert. Es hat, sagt er, seines Wissens noch nie Fälle von Behinderung in der Familie Harcourt gegeben. Auf dem Flur nimmt er mich beiseite und erklärt, er sei jederzeit zu finanzieller Hilfe bereit, und er klopft mir auf die Schulter und sagt, wenn irgend jemand in der Lage sei, mit einem solchen Problem fertig zu werden, dann ich. Ich sei so geradlinig und vernünftig. Ich stünde mit beiden Beinen fest auf der Erde.

Shirleys Bruder Charles, den wir seit einer Ewigkeit nicht gesehen haben, überrascht uns mit seinem Besuch; er verspricht uns, sich zu erkundigen, welche Vergünstigungen die Regierung bisher unangetastet gelassen hat und rät uns, sie uns zu sichern, solange es sie noch gibt. Shirley wird wütend und sagt, er soll sich zum Teufel scheren. Ich empfinde das als eine positive Entwicklung, aber als Shirley auf die Toilette geht, sage ich, er dürfe ruhig so viele Erkundigungen einziehen, wie er Lust hat. Wir wären ihm dankbar.»Wenn es um staatliche Sozialleistungen geht, oder das, was davon noch übrig ist«, sagt er,»muß man die eigenen Rechte genau kennen.« Mir fällt das Wartezimmer der Praxis, in der unser Geburtsvorbereitungskurs stattfand, wieder ein, wo über einem Plastikregal das Schild»NUTZEN SIE IHRE RECHTE« hing. Immer diese Anweisungen! Irgendwie muß ich an den Ausspruch»Hab Dank für Gottes Gaben« meiner Mutter denken.

Da weitere Untersuchungen nötig sind, muß Shirley im Krankenhaus bleiben. Man hat sie und das Kind in die Great Ormond Street verlegt. Dort werden Röntgen- und Ultraschallaufnahmen gemacht. Die Ärzte sagen, sie überlegen, ob eine Operation nicht vielleicht Erfolg haben würde. Aber sie haben noch nie ein Kind gesehen, dessen Füße nach hinten zeigten. Außerdem sind die Oberschenkel ausgerenkt.

Ich sage zu Shirley, daß ich glaube, man bringt uns die schlechten Nachrichten häppchenweise bei, in dem Tempo, das wir nach Meinung der Ärzte vertragen können. Ich jedoch will alles auf der Stelle erfahren. Sie zuckt die Achseln. Sie sagt, sie hat auch ohne meine Paranoia schon genug am Hals.

Ich nehme mir ein paar Tage frei, um nachzudenken. Mir ist bereits klar, daß ich mir eine Strategie, einen Plan zurechtlegen muß und mich nicht einfach von den Ereignissen überrollen lassen darf, vor allem jetzt, da Shirley sich immer mehr zurückzieht. Aber um einen Plan zu machen, brauche ich Informationen. Ich hänge mich ans Telefon und nerve die Spezialisten, die Ärzte, die Stationsschwestern. Verdammt nochmal, es sind schon zehn Tage vergangen, und immer noch keine Diagnose in Sicht! Auf dem Rückweg von einem Besuch im Krankenhaus halte ich bei Dillons Buchhandlung an und kaufe innerhalb einer halben Stunde medizinische Fachbücher im Wert von zweihundert Pfund. Als ich in den starken Regen hinaustrete, ist mein Wagen durch eine Kralle lahmgelegt. Man lernt sehr schnell, daß eine persönliche Katastrophe einen nicht von der Befolgung der üblichen Regeln entbindet.

Shirley flüstert: »Zumindest sind wir uns nah, Georgie. Zumindest sind wir uns nah.« Ich stürze aus dem Zimmer, um von irgendwem irgendwelche Informationen zu verlangen.

Die Ärzte antworten ausweichend. Sie sagen, unser Kind ist vollkommen gesund, es ißt gut und die Verdauung klappt, und sie sehen keinen Grund zur Eile. Später frage ich mich, ob das nicht Teil einer Strategie ist. Indem sie mir nichts erzählen, bieten sie mir eine Rolle an, die mich ablenkt, die Rolle des Mannes, der unermüdlich andere Leute und deren Sekretärinnen nervt.

Mein Entsetzen hat seinen festen Platz in ihrem Alltagstrott. Auf diese Weise helfen sie einem durchzuhalten. Es ist widerwärtig, aber man klammert sich daran.

Auch Peggy kommt vorbei. Sie verläßt gerade das Krankenhaus, als ich eintreffe, und wir trinken gemeinsam einen Kaffee in der Cafeteria. Da sie die ganze Zeit unter dem Tisch mit ihren dicken Knien wackelt, schwappt unser Kaffee über. Ich frage sie, ob sie friert, und ich frage:»Was sagen eigentlich die Buddhisten über Behinderte? Glauben sie, es sind wiedergeborene Dinosaurier?«

Sie sagt:»Ich weiß nicht, was ich sagen soll, George.«

»Mutter betet«, sage ich.»Dieser Bereich ist also abgedeckt.«

Sie sagt:»Ich bete auch. Du etwa nicht?«

Ich sage, ich hätte gedacht, die orientalische Fraktion hielte nichts von konkreten Gebeten. Ich hätte gedacht, es ginge dort nur um Meditation und innere Erleuchtung.

Sie sagt:»Besten Dank für dein Interesse. Ich bete zwar nicht sehr oft, aber wenn, dann so, wie es mir paßt.«

Sie trägt einen weiten, lilafarbenen Overall und einen altmodischen, blau gepunkteten Seidenschal, den sie bis dicht unter ihr schweres, eckiges Kinn gewickelt hat. Sie hat ihr Haar wachsen lassen, und es ist ungekämmt und strähnig. Sie sieht etwas übergewichtig, fröhlich und attraktiv aus, eine vollkommen normale Londoner Mutter. Ich denke: Ihr kam es im Leben immer darauf an, sie selbst zu sein, und nicht, etwas Bestimmtes zu machen oder zu erreichen. Sie hat kein Ziel und keinen Ehrgeiz. Während sie die Hände an ihrem Becher wärmt, versucht sie mir in die Augen zu schauen und lächelt. Ich schaue auf mein Jaffa-Törtchen. Ich sage:»Ich wußte immer, daß du besser dran bist als ich. Wie beneidenswert, beten zu können.«

»Du kannst mir nicht zufällig fünfzig Pfund leihen?« fragt sie.

An diesem Nachmittag halte ich auf dem Weg nach Hause bei

einem Tempo-Großmarkt und kaufe den teuersten Videorecorder, den es dort gibt, und dazu ein halbes Dutzend Spielfilm-Cassetten. Ich träume, daß mir ein Bein fehlt. Es ist am Oberschenkel abgerissen worden. Ich suche es im Kühlschrank, in der Speisekammer, unterm Bett.

WIE HOCH IST DIE LEBENSERWARTUNG?

Endlich haben wir das Gespräch mit dem Genetiker. Ein untersetzter Mann im schwarzen Anzug. Er macht »Hmm« und »Ha« und lächelt. Er benimmt sich wie jemand, der eingesehen hat, daß Feinfühligkeit in seinem Beruf unabdingbar ist, es jedoch nicht geschafft hat, sie sich anzutrainieren. Er schildert den Zustand des Babys, so wie er in den Untersuchungsberichten der verschiedenen pädiatrischen Spezialisten beschrieben wird: die physischen Deformationen, vor allem der Beine und der großen Gelenke, und das ungewöhnliche Ergebnis der Gehirn-Tomographie.

Und was bedeutet das, frage ich. Was hat sie? Und was will man dagegen tun? Shirley, in einem blauen Morgenmantel mit Blümchenmuster, hält schweigend das schlafende Kind im Arm. Es schnauft leise im Schlaf. In diesem Moment könnte es genauso gut ein x-beliebiges Kind sein.

»Immer mit der Ruhe. Eins nach dem anderen.« Mit dem onkelhaften Lächeln des Fachmanns sitzt er hinter seinem unnötig großen, lederbezogenen Schreibtisch und spielt mit einem Drehbleistift. Er holt tief Luft, legt die Stirn in Falten und sagt: »Was ich Sie fragen möchte, ist folgendes: Wissen Sie, ob es in einer Ihrer Familien schon einmal einen ähnlichen Fall gab? Irgendetwas Vergleichbares. Denken Sie gut nach. Ein Onkel, eine Tante, einer der Urgroßeltern, irgend jemand.«

Vielleicht liegt es an der Art, wie er mit uns redet, so als wären wir schwer von Begriff, daß mir die naheliegende Antwort nicht in den Sinn kommt. Hinter ihm, auf der gegenüberliegenden

Seite des Innenhofs, sehe ich ein kleines orientalisches Mädchen, das mit dem Ärmel ihres grünen Schlafanzuges ein beschlagenes Fenster abwischt. Shirley schüttelt den Kopf. Ein Cousin ihrer Mutter hatte ein krankes Kind, aber das lag an einem Geburtstrauma.

Der Arzt nickt übertrieben ernsthaft. Ich klimpere mit dem Kleingeld in meiner Tasche.

»Haben wir noch Geschwister?« Er hebt die weißen Augenbrauen. »Und haben die vielleicht Kinder? Gab es beispielsweise Fehlgeburten? Das könnte ein Hinweis sein…«

»Mavis!«

Natürlich, Mavis. Im Bruchteil einer Sekunde, mit einem Tick des Uhrwerks der unermüdlich und im allgemeinen monoton fortschreitenden Zeit fällt mein ganzes Leben, meine Kindheit und Jugend, mein beruflicher Werdegang und meine Ehe, alles scheinbar so wechselhaft, ereignisreich, aufregend und allein auf meinen Entscheidungen beruhend, wie eine Ziehharmonika zusammen, und übrig bleibt das platte Mondgesicht meiner Tante. Plötzlich gehört mein Leben nicht mehr mir.

Tante Mavis. Hilary. Vergangenheit. Zukunft.

Etwa fünfzehn Minuten später, nachdem wir das Sprechzimmer mit dem großen Schreibtisch und den gerahmten Fotos lächelnder, aber offensichtlich gestörter Kinder (wirklich geschmacklos) verlassen haben, sagt Shirley: »Ich finde, das war der erste nette Arzt, mit dem wir gesprochen haben. Zumindest haben wir von ihm etwas erfahren.«

Aber ich bewege mich wie in Trance. Wie ein Insekt, das feststellen muß, daß es den Anblick von Farben und das Gefühl des Fliegens nur geträumt hat. Daß es immer noch eine in einem Kokon gefangene Larve ist. Wie soll ich es schaffen, mit einer zweiten Mavis zu leben? Plus körperlichen Mißbildungen als Dreingabe. Schlimmer als Mavis!

»Wie war's?« Als wir auf die Station zurückkommen, wartet

Mrs. Harcourt auf uns. Trotz der leistungsstarken Zentralheizung hat sie den eleganten Kaschmirmantel anbehalten. Charles begleitet sie, und als ich mich verabschiede, fragt er, ob ich ihn bis Shepherd's Bush mitnehmen kann. Eine Parteiausschußsitzung. Was ist eigentlich eine Parteiausschußsitzung? Ihn dorthin zu bringen, gibt mir Gelegenheit, gleich weiter nach Park Royal zu fahren, um es Mutter zu sagen. Um Mutter zu sagen, daß es ihre Schuld ist.

Charles, groß, schlank, mit glasigem Blick, unrasiert, in einer alten Lederjacke und engen Jeans, fängt an, mir lang und breit von dem Gremium des Ortsvereins der Labour-Partei zu erzählen, in dem er mitarbeitet. Ich höre ihm kaum zu; er sollte doch inzwischen begriffen haben, was ich von seinen politischen Aktivitäten halte. Schließlich unterbreche ich ihn und sage: »Was um alles in der Welt gehen mich die Rechte von schwarzen ledigen Müttern an? Haben die denn nicht die gleichen Rechte wie alle anderen?«

Er hat die Angewohnheit, mit Daumen und Zeigefinger an seinen gelblichen Zähnen zu reiben und dabei einen intellektuellen, nachdenklichen Gesichtsausdruck aufzusetzen. Er sagt, er habe versucht, mich auf andere Gedanken zu bringen. Dann dreht er sich eine Zigarette. Ich mache bestimmt eine schwere Zeit durch.

Ich sage ihm, er kann sich die Mühe sparen. Ich will nicht auf andere Gedanken gebracht werden. Ganz im Gegenteil. Ich pflege meinen Problemen ins Auge zu sehen und sie zu bewältigen.

Er betätigt den Zigarettenanzünder und versucht, eine schlaue Bemerkung zu machen, indem er sagt, dann solle ich doch mal unorthodox an das Problem herangehen und schwarze ledige Mütter als eine Personengruppe betrachten, die der Gruppe, zu der ich gehöre, ähnelt, nämlich als eine hilfsbedürftige Minderheit.

»Was soll denn das heißen?«

119

Ich gehöre jetzt zu einer Minderheit, sagt er, da ich ein behindertes Kind habe. Es werde mir gar nichts anderes übrigbleiben, als mich mit anderen Minderheiten zu solidarisieren. Ich reagiere ziemlich barsch. Ich sage ihm, er soll nicht solchen Schwachsinn reden, schließlich machen sich die schwarzen ledigen Mütter ja auch nicht von früh bis spät Sorgen über mein Schicksal, oder? Außerdem können sie mir gar nicht helfen. Und ich ihnen ebensowenig. Jeder ist sich selbst der nächste. Und übrigens sind sie selber schuld, daß sie Kinder bekommen, obwohl der Staat ihnen die Verhütungsmittel geradezu nachwirft. Wir hingegen haben einfach Pech gehabt.

Er scheint meine Aggressivität zu genießen.»Wie man in den Schlamassel gerät, spielt keine Rolle. Wichtig ist, wie man wieder herauskommt. Man muß mit anderen an einem Strang ziehen.«

Charles hat ein knochiges, leicht sommersprossiges, sehr ausdrucksvolles Gesicht. Wenn er etwas sagt, klingt immer durch, daß er meint, länger und eingehender über das Thema nachgedacht zu haben als sein Gegenüber. Ich sauge an den Lippen und lasse das Thema fallen.

Aber während wir in die Southampton Row einbiegen, bemerkt er:»Jedenfalls wird Shirley das Leben jetzt von einer anderen Seite kennenlernen, fürchte ich.«

Als ich ihn frage, was er damit meint, erklärt er mir, genau wie vor fast zwei Jahren bei dem Gespräch in dem Pub, daß Shirley immer ein bequemes behütetes Leben geführt hat und überhaupt nicht weiß, was es bedeutet, zu den Unterprivilegierten zu gehören. Sie war immer der Liebling ihrer Eltern.

Unter einem meiner Schuhe klebt Kaugummi oder etwas ähnliches, und ich habe deswegen Schwierigkeiten mit dem Gaspedal. Und natürlich überlege ich, was ich Mutter alles an den Kopf werfen werde.

»Sie war nie gewillt, über ihren Mittelklasse-Horizont hinauszublicken und sich anzusehen, wie andere Menschen leiden. Das war schon in unserer Kindheit so. Sie ist immer schrecklich selbstzufrieden gewesen. Während um sie herum die Menschheit leidet.«

»Sie spendet eine Menge Geld für wohltätige Zwecke«, werfe ich aus reinem Widerspruchsgeist ein und versuche, da wir gerade an einer roten Ampel stehen, das klebrige Zeug an meiner Sohle auf der Gummimatte abzureiben.

»Kein besonders großes Opfer, wenn man von Vater achtzig-tausend Pfund für den Kauf eines Hauses bekommt.«

»Sie könnte ebensogut nichts spenden.«

»Ganz im Gegenteil, diese Art von Wohltätigkeit ist der reine Luxus. Man kommt sich dadurch wie ein guter Mensch vor. Und überhaupt, lenkt private Wohltätigkeit nur vom Kern des Problems ab. Die Verantwortung liegt bei der Regierung.«

Wie so oft, ist es nicht genug damit, daß einem das Leben übel mitspielt. Man muß sich auch noch die Meinungen seiner Mitmenschen anhören. Ich hole tief Luft. Ich sage: »Ich bin durchaus bereit, die Verantwortung für meine Probleme selber zu übernehmen. Ich wüßte nicht, wieso ich die Regierung dafür verantwortlich machen soll, daß ich ein behindertes Kind habe.«

»Du wirst anders reden«, bemerkt er, »wenn dir klar geworden ist, was für Kosten auf dich zukommen.«

Ich wende mich beinahe ungläubig zu ihm um. Er inspiziert seelenruhig seine Fingernägel, hat meinen Stadtplan auf dem Schoß und eine krümelige Zigarette zwischen den Fingern. Er scheint nicht zu merken, wie schlecht er sich benimmt. Auch hat er übrigens noch kein Wort über das Vergnügen verloren, in einem nagelneuen Audi 80 zu fahren. Daher nehme ich kein Blatt vor den Mund: Warum zum Teufel besucht er uns neuerdings fast täglich, wo er sich doch in den letzten zwei, drei Jahren so gut wie nie gemeldet hat?

Er sagt ungerührt: »Weil ihr Hilfe braucht. Ich will helfen.

Deshalb mache ich ja schließlich die Arbeit in der Partei. Wie hoch ist übrigens die Lebenserwartung?«

»Die was?«

»Die Lebenserwartung. Wie alt wird das Mädchen voraussichtlich werden?«

Diese Frage tauchte im Gespräch mit dem Genetiker nicht auf (warum eigentlich nicht?), aber von Mavis ausgehend antworte ich spontan: »Normal.«

Er wartet, bis wir eine Unterführung durchquert haben und sagt dann: »So ein Pech.« Er sagt: »Besteht nicht die Möglichkeit einer kleinen Überdosis oder so? Du solltest mal mit den Ärzten sprechen. Manchmal tun sie einem im Krankenhaus den Gefallen.«

Trotz der unbändigen Wut, die in mir hochsteigt – immerhin geht es um mein Kind – habe ich dennoch Mühe, die dunkle Ahnung zu unterdrücken, daß Charles recht hat.

»Es wäre für alle Beteiligten das beste«, fügt er hinzu. Meine Hände klammern sich fester ans Lenkrad.

Ein Präzedenzfall

Ich setze Charles ab, und als ich in der Gorst Road ankomme, bin ich völlig in Rage. Aber Mutter ist bei ihrem Gesprächskreis für asiatische Frauen. Aus irgendeinem Grund ärgert mich das sehr. Sie sollte in einem Moment wie diesem für mich da sein. Und nicht außer Haus ihre Solidarität mit einer anderen Minderheit bekunden.

Also knöpfe ich mir Großvater vor. Auf der Stelle. Ohne zu überlegen. Wie schon vor zwanzig Jahren sitzt er vor dem Fernseher, lutscht Lakritze, stochert in seiner Pfeife herum – offener Gürtel, die altbekannte Weste, behaartes, großporiges Gesicht. Beim Betreten des muffigen Zimmers werde ich von Unbehagen überwältigt. Dies ist das Schneckenhaus, das ich in gewisser Weise nie verlassen habe.

Ohne Vorrede gehe ich gleich auf ihn los. »Hast du dich jemals gefragt, was mit Mavis los war?«

Ich schalte den Fernseher ab. »Sag schon.«

»Mavis?«

»Hast du dich je gefragt, warum sie so dumm war?«

Ich brülle. Ich glaube, ich bin immer noch benommen von dem Schicksalsschlag; er ist immer noch nicht wirklich zu mir durchgedrungen. Und in gewisser Weise genieße ich die Benommenheit, die Orientierungslosigkeit, weil ich weiß, sie verschafft mir eine Gnadenfrist, ehe ich wieder gezwungen bin, die Angelegenheit in die Hand zu nehmen und Entscheidungen zu treffen.

Dann sagt er, jetzt plötzlich ganz klar: »Was um alles in der Welt soll das Gerede über Mavis. Müssen wir irgendwas bezahlen?«

»Mavis hatte ein Syndrom!«

Es macht mich rasend, daß man wegen seiner Taubheit sowieso sehr laut mit ihm reden muß, und es daher keinerlei Wirkung hat, wenn man ihn anschreit. Es ist so, als würde man mit den Fäusten gegen die Wand schlagen.

»Was ist?« Er schaut mich verständnislos an.

»Ein Syndrom habe ich gesagt. Ein genetischer Fehler, verdammt noch mal. Das hättest du wissen müssen.«

Das Zimmer wirkt muffiger denn je. Der Schoß des alten Mannes ist mit Kekskrümeln übersät. Ich denke: Man hätte schon vor Jahren einen Schlußstrich ziehen und dem abgeschmackten Schauspiel dieses widerlichen alten Mannes in diesem ewig gleichen Zimmer ein Ende machen sollen. Meine Mutter hat es über jedes vernünftige Maß hinaus weitergehen lassen, durch ihre Selbstlosigkeit und ihre Weigerung, ein neues, unbelastetes, fröhliches Leben zu beginnen. Mich beschleicht der Verdacht, daß die Wurzel der Tragödie mit Hilary genau hier liegt. Diese verrottende, ekelhafte Gestalt beeinflußt mein Leben, besudelt mich, zieht mich herunter. Zumindest kommt es mir so vor. Als ob Mutter die kranken Gene absichtlich am Leben halten würde, denn für Mutter bedeutet das Leben alles, so furchtbar es auch sein mag.

Er knurrt: »Mit unserer Mavis war alles in Ordnung, bis sie sich mit diesem Mormonen eingelassen hat. Sie hat für ihren Lebensunterhalt selbst gesorgt. Wie geht's übrigens Peggy? Läßt sich gar nicht mehr blicken, das kleine…«

»Mavis hatte ein Syndrom, und jetzt hat mein Kind dasselbe, nur tausendmal schlimmer. Begreifst du, was ich sage?«

Sein faltiges Gesicht, das aussieht wie ein schlaffer Luftballon, zeigt keine Regung. Sein Adamsapfel bewegt sich. Blöd grinsend fährt er mit der Zunge in seinen Hängebacken herum und sagt: »Sei so gut und setz Wasser auf. Ich könnte ein Täßchen Tee vertragen.«

Mittlerweile tobe ich fast vor Wut, und obwohl mir der Irrwitz und die Sinnlosigkeit meines Tuns bewußt sind, erkläre ich ihm, was für ein unglaublich nichtsnutziger, alter Sack er ist. Er hatte ein zurückgebliebenes Kind und hat sich nie die Mühe gemacht, die Ursache herauszufinden, nie einen Gedanken daran verschwendet, ob seinen Kindern oder seinen Enkelkinder vielleicht dasselbe passieren könnte. Dreißig Jahre lang hat er nichts anderes getan als zu essen, zu trinken, zu rauchen und meiner Mutter das Leben schwerzumachen. Und das Ergebnis ist, daß ich, völlig ahnungslos, ohne Vorwarnung, ein Kind bekommen habe, das die gleiche Krankheit hat wie Mavis, nur viel schlimmer als Mavis, und deswegen werde ich jetzt in den Sumpf, den ich unter solch großen Mühen hinter mir gelassen habe, zurückgezerrt, und das nur, weil ich seine miese Genkonstellation geerbt habe und niemand sich je bemüßigt gefühlt hat, mich darüber zu informieren. Hoffentlich besäße er jetzt wenigstens soviel Anstand, endlich abzukratzen, damit diejenigen, die mit ihrem Leben etwas anzufangen wüßten, nicht länger so einen stinkenden alten Albatros wie ihn am Hals hätten.

Mein Blut pocht in den Schläfen. Noch nie habe ich so laut gebrüllt.

»Du spinnst.« Ächzend steht er auf und will in seinen Pantoffeln an mir vorbeischlurfen. »Du bist ja verrückt. Du solltest mal zum Arzt gehen.«

Ich schubse ihn zurück in den Sessel.

»Du hörst mir jetzt zu, sonst bring ich dich um.«

Auch wenn er nicht begreift, was ich sage, habe ich jetzt zumindest seine volle Aufmerksamkeit. Zumindest weiß er, daß ich ihn hasse. Sein altes Gesicht mit der grindigen Haut wirkt zunehmend besorgt, und er blinzelt mich aus rotgeäderten und vom grauen Star getrübten Augen an.

»Verstehst du nicht, daß du mein Leben zerstört hast? Du hast es zerstört.«

Aber Worte genügen nicht. Offenbar schaffe ich es überhaupt nicht, meine Gefühle auszudrücken. Ich stehe vor ihm und starre ihn an. Und mit einer Klarheit, die wie das tiefe Meer unter der schäumenden Gischt meiner Wut liegt, erkenne ich den Grund für die Unzufriedenheit, die mich bei jedem Streit überkommt. Worte sind schlicht und einfach unzureichend. Es geht nicht um Worte. Niemals.

Also schlage ich ihn. Ohne weiter nachzudenken. Ich hole weit aus und verpasse ihm mit der flachen Hand eine kräftige Ohrfeige. An körperliche Gewalt ist unsereins überhaupt nicht gewöhnt. Er schreit auf und zieht den Kopf ein. Ich schlage wieder und wieder zu. Ich trete ihm mit voller Wucht gegen das Schienbein. Plötzlich, in einem Anfall von Verzweiflung, stemmt er sich hoch und geht auf mich los. Er wedelt, wie ein wütendes Kind, hilflos und unkoordiniert mit den Armen. Wie eine Comic-Figur. Er schlägt um sich. Ich packe ihn bei den Schultern und stoße ihn, unter Einsatz meines Körpergewichts, mit Gewalt zurück. Er sinkt schwer atmend wieder in den Sessel. Ich erhebe meine Hand, um ihn zu schlagen, und er nimmt kraftlos einen Arm hoch, um sich zu verteidigen. Ich schiebe den Arm zur Seite und schlage zu. Wir starren uns an. Sein altes, kränkliches Gesicht zittert vor Angst und Verständnislosigkeit. Wie ich aussehe, weiß der Himmel.

Besonders langsam und deutlich sage ich zu ihm: »Wenn du nicht freiwillig in ein Altersheim gehst, mein Lieber, wenn du meine Mutter nicht in Ruhe läßt, dann werde ich in Zukunft jede Woche herkommen und dich grün und blau prügeln. Ich werde dich windelweich schlagen. Und jetzt geh nach oben, wasch dir das Gesicht und komm mir nicht mehr unter die Augen.«

Leise grummelnd, aber endgültig besiegt, rappelt er sich auf und geht hinkend in den Flur und dann die Treppe hoch.

Sobald ich allein bin, fange ich an zu zittern, und ich bin wirklich ehrlich entsetzt. Gegen den Kaminsims gelehnt, greife ich nach einer staubigen Hummel-Figur, einem kleinen Jungen und zwei gelben Vögeln, die auf einem rustikalen Gartenzaun sitzen und aus voller Kehle singen. Meine Mutter liebt diese pittoresken Darstellungen von Unschuld und Glück über alles. Ein paar Vorstadtstraßen entfernt klingelt ein Eiswagen, noch genauso wie vor zwanzig Jahren. Ich atme durch. Ich versuche die Fassung wiederzugewinnen. Ich habe das Gefühl, daß es absolut gerechtfertigt war, den alten Mann fertigzumachen, und doch bin ich mir der Abscheulichkeit meiner Tat bewußt. Habe ich je zuvor jemanden verprügelt? Nein, noch nie. Wie tief bin ich gesunken? Dennoch ist mir das Paradoxe an dieser Erfahrung – mein Handeln gleichzeitig als gerechtfertigt und abscheulich zu empfinden – nur allzu vertraut (habe ich mich nicht ganz ähnlich gefühlt, nachdem ich meine Frau betrogen hatte: im Recht, abscheulich).

Als Mutter zurückkommt, breche ich zum ersten Mal seit meiner Kindheit in ihrer Gegenwart in Tränen aus.

»Wir waren so glücklich«, schluchze ich. »Wir waren uns wirklich nahegekommen. Warum mußte das passieren? Warum?«

Mutter nimmt mich in den Arm und sagt immer wieder:»Gott ist bei dir, mein Liebling, Gott ist bei dir, Gott ist bei dir, mein Liebling.«

Später, auf der Fahrt nach Hause, wird mir klar, daß ich nur deshalb meine Wut an Großvater ausgelassen habe, um sie nicht an Mutter auszulassen. Das war die einfachste Lösung. Denn in vieler Hinsicht trifft sie größere Schuld als ihn. Da sie zu einer jüngeren Generation gehört, hätte sie eher wissen müssen, was zu tun war, und ich hätte eher sie anbrüllen sollen als ihn. Aber ich weiß, soweit werde ich es nie kommen lassen.

Zu Hause schiebe ich ein tiefgekühltes Curry-und-Reis-Gericht in die Mikrowelle, und während es heiß wird, lese ich in dem medizinischen Nachschlagewerk, das ich gekauft habe, den

Eintrag über Christensens Syndrom. Auf eintausendachthundert kostspieligen Seiten werden dem Zustand meiner kleinen Tochter nur sechs Zeilen eingeräumt:

Seltene Erkrankung mit unterschiedlicher Ausprägung, gekennzeichnet durch multiple Funktionsstörungen und/oder Deformationen. Die einzelnen Fälle variieren stark, und über die Ursachen ist wenig bekannt. Tritt nur bei weiblichen Personen auf, kann aber auch von Männern vererbt werden. Mögliche Erscheinungsformen: spastische Lähmung der unteren Gliedmaßen, Fehlbildung der großen Gelenke, zerebrale Lähmung (selten). Kann zusammen mit dem Downs Syndrom auftreten oder irrtümlich dafür gehalten werden.

Das Telefon klingelt. Ich höre, wie meine Mutter mit atemloser Stimme sagt: »Mit Vater ist etwas passiert.«

Sie hat den alten Mann neben seinem Bett auf dem Fußboden gefunden, und er ist weder in der Lage zu sprechen noch sich zu bewegen.

»Tot?«

»Nein, er bewegt den Mund. Er kann bloß nicht sprechen.«

»Ein Schlaganfall«, sage ich zu ihr. »Du...«

»Oh, entschuldige mich, da kommt schon der Krankenwagen. Ich...«

Ich sage, sie soll mich anrufen, wenn sie näheres weiß oder Hilfe braucht. Dann lege ich den Hörer auf und esse. Während ich die üblichen Routinearbeiten wie Abwaschen und Aufräumen erledige, frage ich mich beklommen, ob Großvater in der Lage sein wird, den Ärzten im Krankenhaus mitzuteilen, daß ich ihn verprügelt habe, oder ob sie von allein Hinweise auf Gewaltanwendung entdecken werden. Ich bin nervös, leicht panisch, aber ich spüre auch ein immer stärker werdendes Gefühl grimmiger Befriedigung. Jetzt wird er endlich in ein Altersheim kommen. Ich habe meine Mutter befreit. Es war kein Verbrechen. Im Gegenteil, es war eine gute Tat. Ein Präzedenzfall womöglich.

EINS ZU VIERTAUSEND

Während der nächsten Monate versinkt Shirley in Resignation, während ich mit aller Kraft versuche, Herr der Situation zu werden und weder Kosten noch Mühe scheue, um einen Weg zu finden, unsere kleine Tochter Hilary gesund zu machen. Meine Überlegungen gehen dahin, daß niemand mit Gewißheit sagen kann, ob die Schädigung des Gehirns genauso ausgeprägt ist wie bei Mavis. In den medizinischen Fachbüchern steht, sofern das Thema überhaupt erwähnt wird, daß das Syndrom in bezug auf die Schwere und das Ausmaß der Erkrankung völlig unberechenbar ist. Es läßt sich nicht vorhersehen, wie Hilary sich entwickeln wird. Sie könnte beispielsweise eine schwere körperliche Behinderung, aber einen hellwachen Verstand haben. Vielleicht besteht also doch noch eine Chance für unsere Tochter und für uns. Und wenn es eine solche Chance gibt, auch wenn sie nur hauchdünn ist, dann ist es meine Pflicht, sie zu nutzen.

Nach einem Monat im Krankenhaus kommt Shirley wieder nach Hause. Sie weigert sich, über Hilarys Zustand zu sprechen. Sie fährt sie nicht spazieren, damit die Nachbarn sie nicht sehen. Sie kümmert sich mit klinischer Sachlichkeit um sie, beklagt sich nie darüber, wie schwierig es wegen der steifen Gelenke ist, sie anzuziehen, und macht niemals eine Bemerkung, die auch nur im entferntesten etwas mit unserer Tochter zu tun hat.

Sie verrichtet ihre Aufgaben effizient, verbissen, mechanisch, niedergeschlagen.

»Erzähl es mir bitte nicht«, sagt sie rasch, wenn ich ihr berichten will, was ich gerade gelesen oder aufgeschnappt habe. »Bitte, ich will es nicht hören, okay?«

Ich erkläre ihr, wie wichtig es ist, daß wir miteinander reden und zusammenhalten.

Sie sagt: »Wenn sich eine Tragödie ereignet, hat es keinen Zweck, so zu tun, als sei nichts geschehen.« Und sie sagt, ich hätte von Anfang an recht gehabt, wir hätten niemals ein Kind bekommen sollen, das Risiko sei zu groß. Niemals, niemals, niemals. Sie hätte sicher eine Stelle an einer anderen Schule oder in der Wirtschaft gefunden. Wir hätten glücklich sein können. Es sei allein ihre Schuld.

Aber ich sage, nein, sie habe recht gehabt. Und ich erzähle ihr, wie sehr ich mich inzwischen nach einem gesunden Kind sehne. Wir haben schlicht und einfach Pech gehabt.

»Schon merkwürdig«, entgegnet sie, »daß wir inzwischen beide behaupten, der andere habe recht gehabt.« Sie zupft einen Faden von ihrer Bluse und schaut dann mit einem wehmütigen Lächeln zu mir herüber.

»Es wird alles gut werden«, sage ich. »Ich habe mit einem Spezialisten gesprochen, der…«

»Bitte, George.«

Wochen vergehen. Wegen der unausgesprochenen Angst, ein zweites Kind wie Hilary zu bekommen, schlafen wir nicht miteinander. Der Genetiker sagt, die Chance ist eins zu vier. Wenn man dann noch die Chance, trotz Verhütungsmitteln schwanger zu werden, berücksichtigt, die sagen wir mal eins zu tausend ist, kommt man auf eins zu viertausend, eine Wahrscheinlichkeit, bei der man vermutlich niemals Glück haben würde, aber durchaus Pech haben kann. Wenn wir in unserem Ehebett liegen und zuschauen, wie die abendlichen Schatten länger werden und verschwinden, wird mir schmerzlich bewußt, wie ungeheuer groß die Distanz ist, die uns voneinander und von der übrigen Welt trennt.

Trotzdem widerstehe ich der Versuchung, abends lange im Büro zu bleiben und mich vom Familienleben auszuschließen.

Tagsüber arbeite ich hart, tauche in die Arbeit ein wie in ein warmes, heilsames Bad, erreiche einen höheren Konzentrationsgrad und eine höhere Produktivität, als ich mir je hätte träumen lassen, aber ich achte stets darauf, beizeiten nach Hause zu gehen. Ich glaube, wir werden auch diese Krise überstehen, denn ich werde unsere kleine Hilary retten. Jawohl, das werde ich. Ich bin sehr zärtlich zu der Kleinen, wechsele ihr die Windeln und gebe ihr die Flasche, denn Shirley hatte schon kurz nach der Geburt keine Milch mehr. Manchmal bin ich die halbe Nacht auf den Beinen und mache die Milch in der Mikrowelle warm. Ich schaue in Hilarys kleine, etwas fischige blaue Augen und warte hoffnungsvoll auf das erste Lächeln.

Ich habe gehört, viele Männer schauen ein behindertes Kind nicht einmal an.

Was die Verwandtschaft betrifft, sind meine Mutter und Shirleys Bruder Charles auf beängstigende Weise hilfsbereit. Mrs. Harcourt hingegen redet, während ihrer immer seltener werdenden Besuche, unablässig über das Verhältniswahlrecht und die Vorzüge hochempfindlicher Filme, ehe sie fast panisch zur Wohnungstür eilt, so wie jemand, der ein sinkendes Schiff verläßt. Mr. Harcourt ruft gelegentlich an und nennt uns die Namen von Spezialisten, die ihm von seinen Geschäftsfreunden empfohlen wurden. Er wird die Konsultationen bezahlen. Peggy kommt oft am Wochenende mit Frederick vorbei und bietet an, auf Hilary aufzupassen, damit wir ausgehen können. Shirley lehnt jedesmal ab. Sie will nicht ausgehen. Es gibt nichts, wozu sie Lust hat.

Daher frage ich sie eines Abends, ob es ihr recht ist, wenn ich allein etwas unternehme, da sie ja Gesellschaft hat. Aus einer Telefonzelle an der Finchley Road rufe ich Susan Wyndham an, meine Ansprechpartnerin bei Brown Boveri, ein zierliches, eher unscheinbares Mädchen, in deren Augen aber ein gewisses Funkeln liegt. Meine Frau sei verreist, hätte sie Lust, mit mir etwas trinken zu gehen? In einem ungarischen Restaurant in der Nähe der Edgware Road führen wir ein sehr ernsthaftes und theoretisches Gespräch über Beziehungen, Treue, Vergnügen und den Sinn des Lebens. Aus den Lautsprechern ertönt leise Mazurka-Musik. Mit Make-up und frisch gewaschenem Haar sieht sie besser aus, als ich sie in Erinnerung hatte, und während wir auf der Suche nach einem passablen Pub durch den Nieselregen laufen, umspielt ihre Lippen ein ironisches, wissendes Lächeln. Als ich sie vor der Haustür zu ihrer Wohnung in Willesden küsse, bin ich verblüfft, wie leidenschaftlich sie meinen Kuß erwidert. Aber später heult sie und vergräbt das Gesicht im Kopfkissen und jammert, denn sie hat einen Verlobten, der beruflich für ein Jahr nach Australien gehen mußte, und sie ist ihm zehn Monate lang treu gewesen. Warum, warum nur mußte sie ihn jetzt betrügen?

Als ich nach Hause komme, ist es fast eins. Charles und Peggy streiten sich heftig über Feminismus, den Charles vehement gegen Peggys vehemente Kritik verteidigt. Shirley hat ein paar Mogadan genommen und ist ins Bett gegangen. Hilary hat offenbar geschissen, aber die beiden ignorieren den Gestank. Ich wechsele die Windeln und mache das Bett neu. Ich gehe aufs Klo und starre etwa eine Viertelstunde lang die Wand an, dann reiße ich mich zusammen, gehe nach unten und spendiere eine Runde Glenlivet.

Charles sagt: »Natürlich ist alles nicht so schlimm. Solange sie noch ein Baby ist. Erst wenn sie älter wird, fangen die Probleme richtig an.«

BITTE

Shirley war immer gegen eine Operation, oder zumindest nicht dafür. Aber die Ärzte erklären uns, wenn das Kind jemals laufen soll, muß etwas unternommen werden. Und in jedem Fall wird es einen ästhetischen Effekt geben.

Aber sie brauchen die Unterschriften von uns beiden.

Ich war schon immer ein Macher, daher lautet meine Reaktion: In Ordnung, versuchen wir's, packen wir's an. Punktum. Shirley, die zwar überaus temperamentvoll und energiegeladen wirkt, solange es ihr gut geht, aber eine starke passive Grundhaltung hat, ist nicht dafür.

»Wozu?« sagt sie.

»Was soll das heißen: wozu? Wir müssen alles versuchen.«

»Aber unsere Tochter ist wie sie ist. Was hat es für einen Sinn, sie in Stücke zu schneiden und neu zusammenzusetzen. Das wird nichts bringen.«

Ich frage sie, wie wir weitermachen, weiterleben sollen, wenn wir die Hoffnung aufgeben, daß aus unserer Tochter irgendwann ein normales Kind wird.

»Du legst immer furchtbar viel Wert auf Normalität«, sagt sie.

»Allerdings.«

»Unser Leben verlief auch früher nicht immer normal.«

Ich sage, es gibt keinen Grund, mit diesem Thema wieder anzufangen. Das war ein Fehltritt. Wir haben die Krise überwunden.

»Und jetzt haben wir es mit einer Tragödie zu tun.«

»Stimmt, und die werden wir auch überwinden.«

Sie bringt ein müdes Lächeln zustande. »George, Tragödien ›überwindet‹ man nicht. Kannst du der Wahrheit denn nicht ins Auge schauen?«

Ich weise darauf hin, daß wir unserer kleinen Tochter einen besseren Dienst erweisen, wenn wir sachlich über die Angelegenheit diskutieren, ohne uns gegenseitig Vorwürfe zu machen. Und außerdem ist sie doch diejenige, die sich weigert, den Ursachen auf den Grund zu gehen und sich mit dem Problem auseinanderzusetzen, während ich die ganze Zeit unermüdlich Fachleute und Bücher konsultiere, mit Spezialisten rede und so weiter.

»Aber um so etwas zu verstehen, braucht man weder Bücher noch Experten. Es ist ganz einfach, man braucht nur hinzuschauen.«

Wir starren uns an. Ihr Gesicht wirkt müde und schmal, aber es strahlt eine innere Gelassenheit aus. Die neu ist.

»Die Ärzte meinen, wenn wir die Operation machen lassen, wird Hilary vielleicht später laufen können, und vielleicht gelingt es ihnen auch, alles andere in Ordnung zu bringen.«

»Sie haben gesagt, wir sollen unsere Hoffnungen nicht zu hoch stecken. Du kannst dich nicht weigern, etwas zu akzeptieren, nur weil es nicht normal ist.«

»Wir waren einander so nah«, wende ich ein, »bevor sie geboren wurde. Wir waren so glücklich. Oder etwa nicht? Wenn die Ärzte es schaffen, sie zu heilen, wird zwischen uns alles wieder gut werden.«

»Das ist reines Wunschdenken.«

»Woher willst du das wissen?«

»Weil die Ärzte niemals eine Operation vorgeschlagen hätten, wenn du sie nicht ständig bedrängt hättest.« Und sie sagt: »Ich will nicht, daß sie noch mehr Schmerzen erleiden muß. Weiß der Himmel, was die alles mit ihr machen, wenn sie unters Messer kommt. Sie wird monatelang im Krankenhaus bleiben müssen. Und ich begreife auch nicht, warum wir sie operieren lassen sollen, nur damit unsere Beziehung besser wird. Die gut so ist, wie sie ist.«

Meine Mutter kommt vorbei, und während wir zum Tee die Biskuittörtchen verspeisen, die sie in einer Keksdose mitgebracht hat, die ich noch aus meiner frühesten Kindheit kenne, schwärmt sie davon, zu welch wahrhaft wunderbaren Taten Chirurgen heutzutage fähig sind. Sie hat viel gebetet, und tatsächlich beweist der Herr seine Macht oft durch die Wissenschaft. Sie ist überzeugt, daß alles gut wird.

Shirley fragt nach Großvater und sagt, ich müsse ihn unbedingt einmal besuchen.

Ich rufe Mr. und Mrs. Harcourt, Charles und Peggy an und bitte sie, Druck auf Shirley auszuüben. Sie sind alle auf meiner Seite, sie glauben an schnelle, spektakuläre Heilungserfolge durch orthopädische Chirurgie. Man muß etwas unternehmen, lautet der allgemeine Tenor, sich um das mißgebildete Kind kümmern, es gesund machen, und zwar schnell. Recht haben sie. Wenn die Ärzte eine Chance sehen, ist es dann nicht unsere Pflicht, sie zu nutzen? Wie könnte ich ohne Hoffnung leben? Jedesmal wenn ich mit Shirleys tiefverwurzeltem Fatalismus konfrontiert werde, mit Bemerkungen wie:»Wir müssen lernen, damit zu leben«, wird mir speiübel. Ich weiß, ich kann das nicht mehr lange durchhalten. Ich weiß, ich kann so nicht leben.

Am Tag vor der Operation lächelt Hilary zum ersten Mal. Sie lächelt und hört gar nicht wieder auf. Sie liegt in einer Baby-Tragetasche auf der Wohnzimmerkommode und strahlt mich mit Apfelbäckchen an. Dieser Hinweis auf eine menschliche Persönlichkeit in dem etwas sonderbaren Gesicht ist zugleich außerordentlich erregend und beunruhigend.

Am selben Nachmittag ruft Mutter an, um mir zu erzählen, daß Großvater wieder sprechen kann. Er wird auf eine Reha-Station verlegt.»Er hat nach dir gefragt.«

»Ach, wirklich. Was hat er gesagt?«

Ich stelle fest, daß ich gar nicht zusammenzucke.

»Nur deinen Namen. Er ist noch nicht wieder bei klarem Verstand. Oh, und er hat natürlich um seine Pfeife gebeten.«

»Freust du dich?«

»Wie meinst du das? Natürlich freue ich mich. Ich habe mir überlegt, mein Schatz, daß es vielleicht ein gutes Omen für Hilarys Operation ist.«

Gelegentlich hört man aus ihren Worten doch heraus, daß es alles der reine Aberglaube ist.

Hilary ist zehn Stunden lang im OP, viel länger als geplant. Die anschließenden Kommentare der Ärzte sind noch nicht einmal ermutigend. Der Assistenzarzt erklärt mit einer Offenheit, die ich mittlerweile dem sonst üblichen, unangebrachten Bemühen um Rücksichtnahme vorziehe, er habe, ehrlich gesagt, nicht eine einzige verdammte Sehne gefunden, die ihm irgendwie bekannt vorkam. Als das Kind in den späten Abendstunden aus der Narkose aufwacht, hat es sehr schwere Zuckungen und Würgeanfälle. Shirley ruft mich gegen Mitternacht an, weil sie befürchtet, Hilary könnte sterben. Ich fahre wieder ins Krankenhaus, und wir laufen bis zum Morgengrauen im Flur auf und ab und werfen gelegentlich einen Blick auf unser mit Beruhigungsmitteln vollgepumptes Baby.

Morgens fahre ich von der Great Ormond Street direkt zu InterAct, deren Büros sich neuerdings in Hammersmith befinden. Ich drücke auf die Taste für eine Extraportion Zucker und betrachte durch die schmutzigen Scheiben das massige, hochaufragende schwarze Cunard Hotel und das geschäftige Treiben eines Londoner Sommermorgens. Mir wird klar, daß ich mich während der Nacht mehr als einmal nach dem kurzen Drama eines Todesfalls gesehnt habe, der uns von allen Seiten Mitgefühl einbringen und das Leben wieder erträglich machen würde. Auch jetzt noch stelle ich mir vor, daß Shirley mich anruft und sagt, es sei vorbei. Ich nehme mir vor, jegliches Anzeichen von Erleichterung zu vermeiden. In mein Filofax schreibe ich, an irgendeine unbekannte Gottheit gerichtet, das Wort: BITTE.

BIST DU MIT DEINEM LEBEN ZUFRIEDEN?

Großvater hat behauptet, ich hätte versucht, ihn umzubringen. Die Krankenschwestern versichern Mutter, solche Wahnvorstellungen seien nichts Ungewöhnliches, und ein weiterer Grund, warum er in ein Pflegeheim kommen sollte. Ich sage, vielleicht sollte ich ihn lieber nicht besuchen. Es könnte ihn zu sehr aufregen. Zumindest dieses Problem scheint sich also zu erledigen. Nachdem Mutter ein paar Wochen allein gelebt hat, geht es ihr so gut wie seit einer Ewigkeit nicht mehr, und weil Shirley Tag und Nacht im Krankenhaus ist, und das vermutlich auch noch eine Weile so weitergehen wird, nehme ich Mutters Angebot an, jeden Tag nach Hendon zu kommen und für mich zu kochen. Aus diesem Grund ist sie, wenn ich abends zu Hause eintreffe, nicht selten in der Küche und diskutiert gerade mit Charles über einseitige Abrüstung, Euthanasie oder Privatisierung von Staatsbetrieben. Charles fühlt sich inzwischen bei uns offenbar wie zu Hause (mir völlig unbegreiflich), und er sitzt am Tisch und ißt Kekse, während Mutter sich am Herd oder an der Spüle zu schaffen macht. Manchmal bringt sie eine junge Philipina mit, die ihr hilft – eine von ihren Verwundeten, eine mißhandelte Ehefrau, glaube ich. Sie ist spindeldürr, dunkelhäutig und von einer ätherischen verletzlichen Schönheit, die ich sehr anziehend finde, doch ich komme nie über ein paar belanglose Komplimente hinaus, ehe sie davontrippelt und dorthin zurückkehrt, wo sich ihr trostloses Leben abspielt.

Trotz der furchtbaren Situation im Krankenhaus ist diese Zeit für mich erstaunlich angenehm. Eine Atempause gewissermaßen. Ich werde von vorn und hinten bedient. Die Stimmung im Haus ist friedlicher, als wenn Shirley da ist. Mutter hat sogar Blumen aus dem Garten geholt. Ihre Sträuße sind laienhaft zusammengestellt, haben aber dennoch eine beruhigende Wirkung. In der Stille der Blumen liegt so viel Lebendigkeit und Frische. Ich weiß wirklich nicht, wann ich mich das letzte Mal derartig gelöst gefühlt habe. Und wenn Charles endlich gegangen ist und wir uns seine politischen Ansichten und seine zahllosen Ratschläge nicht mehr anhören müssen und wenn Shirley telefonisch das letzte Bulletin des Abends über Hilarys Gesundheitszustand durchgegeben hat, kommt es zwischen Mutter und mir zu ungemein behaglichen Mutter-Sohn-Gesprächen.

»Ist es mit den Krämpfen besser geworden?« erkundigt sie sich. Ihre Stricknadeln klicken am Rand einer winzigen himmelblauen Strickjacke entlang. Strickjacken sind praktisch, meint sie, wenn ein Kind Schwierigkeiten hat, die Arme zu bewegen. Wie beiläufig sie so etwas sagt! Beim Stricken summt sie leise. Kirchenlieder. Ich erkenne: »O Herrgott, unsre Zuversicht«, »Sieh, dein König kommt zu dir«, »Unsterblich, unsichtbar«. In der Tat.

Ich habe die Fernbedienung für den Fernseher in der Hand, und während ich vom Sofa aus zwischen den Kanälen hin und her schalte, denke ich zu meiner eigenen Überraschung darüber nach, daß alles bestens wäre, wenn ich meine Mutter oder, besser gesagt, eine Frau, die ihr ähnelt, geheiratet hätte. Oder nicht? Ich hätte sie davon abgehalten, mit ihrer Großzügigkeit allzu verschwenderisch umzugehen, und sie hätte sich um mich gekümmert und in der Regel das getan, was ich vorschlug, ohne daß es, wie mit Shirley, ständig Reibereien gegeben hätte.

Auf Channel 4 wird das Vordringen der spanischen Armada mit Hilfe eines Trickfilms gezeigt.

Ich sage nein. Das Mädchen stand den ganzen Tag an der Schwelle zum Tod. Schwere spastische Lähmung. Ich habe, nach der Arbeit, im Krankenhaus vorbeigeschaut und die Kleine war in einem furchtbaren Zustand. Shirley schläft kaum noch. Einer der Spezialisten ihres Vaters meint, die große Menge Anästhetika, die bei einer so langen Operation verwendet wird, könnte bei einem Kind, das unter nervösen Störungen leidet, zu einer Gehirnschädigung führen. Sogar zu einer zerebralen Lähmung. Man spricht so etwas ganz ungerührt aus. Und ich bleibe bei diesen Worten seltsam ungerührt. BBC2 bringt einen Bericht über Flugsicherheit, verfaßt mit dem üblichen journalistischen Eifer. Soll es weiterhin erlaubt bleiben, zollfreie alkoholische Getränke zu trinken? Ein hochbrisante Frage. Ich genehmige mir einen Doppelten.

Mutter zählt ihre Maschen. Sie sagt:»Vielleicht war es ein Fehler, der Operation zuzustimmen. Aber ich habe ständig gebetet.«

Es bereitet mir neuerdings kaum noch Schwierigkeiten, mit den plötzlichen Gedankensprüngen in den Bemerkungen meiner Mutter zurechtzukommen. Ich schweige einfach einen Moment, als würde ich warten, bis sich ein unangenehmer Geruch verzogen hat.

In East Enders ist irgend jemandem Geld gestohlen worden, und die Ermittlungen werden von Rassenvorurteilen überschattet. Was mich, ehrlich gesagt, nicht wundert.

»Es ist so schwierig, vorher zu wissen, was das Beste ist«, seufzt sie. Sie fängt an,»Lobet Gott, den Herrn der Herrlichkeit« zu summen, was mich an sonderbare Gerüche in der Kirche erinnert und an die Papierkügelchen, die ich dort mit Spucke aus den Ecken von Gesangbuchseiten hergestellt habe. Vielleicht findet sie die Ausdrucksweise der EastEnders schwer zu ertragen.

»Die Ärzte hätten uns warnen müssen. Charles meinte heute, wir sollten sie verklagen.«

»Ich wüßte nicht, was das bringen soll.«

»Wir könnten Geld herausschlagen.«

Jetzt ist sie an der Reihe, einen Gedankensprung durchgehen zu lassen. Ausgleichende Gerechtigkeit.

Auf ITV sind zwei Nilpferde bei einem komplizierten Paarungsakt zu sehen. Das übliche Abendprogramm. Ich riskiere die Bemerkung: »Er hat auch gesagt, es wäre besser, wenn sie sterben würde.«

»Solche Ansichten«, sagt sie und blickt stirnrunzelnd auf ihr Strickmuster, »machen mich wirklich zornig. Damit fängt es an, und es endet bei Hitler und den Todeslagern. Das Leben des kleinen Mädchens verdient die gleiche Achtung wie das Leben eines jeden anderen Menschen.«

Es ist schon eigenartig. Ich finde, daß Charles und meine Mutter beide recht haben. Aber das kann nicht sein, oder? Liegt der Schlüssel etwa in dem Wort »verdient«? Und warum haben die anderen eine feste Meinung, während ich zweifle? In den Zeitungen wird zur Zeit häufig voller Bewunderung über Menschen berichtet, die den Mut hatten, ihren alten kranken Verwandten bei der Reise ins Jenseits zu helfen. Verschiedene Medikamente. Die richtige Mischung. Nähere Auskünfte erteilt die Gesellschaft für Euthanasie.

Da das Thema Mutter nervös macht, geht sie in die Küche. Fünf Minuten später bringt sie mir eine Tasse Tee und ein Stück Früchtekuchen. Sie trägt ein geblümtes Sommerkleid, das ihre massige Figur kaschiert, und flache, praktische Schuhe. Ein Knie ist deutlich angeschwollen.

Ich schalte den Fernseher aus und sage, ohne nachzudenken: »Bist du mit deinem Leben zufrieden, Mutter?«

»Wie meinst du das, Liebling?« Mit einer Stricknadel kratzt sie sich den Spann ihres Fußes, auf dem die Adern stark hervortreten.

»Schon als Kind mußtest du dich um Opa und Mavis kümmern. Dann wird Papa umgebracht, nachdem ihr erst wenige Jahre verheiratet seid, und du verbringst den Rest deines Lebens damit, dich für Peggy und mich und Mavis und Großvater abzurackern, und keiner von uns hat es dir je gedankt.«

»Wie negativ du das siehst«, sagt sie lachend. Meine Worte lassen sie anscheinend, ganz im Gegensatz zu der Anspielung auf das Töten aus Mitleid, unbeeindruckt. »Nein, ich habe ein sehr beglückendes Leben geführt. Gott hat es gut mit mir gemeint. Er hat mir ein bescheidenes Amt übertragen. Es war mir vergönnt, zu beten und viele Brüder und Schwestern im Glauben zu finden, und er hat mir gerade genug an weltlichen Gütern zuteil werden lassen. Wenn du wüßtest, wie oft jemand anonym einen Umschlag für mich in den Briefkasten geworfen hat. Ich hatte ein sehr erfülltes Leben.«

Etwas unwirsch sage ich: »Ja, aber Peggy und ich haben uns wohl kaum so entwickelt, wie du es dir vorgestellt hast, oder?«

»Ach, ich weiß nicht. Peggy ist mit diesem netten Barry zusammen. Du bist glücklich verheiratet. Ich bin zweifache Großmutter. Was könnte ich mir mehr wünschen?«

Natürlich wissen wir beide, was sie sich noch wünschen könnte. Eine ganze Menge. Dennoch wird mir klar, daß diese hartnäckig optimistische Lebenseinstellung genau das ist, was ich heute abend hören will. Ich will hören, wie mein Leben auf diese Weise beschrieben wird. Und plötzlich sage ich, mit Tränen in den Augen: »Weißt du, wenn diese schreckliche Sache mit Hilary nicht passiert wäre, hätte ich wahnsinnig gerne ein zweites Kind gehabt. Wofür verdient man sonst sein Geld?«

Nie zuvor habe ich so etwas gesagt. Noch nicht einmal zu mir selber. Denn es ist doch sonnenklar, wofür man Geld verdient: Es gibt noch so viel zu kaufen.

Das gleichmäßige und energische Klicken ihrer Stricknadeln unterstreicht die von unausgesprochenen Gefühlen erfüllte Stille: Klickedie klick, klick klick, klickedie klick, klick klick, klick klick. Dann hält sie inne. Sie schaut hoch und wendet mir ihr vom Alter aufgedunsenes Gesicht zu. Sie sagt sehr gefaßt: »Wenn du es unbedingt wissen willst, Liebling, das einzige, was ich in meinem Leben bereue, ist das, was man mich gezwungen hat zu sagen, ehe dein Vater getötet wurde. Ich frage mich oft, ob diese Worte nicht irgendwie Schuld sind.«

Verblüfft über dieses Geständnis, starren wir uns an. Als sei ein Geist (der meines Vaters?) durch das Zimmer geschwebt.

»Was meinst du? Schuld woran?«

Sie läßt das Strickzeug in ihren Schoß sinken und seufzt, nicht wie früher gelegentlich, den Tränen nah, sondern mit einem Ausdruck der Milde und Duldsamkeit auf ihrem von einem Helm aus grauem Haar umrahmten Gesicht.

»An Hilary?« Meine Stimme klingt absichtlich fassungslos.

Sie nickt, unfähig zu antworten.

Ich springe auf. Aus Gründen, die mir selbst nicht klar sind, bin ich schonungslos offen. »Mach dich doch nicht lächerlich, Mama!« Unter gar keinen Umständen werde ich mich auf ihre metaphysische Sichtweise einlassen. »Du solltest zu einem Psychiater gehen. Hörst du? Es ist krank, solche Gedanken zu haben. Krank!« »Liebster George«, murmelt sie. »Liebster George, ich fühle, du bist mir so nah und doch so fern.« »Nein«, sage ich, »dein einziger Fehler war, wenn du es unbedingt wissen willst«, und ich stoße die Worte wütend hervor, »daß du nicht dafür gesorgt hast, daß Mavis gründlich untersucht wurde. Hast du verstanden? Das ist das einzige, was du falsch gemacht hast.« Und ich stürme mit der Absicht, mir einen mindestens vierfachen Whisky einzugießen, zur Hausbar, als das Telefon klingelt.

»Ich bringe sie nach Hause«, sagt Shirley.

ICH WERDE DIE HOFFNUNG
NICHT AUFGEBEN

»Ich bringe sie nach Hause.«

»Was? Geht es ihr besser?«

Shirleys Stimme klingt dringlich: »Sie stirbt. Ich glaube, die wollen sie sterben lassen.«

Ich sage ihr, sie soll sich nicht lächerlich machen.

»Wir brauchen Sauerstoff. Die Behälter kann man anscheinend mieten. Schlag mal im Branchenbuch nach.«

»Aber Shirley.«

»Tu es. Jetzt gleich. Ich bin in zirka einer Stunde zu Hause. Ich nehme ein Taxi. Ich habe die Entlassungspapiere schon unterschrieben.«

»Ich kann dich doch mit dem Auto abholen.«

»Nein. Ich will hier sofort weg. Bitte, George, besorg den Sauerstoff.«

Sie legt auf.

Mutter putzt sich die Nase und wischt sich die Augen.

»Shirley bringt sie nach Hause«, erkläre ich und bleibe, wie immer bei dramatischen Zuspitzungen, Herr der Lage. Solange die Situation dramatisch ist, erscheint das Leben ganz einfach. Ich greife nach dem Branchenbuch.

Und so beginnt ein wahres Epos: das kleine Mädchen, das hohes Fieber hat, die Zäpfchen, das ständige Wechseln der Laken, der Kleidung, der Windeln, der Verbände an ihren sonderbaren, verpfuschten Beinen, die ständigen Versuche, eine Flasche zwischen die fest geschlossenen Gaumen zu schieben, das anschließende Erbrechen, die Krämpfe. Ihre Haut ist klamm vom

Fieber. Ihr Schreien klingt schrill und gequält. Sie wehrt sich, wenn auch immer kraftloser, gegen jede Berührung ihres Körpers; die Lider ihrer meistens fest geschlossenen Augen glühen rot in dem bleichen, wächsernen Gesicht. Ihre Anfälle führen zu Atembeschwerden, die den Einsatz der Sauerstoffmaske erforderlich machen. Ein Abszeß im Ohr sondert unablässig Eiter ab.

Als ich mit Shirley in den frühen Morgenstunden der zweiten oder dritten Nacht eine Kleinigkeit esse, während Mutter bei Hilary ist, sage ich: »Wir hätten sie im Krankenhaus lassen sollen. Dort ist man für so etwas ausgerüstet.«

Das Haus um uns herum scheint ruhig zu atmen. Sein Wert beträgt jetzt Hundertsechzigtausend und steigt täglich um etwa £50. Die Vorhänge in der Küche sind nicht zugezogen und das gelbe Licht der Deckenlampe fällt hart und kalt auf die schwarzen, wie marmorne Grabplatten aussehenden Fensterscheiben. Shirleys teure Töpfe stapeln sich in der Spüle. Ich picke ein paar Krümel auf.

»Vielleicht hatten die Ärzte recht.«

Shirley antwortet nicht gleich. Sie trägt Jeans und T-Shirt und macht mit konzentrierten Bewegungen Rühreier. Sie befindet sich in einem Zustand permanenter nervöser Anspannung. Sie kann nicht wie ich jeden Tag für zehn Stunden in ein Büro fliehen, wo andere Menschen sind. Ihr Gesicht wirkt verhärmt und glüht vor Aufregung. Aber sie kommt mir wacher vor, entschlossener, eine bestimmte Seite ihrer Persönlichkeit scheint vorherrschender zu sein als in den ersten Wochen nach der Geburt. Sie ist energisch, als habe sie ein für allemal entschieden, was zu tun ist, wer sie sein will. Mit einer knappen, raschen Handbewegung streicht sie sich das ungewaschene Haar aus der Stirn.

»Es gibt«, sagt sie, »nicht den geringsten Grund zu glauben, daß Hilary niemals denken und sprechen und reden und lachen und singen können wird. Warum sollten wir sie also sterben lassen?«

Ihr Tonfall ist sachlich, eher vernünftig als aggressiv, und das macht es schwierig, ihr zu widersprechen. Ich sage vorsichtig: »Anfangs schien sie dir weit weniger am Herzen zu liegen. Ich meine, du bist ziemlich zurückhaltend und mechanisch mit ihr umgegangen. Woher der plötzliche Sinneswandel?«

Sie zuckt die Achseln. Muß man denn alles erklären können, fragt sie. Sie weiß es selber nicht. Sie könnte ja ebensogut fragen, warum ich plötzlich die Hoffnung aufgegeben habe, nachdem ich anfangs so optimistisch war, von einem Spezialisten zum anderen gelaufen bin und die Operation in die Wege geleitet habe. Oder? Und jetzt will ich, daß sie stirbt. Das ist nicht fair, sage ich.

Wir lauschen dem entfernten Ticken einer Wanduhr. Dann sagt sie: »Ich will sie einfach wieder lächeln sehen, weißt du. Als sie neulich gelächelt hat, habe ich mich richtig in sie verliebt.«

Sie setzt sich und starrt mich über die schmale Tischplatte hinweg an. Ihr Gesicht erscheint mir auf einmal sehr nah und groß. Ich bemerke, daß ihre Nase stark gerötet ist. Sie wird älter.

Ich sage: »Denk doch an die Schmerzen, die sie hat. Die ganze Zeit. Tag für Tag. Ihr entzündetes Ohr. Ihre Beine. Das Leben besteht für sie nur aus Schmerzen. Allein der Gedanke ist unerträglich.«

»Weißt du, was das Komische an Schmerzen ist«, sagt sie, »wenn sie vorbei sind, sind sie vorbei. Aber da du keine Frau bist, kannst du das nicht verstehen.«

»Laß uns nicht streiten, Shirl.«

Sie lächelt, steht auf, beugt sich über den Tisch und gibt mir einen Kuß. »Du hast dich toll gehalten, bist jede Nacht aufgeblieben. Das hätte ich dir gar nicht zugetraut.«

»Oh, vielen Dank.«

»Und deine Mutter war auch großartig. Meine hat sich nicht mal blicken lassen.«

»Mama ist in ihrem Element«, erkläre ich. »Wahrscheinlich wünschte sie, es wären Zwillinge.« Wir müssen beide lachen. Tag für Tag pflegen wir also dieses kranke Baby, in der erdrückenden und gefühlsgeladenen Atmosphäre des stinkenden, überheizten Kinderzimmers. Zwei Wochen, drei Wochen. Wir wechseln uns ab. Schicht für Schicht. Alle helfen. Auch das philippinische Mädchen, Lilly, die ab und zu in Tränen ausbricht und erklärt, wie sehr es ihr geholfen hat, Menschen zu begegnen, die noch schlechter dran sind als sie, denen sie helfen kann, wie dankbar sie uns dafür ist. Peggy kommt oft vorbei. Und erstaunlicherweise auch Charles, um uns zwischendurch für ein oder zwei Stunden abzulösen. Man wundert sich doch immer wieder über die Menschen. Falls wir ihm irgendetwas bedeuten, hat er das bisher erfolgreich verheimlicht. Ich frage mich, ob er der Kleinen wohl den Sauerstoff geben wird, wenn und falls sie Atembeschwerden bekommt, während er mit ihr allein ist. Die Frage reizt meine Neugier und geht mir im Kopf herum. Das Leben des Kindes hängt an einem hauchdünnen Faden. Was mich selber betrifft, so bin ich nach den endlosen, wie in Trance durchwachten Nächten zu dem Schluß gekommen, daß ich ebenso vorbildlich sein muß wie die anderen, daß ich alles in meiner Macht stehende tun muß, um die Kleine durchzubringen. Ich bin fest entschlossen, weiterhin daran zu glauben, oder jedenfalls die Möglichkeit nicht auszuschließen, daß sie gesund wird. Solange diese Chance besteht, werde ich die Hoffnung nicht aufgeben.

Allerdings ist es eine große Erleichterung, zur Arbeit zu gehen. Oder zu Susan. Vier, fünfmal war ich inzwischen bei ihr. Sie bereitet uns immer ein regelrechtes Festmahl, nachdem wir miteinander geschlafen haben – Eier mit Speck, Bier und Eiscreme. Solide Hausmannskost. Fast besser als der Sex. Auf der Heimfahrt mit der U-Bahn reiße ich aus dem »Standard« einen Artikel über Euthanasie heraus und schiebe ihn in eine Mappe, die ich in meiner Aktentasche bei mir trage.

DER SCHLIMMSTE BETRUG ÜBERHAUPT

Ein paar Tage, nachdem Hilary das Fieber überstanden hat, bricht Shirley zusammen. Der Zustand der Kleinen bessert sich innerhalb weniger Stunden entscheidend. Ihre Temperatur sinkt, die Atmung normalisiert sich, und binnen kurzem kehrt die Farbe in ihre Wangen zurück. Wir sind überglücklich. Wir leeren ein paar Flaschen Verduzzo von Oddbin's, machen Zukunftspläne und rufen jubelnd im Krankenhaus an, um einen Termin für die nächste Untersuchung zu vereinbaren. Aber dann bemerken wir im Laufe der deutlichen Genesung der Kleinen, daß sie nicht mehr so lebhaft um sich blickt wie vor der Operation. Sie scheint nicht mehr in der Lage zu sein, mit den Augen die Bewegung eines Fingers zu verfolgen oder den Sauger ihrer Flasche zu erkennen.

Bei der Untersuchung, die der Chirurg umgehend anberaumt, wird ein Augenarzt hinzugezogen, der sofort bestätigt, daß Hilary in der Tat nicht sehen kann. Die Augen selber, sagt er, sind vollkommen in Ordnung, aber sie reagieren nicht auf Licht. Eine Störung im Gehirn. Der Chirurg spielt nervös mit seinem Stift, räuspert sich und sagt, er hoffe, es handele sich um ein vorübergehendes »Symptom« aufgrund des postoperativen Traumas. »Sie können sehr stolz auf sich sein«, fährt er hastig fort, »ich hatte offen gestanden nicht geglaubt, daß ihre Tochter überleben würde.«

»Nur geht es ihr jetzt wesentlich schlechter als vor der Operation. Und ihre Knie lassen sich nicht mehr beugen.«

Der Arzt ist im mittleren Alter und hat ein spitzes Kinn. Er lächelt schulmeisterlich. »Nun, das muß sich erst herausstellen.«

Er sieht mich aus tiefliegenden Augen an. »Ich bedaure, aber man kann diese Operation beim besten Willen nicht als Routine-Eingriff bezeichnen, daher war sie mit gewissen Risiken verbunden, über die wir Sie zuvor informiert haben. Wir haben uns die Entscheidung nicht leicht gemacht. Aber wie dem auch sei, wir müssen mindestens sechs Monate abwarten, ehe wir endgültige Aussagen über Erfolg oder Mißerfolg der Operation machen können.« Er hält inne. »Und es besteht kein Anlaß zu übertriebenem Pessimismus. Immerhin hat das Kind überlebt, und das ist ein Zeichen von bemerkenswerter Widerstandsfähigkeit.«

Shirley sagt: »Sie scheint den Kopf nicht geradehalten zu können, Herr Doktor. Ich meine, mit vier Monaten sollte sie das doch können, oder nicht?«

Mir selber war das noch gar nicht aufgefallen, aber jetzt wird mir klar, daß die Kleine deshalb so sonderbar aussieht. Selbst wenn man sie im Arm hält, fällt ihr Kopf schlapp zur Seite. Und mich trifft eine meiner plötzlichen Erkenntnisse, eine Vision unseres zukünftigen Lebens mit diesem behinderten Kind. Ich sehe sie im Alter von fünf oder zehn Jahren vor mir, immer noch mit hängendem Kopf.

Shirley nickt ernst, während der Chirurg den Spezialstuhl beschreibt, den wir in etwa sechs Monaten anschaffen müssen, um Hilarys Wirbelsäule und Nacken zu stützen. Man kann einen Antrag auf teilweise Erstattung der Kosten stellen.

»Und wie hoch sind die?« Shirley denkt praktisch.

Er weiß es nicht. Wahrscheinlich etwa £400.

Wir verabschieden uns. Kaum sitzen wir wieder im Auto, verliert Shirley die Fassung. Sie schnallt Hilary in ihrem Sitz fest und bricht in Tränen aus. Heulend sagt sie: »All diese qualvollen Nächte voller Schmerzen, und jetzt kann sie noch nicht einmal sehen!«

Ich schlängle mich schnell und geschickt durch den Verkehr. Ich kenne bald alle Ampeln und Nebenstraßen in der Nähe des

Krankenhauses. Ich genieße das erhebende Gefühl, mich mit der Großstadtmaschinerie zu messen: grüne Pfeile, Linksabbiegerspuren, Busspuren, Poller, Rechtsabbiegen verboten, in Serie geschaltete Ampeln, bremsen, beschleunigen, bremsen, beschleunigen. Ich schweige lange.

»Ich kann es nicht ertragen. Ich kann nicht, und ich will auch nicht.« Sie holt nicht einmal ihr Taschentuch hervor, sie schluchzt einfach mit bebenden Schultern vor sich hin.

Schließlich, während einer langen Rotphase, sage ich: »Shirley, Shirley!«

»Ich wäre am liebsten tot«, sagt sie mit schriller Stimme.

Ich trommele gegen das Steuer: »Wir hätten wütend werden sollen. Wir hätten ihm mit einer Klage drohen sollen.«

»O Gott, wäre ich bloß tot!«

Ich jage die Caledonian Road hinauf, hektisch von einem Pedal aufs andere tretend. Bunte Gebäude kommen mit rasender Geschwindigkeit auf uns zu, wirbelnde Wolken, niedrige Leuchtreklamen und hochaufragende Mietskasernen, das Blinken der Nachmittagssonne auf den Fensterscheiben, der Müll vor billigen Restaurants, das übliche Durcheinander auf den Bürgersteigen.

Unser Kind ist blind.

Shirley stöhnt jetzt. Ein anderes Wort fällt mir dafür nicht ein. Das Gesicht in den Händen vergraben, stößt sie leise, tierische Klagelaute aus.

Ich überhole auf der Innenspur, zwänge mich vor einem parkenden Auto wieder in den fließenden Verkehr, und dabei kommt mir der Gedanke, daß Autofahren einem Computerspiel ähnelt. Vielleicht könnte ich ein Programm schreiben, das dem Fahrer die aktuelle Punktzahl in einer Ecke der Windschutzscheibe anzeigt?

Ich sage, vielleicht ist es wirklich nur ein postoperatives Trauma. Wer weiß? Auf jeden Fall sollten wir uns an einen anderen Facharzt wenden, der uns genaueres sagen kann. »Die Typen im Krankenhaus sagen uns doch gar nichts.« Wir könnten uns erkundigen, ob es irgendeine Koryphäe in Amerika oder in der Schweiz gibt. »Ich wette, die sind dem National Health Service um Lichtjahre voraus.«

»Ich wünschte, wir wären uns nie begegnet«, sagt sie.

»Jetzt hör doch auf, Shirley.«

»Manchmal hasse ich dich wegen alldem.«

Ich widerspreche ihr nicht. Ich empfinde oft genauso.

Ich fahre mit solcher Aggressivität weiter, daß die anderen Autos wie Konfetti auseinanderstieben. Shirley sagt ausnahmsweise nichts dazu. In einer solchen Lage hofft man natürlich insgeheim auf einen erlösenden Unfall. Sie beugt sich nach hinten und streichelt das dünne Haar der Kleinen. Sie redet leise murmelnd auf sie ein. Ich blicke stur auf die Straße.

Hat meine Mutter in den Wochen, als sie bei uns wohnte, Shirley bearbeitet? Ich habe nichts bemerkt, aber ich denke oft, daß Mutter Einfluß ausüben kann, ohne etwas zu sagen. Durch ihre Blicke, ihre Haltung, ihren Tonfall. Sie bringt einen dazu, die Welt mit ihren Augen zu sehen. Wie dem auch sei, als wir zu Hause ankommen, trägt Shirley das Baby ins Haus, während ich das Auto in die Garage fahre. Ich lasse mir dabei viel Zeit, entspanne mich, drehe die Schlüssel und Türknäufe ganz langsam, mit der beinahe sinnlichen Freude, die ich neuerdings an all den belanglosen Dingen habe, die man außerhalb des unmittelbaren Zugriffs der Familie tut: Pinkeln, ein Bad nehmen, Rasieren, den Müll hinausbringen, in einem leeren Zimmer eine Glühbirne auswechseln. Meine Bewegungen sind, ganz im Gegensatz zu meiner Fahrweise, von einer akribischen, gewissenhaften Bedächtigkeit, wenn auch die eskapistische Absicht in beiden Fällen zweifellos dieselbe ist. Als ich schließlich ins Wohnzimmer komme, liegt Shirley weinend in den Armen meiner Mutter.

Sie legt gerade eine Art Geständnis ab. Es ist alles ihre Schuld, sagt sie mit leiser, von Schluchzern durchbrochener Stimme. Alles ihre Schuld. Sie ist eine schlechte Ehefrau gewesen, hat mich in die Arme anderer Frauen getrieben, hat selber lange Zeit eine Affäre gehabt.

»Shirley!«

Instinktiv will ich einschreiten und dieser Szene ein Ende machen, aber sie klammert sich eng an meine Mutter, deren breites Gesicht mich über ihre Schultern hinweg ansieht.

»Es ist bestimmt eine Strafe. Bestimmt. Es ist zu grauenvoll.«

»Shirley, hör auf damit!«

Ich brülle und versuche, sie auseinanderzuzerren. Hilary wacht wie üblich auf und fängt an zu schreien. In dem ganzen Tumult sagt meine Mutter ruhig: »George, warum gehst du nicht einfach eine Weile hinaus, damit sie sich diese Last von der Seele reden kann.«

Oh, wie ich es hasse, dieses lächerliche, in der abgedroschenen Redewendung (sich diese Last von der Seele reden) und auch in ihrem munteren, mütterlichen Tonfall mitschwingende Bemühen, die ganze Angelegenheit auf einen verständlichen Gefühlsausbruch zu reduzieren, der bald vorüber sein wird.

»Nein. Das ist doch absurd. Shirley, hör auf zu spinnen! Laß uns das besprechen, wenn wir allein sind.«

Meine Mutter, die ihr Gesicht halb in Shirleys zerzausten Haaren vergraben hat, haucht das Wort: »Bitte.« Mit ihren alten, von papierner, faltiger Haut umgebenen Augen sieht sie mich eindringlich und flehend an, ruft mir ins Gedächtnis, daß ich ihr Sohn bin. Und ich gehe. Hauptsächlich um der Situation zu entkommen. Ich gehe in den Child's Hill Park und rauche ungefähr hundert Zigaretten.

Als ich zurückkomme, liegen die beiden im Kinderzimmer neben Hilarys Bettchen auf den Knien und beten. Sie bemerken mich nicht gleich, und ich beobachte sie einen Augenblick von der Treppe aus. Sie knien in einem Durcheinander von Spielsachen und Babykleidern auf dem Teppich. Die Vorhänge müssen zugezogen sein, denn das Licht hat einen rötlich-grauen Schimmer. Meine Mutter hat die rauhen Hände auf den Rand des Gitterbettchens gelegt, das Gesicht auf die Handgelenke gedrückt, und kniet mit hochgezogenen Schultern und krummem Rücken auf ihrem geschwollenen Knie. Shirley dagegen hat eine vorbildliche Schulhaltung eingenommen, wirkt mädchenhaft und jungfräulich, und ihr hübsches taubenblaues Wollkleid, das sie für den Arzttermin angezogen hat, fällt schmeichelhaft über ihren geschwungenen Rücken auf die schlanken Waden; ihre wohlgeformten Knöchel stecken noch in weißen Sommersandalen. Dann hebt Mutter zu einem neuen Gebet an: »O Herr, der du mir so oft...«

Abends im Bett frage ich: »Hast du wirklich eine Affäre gehabt?«

»Ja.«

»Mit wem?«

»Einem Lehrer aus der Schule.«

»Als du so deprimiert warst?«

Sie lacht leise. »Nein, davor. Ich war deprimiert, nachdem er Schluß gemacht hatte.« Dann fügt sie hinzu: »Es tut mir leid, George.«

Ich lasse diese Information auf mich wirken. Nach einer Weile sage ich zu ihr: »Ich mache dir keinen Vorwurf. Aber die Sache mit meiner Mutter ist der schlimmste Betrug überhaupt.«

Und am nächsten Morgen, als ich Mutter einen Moment allein erwische, bitte ich sie zu gehen. Auch wenn sie eine große Hilfe ist, sie muß gehen.

Es ist Samstag und ich verbringe den ganzen Tag damit, ein Computerspiel namens Helicopter Attack zu spielen. Das Gemeine dabei ist, daß sich die Windgeschwindigkeit ständig ändert, so daß man vom Kurs abkommt und ins Flakfeuer gerät. Am Abend kommt Peggy in Begleitung von Charles zu Besuch und erwähnt ganz nebenbei, daß Barry, der Buddhist, mit dem sie zwei Jahre lang zusammen war, sie verlassen hat. Es ist schon erstaunlich, denke ich, daß Peggy anscheinend niemals Trost braucht.

FLUSSDIAGRAMM

Das Drama ist zu Ende, die Routine beginnt; die Pflege dieses sonderbaren Kindes, das alle möglichen Infektionen bekommt, das allergisch gegen Antibiotika und Lebensmittelzusätze ist, das zwischen Tag und Nacht nicht unterscheiden kann; die Fortschritte von anderen Kindern (Peggys Frederick, Greg und Jills Rachel, die herumtollen, brabbeln und Puzzles legen) unterstreichen nur die fehlenden Fähigkeiten unserer Kleinen, die sich nicht auf die Seite drehen kann, nichts festhalten kann, sich nicht aufsetzen kann. Shirley widmet ihr ihre ganze Zeit, ihre ganze Energie, kommt kaum zum Schlafen. Im Alter von einem Jahr, acht Monate nach der Operation, lächelt das kleine Mädchen zum ersten Mal wieder und macht sogar glucksende Laute.

»Siehst du, sie ist glücklich.«

»Shirley, sie ist blind, sie kann sich nicht bewegen, sie ist völlig zurückgeblieben.«

»Aber das weiß sie nicht. Auf ihre Weise ist sie glücklich.«

Ich sage: »Ich lächele oft. Im Büro lache ich sogar. Ich erzähle Witze. Deswegen bin ich noch lange nicht glücklich.«

»Das ist dein Problem«, sagt sie. »Oder willst du, daß ich dich aus lauter Mitleid umbringe?«

Sie entdeckt bei Hilary winzige Hinweise auf eine Entwicklung, zum Beispiel die Angewohnheit, mit der Hand einen Finger zu umfassen oder den Kopf kaum merklich zu bewegen, wenn man sie anspricht. Manchmal. Shirley knüpft keine übermäßig großen Hoffnungen an diese Fortschritte. Im Gegenteil, es ist ein Zeichen, daß sie sich mit den Tatsachen abgefunden hat. Sie ist mit wenigem zufrieden. Das Mädchen kann einen Finger umfassen. Also ist etwas vorhanden. Ein gewisses Maß an Persönlichkeit.

Mit fast zwei Jahren lernt die Kleine, sich auf die Seite zu rollen. Wir können sie nicht mehr auf der Couch liegen lassen. Stimulation! Ein weiterer Spezialist erzählt uns für teures Geld, was wir schon aus Büchern wußten. Und meine Aufgabe ist es jetzt, mir »Computerspiele« für das Kind auszudenken. Na gut, ich werde es versuchen. Ich fange mit einer großen Tafel an, die ich an der Eßplatte ihres £ 500-Stuhls befestige. Wenn sie auf einen der farbigen Knöpfe drückt, ertönen über einen Verstärker verschiedene Melodien und auf unserem Fernseher, der direkt vor ihr steht, leuchten bunte Farben auf. Vielleicht sieht sie ja doch ein bißchen. Vielleicht. Ich installiere eine Reihe Pedale, die sie mit den Füßen erreichen kann. Auf die Tafel mit den Knöpfen montiere ich, zur Erhöhung des Schwierigkeitsgrades, mehrere Hebel, die nach rechts und links geschoben werden müssen. Das sonderbare Kind kichert, als es unsere Stimmen um sich herum hört. Es wird ganz aufgeregt und zappelt. Ein Erfolgserlebnis. Shirley ist beeindruckt und dankbar. Ich gerate in Begeisterung. Hilary betätigt die Pedale. Sie bewegt irgendwie die Hebel, indem sie Finger, Handgelenke und Ellbogen benutzt. Absichtlich oder durch Zufall? Ihr Gesicht bleibt, abgesehen von einem gelegentlich aufblitzenden Lächeln, ausdruckslos. Und das Lächeln steht nicht immer in erkennbarem Zusammenhang mit dem Stimulans, aber spielt das eine Rolle? Ich bringe einen Knopf an, den sie drehen anstatt drücken muß, aber sie kommt damit nicht zurecht. Sofort verliert sie das Interesse. Sofern sie tatsächlich Interesse hatte. Sie brüllt. Schlägt um sich. Was will sie? Soll ich sie füttern? Ihr die Flasche geben? Nein, sie spuckt alles wieder aus und schreit. Will sie in den Arm genommen werden? Sie brüllt noch lauter. Was will sie denn? Ich denke daran, daß dieses Kind noch mit fünf Jahren Windeln tragen wird. Und mit fünfzehn. Und mit dreißig. Wenn Shirley stolz zu unseren

Gästen sagt: Seht mal, was sie für Fortschritte macht, sie kann auf diese Knöpfe drücken und auf die Pedale treten, sie schafft es, daß die Melodie ertönt, die Lämpchen aufleuchten, bemerke ich den gequälten Blick der Gäste, ihren dringenden Wunsch, das Thema zu wechseln und zur Hausbar hinüberzugehen. Selbst Peggy nimmt das Mädchen nicht auf den Arm. Die Kleine ist schwer. Wegen des fehlenden körperlichen Trainings wird sie fett. Wie laut wird sie brüllen, wenn sie zwanzig ist?

Ich werde bestimmt bald wahnsinnig. Ständig sind meine Kiefermuskeln angespannt. Ich habe meine Alpträume. Und meine Mappe mit Zeitungsausschnitten zum Thema Euthanasie ist inzwischen randvoll. Ich verstecke sie in der untersten Schublade meines Schreibtisches. Eine Frau in Carlisle hat ihren vierjährigen Sohn, der unheilbar an Knochenkrebs erkrankt war, durch eine Überdosis Medikamente getötet. Der Richter hat sie mit einer Bewährungsstrafe davonkommen lassen. In Truro streiten sich ein Mann und seine Frau darüber, ob bei ihrer zwei Jahre alten, komatösen Tochter die künstliche Beatmung eingestellt werden soll. Die Frau ist dafür, der Mann dagegen. Er hat deshalb die Scheidung eingereicht und das Sorgerecht für das Kind beantragt. Die Frau widersetzt sich. Sie sagt, sie sei barmherziger als er. In der französischen Stadt Dijon hat ein Mann sein neugeborenes, mongoloides Kind mit einer Schere erstochen.

Ich lese diese Artikel unterwegs in der U-Bahn. Sie sind nie länger als ein paar kurze Absätze, aber sie halten mich während der ganzen Fahrt von Hammersmith bis nach Hendon Central in Atem. In Rotherham ist ein neunjähriger Junge, der an schwerem Muskelschwund litt, aus seinem Rollstuhl gekrabbelt, um sich aus einem Fenster der im dritten Stock gelegenen Sozialwohnung zu stürzen, in der er gemeinsam mit seiner alleinerziehenden, arbeitslosen Mutter und seinem alkoholsüchtigen Großvater wohnte. Oder hat ihn jemand gestoßen? Die Polizei macht sich tatsächlich die Mühe, das zu untersuchen! Jawohl, es werden umfangreiche Ermittlungen durchgeführt. Zeit und Steuergelder verschwendet. Liegt das im öffentlichen Interesse? Die Ergebnisse der medizinischen Untersuchung deuten auf einen Kampf. Die Mutter sagt, ja, aber sie wollte ihn zurückhalten. Ich verpasse meine Haltestelle.

Niemand würde glauben, daß Hilary zum Fenster gekrabbelt sein könnte.

Andererseits kann man bei ihr nicht einfach den Stecker rausziehen.

Und ich könnte sie niemals mit einer Schere umbringen; ich liebe sie.

Folgendes passiert: Ich gehe über den Parkplatz an der U-Bahn-Haltestelle zu meinem Wagen, als mein Blick auf ein Plakat fällt. Darauf steht: *Muskelschwund: Wir kennen die Ursache, Helfen Sie uns bei der Suche nach der Heilungsmethode.* Darunter sind drei stilisierte Figuren aus grünem Knetgummi zu sehen. Es sind Kinder. Zwei stehen aufrecht und strecken dem dritten, das zwischen ihnen kauert und anscheinend hingefallen ist, die Hand entgegen. Von der Krankheit zu Boden geworfen. Können die beiden es schaffen, ihrem kleinen Kameraden auf die Beine zu helfen? Können sie ihn retten? Als ich mit der Fernbedienung die Zentralverriegelung des Wagens öffne, breche ich in Tränen aus. Ich verberge mein Gesicht in den Händen. Was für ein hoffnungslos naives, herzzerreißendes Sinnbild menschlicher Solidarität. Ich fühle mich so verletzlich. Es ist eine Kontonummer für Spenden angegeben, aber ich notiere sie nicht. Das Plakat hat mich bereits davon überzeugt, daß man nichts weiter tun kann, als sich abzuwenden.

Shirley geht mit Hilary in die Kirche. Sie ist konvertiert. Seit ihrer Beichte bei meiner Mutter hat es jedoch keine dramatischen Szenen mehr gegeben. Wie eine brave, biedere (fast hätte ich gesagt: vernünftige) Hausfrau geht sie in die Kirche, hilft in der Kinderkrippe und beteiligt sich an der Sorte von Wohltätigkeitsveranstaltungen, denen ich seit meinem fünfzehnten Lebensjahr aus dem Weg gehe. Gelegentlich kommen »Glaubensfreunde« bei uns vorbei und schenken Hilary mit übermenschlicher Geduld manchmal für zwanzig oder dreißig Minuten ihre Aufmerksamkeit. Gelegentlich überrasche ich Shirley dabei, wie sie in einer Pose, die man nur als Gebetshaltung bezeichnen kann, an dem Gitterbett kniet (eigentlich ist es für Hilary inzwischen zu klein, aber aus einem normalen Bett würde sie herausfallen). Jahrelang haben wir uns über Mutter lustig gemacht, und jetzt ist Shirley selber eine gläubige Christin geworden. Was immer das bedeutet. Aber sie will nicht darüber reden. Ich auch nicht. Nur einmal sagt sie: »Das alles muß einen Grund haben, es muß ein Plan dahinterstecken, auch wenn er für uns nicht erkennbar ist. Ich glaube fest, daß es einen Gott gibt, der unser Schicksal lenkt.« Nur einmal entgegne ich: »Willst du allen Ernstes behaupten, daß wir Schuld auf uns geladen haben und jetzt dafür bestraft werden? Das ist doch Unsinn.« Sie sagt bedächtig: »Ich weiß, du hast recht. Aber ich habe manchmal das Gefühl, daß es so ist. Ich stelle diesen Zusammenhang her.« Es hat keinen Zweck, sie mit logischen Argumenten von der Absurdität ihrer Worte überzeugen zu wollen, denn ich finde diese Erklärung manchmal selber sehr verlockend.

Eine typische Szene: Shirley kommt angerannt und sagt aufgeregt. »Hilary hat heute Mami zu mir gesagt.« »Toll!« Aber ich weiß, selbst wenn dieses Wunder geschehen ist, wird es sich nicht wiederholen. Das Mädchen mag zwar kichern, wenn man sie in der Wanne abseift, sie mag zwar zufällig auf die Knöpfe drücken, die ich für sie montiert habe, und über die elektronischen Melodien lachen, sie mag sogar in der Lage sein, einige Formen und Farben zu erkennen, aber ganz bestimmt nennt sie ihre Mami niemals Mami.

Wenn sie hübsch angezogen ist, sieht sie aus wie ein normales kleines Mädchen, das jemand geschubst hat und das hilflos auf dem Rücken liegt. Bei einem ihrer seltenen Besuche macht Mrs. Harcourt ein Foto von ihr vor dem Hintergrund der Blumenbeete im Regent's Park.

Und jeden Tag zwei Stunden Krankengymnastik. Nach einer neuen amerikanischen Methode. Dazu ist eine Informationsreise nach Philadelphia nötig. Einer von uns, meistens Shirley, bewegt Hilarys Gelenke, dreht ihren Kopf im Kreis, knetet ihre Muskeln. Sie schreit dabei die ganze Zeit.

Wird sie jemals in der Lage sein, allein zu essen? Oder wenigstens eine Flasche an die Lippen zu führen? Wer weiß, aber ich habe das Gefühl, daß Shirley das Erreichen dieses Ziels zu ihrer Mission gemacht hat. Eine endgültige und schwerwiegende Entscheidung, denn es ist eine unerfüllbare Mission.

Das kann doch nicht das Leben sein, das sie sich erhofft hat. Das wir beide uns erhofft haben. Ist es nicht vielmehr erbärmlich, fast beängstigend, so viel Hoffnung an einen hoffnungslosen Fall zu verschwenden? Genau wie Mutter es mit Großvater und Mavis gemacht hat. Geben wir auf diese Weise nicht das andere, bessere Leben auf, das wir eigentlich führen sollten? Schließlich ist Shirley intelligent, attraktiv, wertvoll.

»Führst du das Leben, das du dir erhofft hast?« frage ich.

»Ich führe das Leben, das mir gegeben wurde«, sagt sie geheimnisvoll.

»Du klingst schon wie meine Mutter.«

»Was ist so schlimm daran. Deine Mutter ist in Ordnung.«

Ich sage es zwar nicht, aber ich denke, die Verwundeten meiner Mutter können wenigstens laufen. Aus irgendeinem Grund denke ich an die kleine Philipina.

Obwohl Mutter seit dem Tag, an dem ich sie weggeschickt habe, kaum noch vorbeikommt, telefoniert Shirley fast täglich bis zu einer Stunde lang mit ihr. Die beiden reden ohne Zweifel über mich, und über Hilarys »Fortschritte«. Ich zeichne unterdessen im Büro das folgende Flußdiagramm:

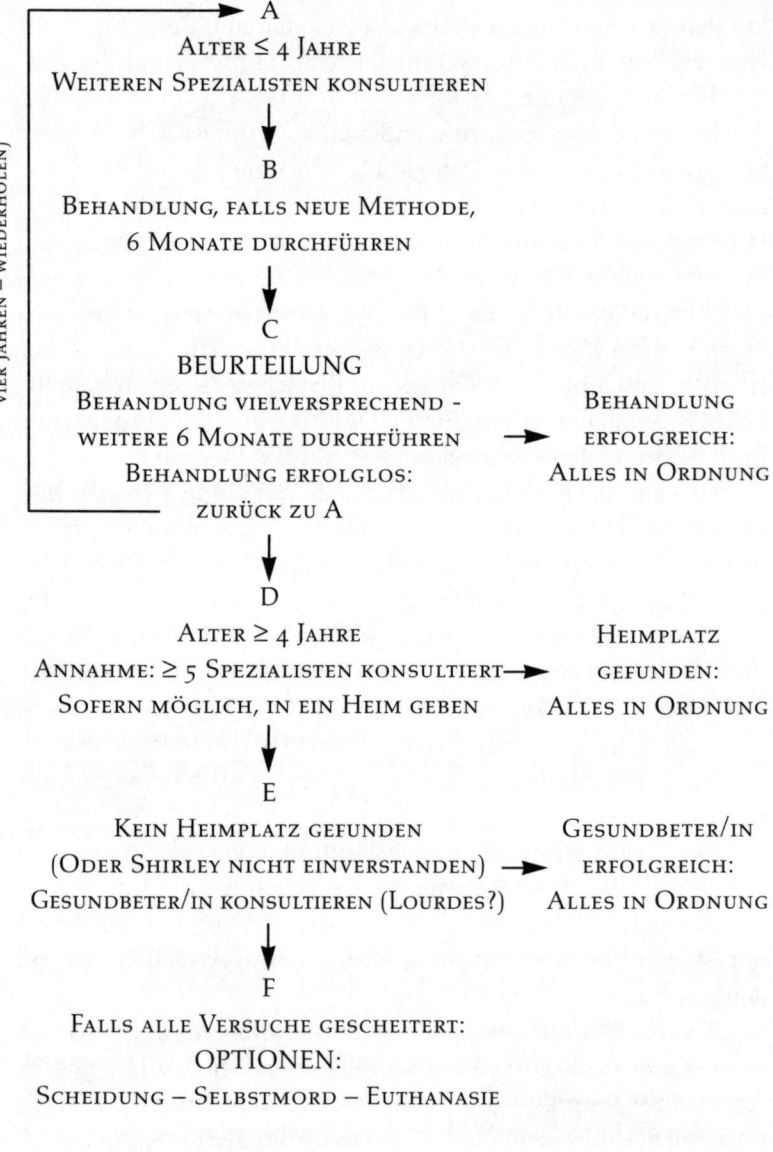

(HÖCHSTENS 10 MAL – ODER BIS ZUM ALTER VON VIER JAHREN – WIEDERHOLEN)

A
ALTER ≤ 4 JAHRE
WEITEREN SPEZIALISTEN KONSULTIEREN

B
BEHANDLUNG, FALLS NEUE METHODE,
6 MONATE DURCHFÜHREN

C
BEURTEILUNG
BEHANDLUNG VIELVERSPRECHEND -
WEITERE 6 MONATE DURCHFÜHREN
BEHANDLUNG ERFOLGLOS:
ZURÜCK ZU A

BEHANDLUNG
ERFOLGREICH:
ALLES IN ORDNUNG

D
ALTER ≥ 4 JAHRE
ANNAHME: ≥ 5 SPEZIALISTEN KONSULTIERT
SOFERN MÖGLICH, IN EIN HEIM GEBEN

HEIMPLATZ
GEFUNDEN:
ALLES IN ORDNUNG

E
KEIN HEIMPLATZ GEFUNDEN
(ODER SHIRLEY NICHT EINVERSTANDEN)
GESUNDBETER/IN KONSULTIEREN (LOURDES?)

GESUNDBETER/IN
ERFOLGREICH:
ALLES IN ORDNUNG

F
FALLS ALLE VERSUCHE GESCHEITERT:
OPTIONEN:
SCHEIDUNG – SELBSTMORD – EUTHANASIE

WAHRE HELDEN

Ich finde es offen gestanden ziemlich komisch, daß ausgerechnet ich als Atheist auf die Idee kommen mußte, zu einer Gesundbeterin zu gehen. Es geschehen eben immer wieder seltsame Dinge. Das zu bestreiten wäre dumm. »Aber du glaubst doch gar nicht an sowas«, protestiert Shirley lachend.

Ich erinnere sie daran, daß wir bereits bei allen in Frage kommenden Spezialisten gewesen sind. Wir sind nach Houston und nach Genf geflogen. Wir haben mehr als fünfzehntausend Pfund ausgegeben. Es geht darum, nichts unversucht zu lassen. »Das ist eben meine Art.«

Sie kneift die Augen zusammen. »Wovon hält Hilary dich eigentlich ab?« will sie wissen. »Warum suchst du so verbissen nach einem Ausweg, obwohl du weißt, daß es keinen gibt? Los, nenn mir eine Sache, die du ihretwegen nicht tun kannst. Na bitte, dir fällt nichts ein.«

Ich sage zu ihr: »Sieh mal, Shirley, wenn Hilary nicht da wäre, hätte ich gerne noch ein Kind. Wir könnten eins adoptieren. Ich bin sicher, wir könnten glücklich sein.«

»Was meinst du mit: ›Wenn sie nicht da wäre‹?«

Sie weiß genau, was ich meine. Nichtsdestotrotz sage ich: »Wenn sie in einem Heim leben würde.«

»Das haben wir doch schon hundertmal besprochen. Sie würde dort keine Zuwendung bekommen. Sie würde keinerlei Fortschritte machen.«

»Sie macht auch jetzt keinerlei Fortschritte.«

»Macht sie wohl.«

Mir wäre es lieber, wir würden der Wahrheit ins Auge schauen, so schmerzlich das auch sein mag. Aber ich sage: »Wenn sich jemand um sie kümmern würde, könntest du dir einen Job suchen.«

»Ich will aber keinen Job.«

»Aber hast du nicht das Bedürfnis, mal aus dem Haus zu kommen?«

»Natürlich, aber es geht eben nicht, was bringt es also, sich darüber zu beklagen?«

»Du verleugnest dich selbst.«

»Ja.«

»Wegen eines Kindes, für das es keine Hoffnung gibt, das keine Zukunft hat.«

Sie schweigt. Sie beißt sich auf die Lippen. »Vielleicht nicht in dem engen Sinne, in dem du diese Begriffe definierst.«

»Wie definiert Shirley Harcourt sie denn?«

»Gar nicht. Ich nehme das Leben wie es ist.«

»Oh, na klar. Das Geheimnis des Lebens.«

»Genau.«

Dann sagt sie: »Was hast du denn eigentlich für eine Zukunft, George Crawley?«

»Also wirklich!«

»Siehst du, was ich meine?«

»Nein, tut mir leid.«

»Schließlich hat der heilige Georg doch den Drachen getötet, um die Prinzessin zu retten, und nicht umgekehrt.«

»Was um alles in der Welt soll das heißen?«

»Du mußt wissen, ich habe deine Mappe gefunden«, sagt sie. »Und was du denkst ist unmenschlich.«

Ich wende mich ab. »Nur allzu menschlich, wenn man bedenkt, was in den Artikeln steht.«

Nach Besuchen bei zehn verschiedenen Spezialisten überrede ich sie, sich gemeinsam mit mir ein Heim anzuschauen. Unverbindlich. Wir fahren zur staatlich geförderten Penelope Hardwick Charity School für Schwerbehinderte in Enfield. Unterwegs sagt sie im Plauderton: »Ich verstehe gar nicht, was du hast. Ich kümmere mich doch inzwischen allein um sie. Du kannst tun und lassen, was du willst. Geh morgens früher aus dem Haus, wenn du möchtest; komm abends später zurück. Arbeite auch am Wochenende. Die Welt gehört dir, George. Greif zu.«

Mir wird klar, daß sie die Wahrheit sagt. Ich meine, was ihr Unverständnis angeht. Sie versteht es nicht. Das ist der springende Punkt, sie versteht mich nicht. Sonst würde sie so etwas nicht sagen.

»Und wenn du Spaß haben willst, dann laß dir wenigstens den Samenleiter kappen, damit wir es wieder miteinander treiben können. Ich hätte gegen ein bißchen Sex auch nichts einzuwenden, mußt du wissen. Und wir könnten ab und zu ausgehen. Deine Mama hat sich bereit erklärt, auf Hilary aufzupassen. Charles ebenfalls, obwohl ich nicht sicher bin, ob ich ihm trauen kann.«

»Ich will meine Mutter nicht öfter als unbedingt nötig sehen.«

Sie sagt, ich soll nicht so kindisch sein. Was macht es schon, wenn sie weiß, daß wir herumgevögelt haben?

Sie versteht es nicht.

»Du hast Komplexe«, erklärt sie mir.

»Vielleicht. Aber ein Mann sollte doch wohl erwarten können, daß die eigene Frau seine Komplexe respektiert.«

Und als wir das Heim trotz des Einbahnstraßensystems von Enfield endlich finden, erweist es sich als ziemlich schrecklich. Es ist ein einstöckiger gelber Ziegelbau mit blauen Metallfensterrahmen. Auf den Fußböden liegt schwarzes Linoleum, die Wände sind bis in Hüfthöhe grün, darüber weiß gestrichen, und von einem endlos langen, nach Desinfektionsmittel riechenden Korridor gehen in gleichmäßigen Abständen Feuerschutztüren ab; kurz gesagt, die Räumlichkeiten und die Einrichtung haben die typische, zweckmäßige Nüchternheit einer Anstalt und die bedrückende Stimmung wird noch verschärft durch besonders deprimierende kindliche Zeichnungen an den Wänden, einen trotz des Desinfektionsmittels deutlich warhnehmbaren Geruch nach Exkrementen und die überall verstreuten Utensilien der Behinderten: Rollstühle, Gehhilfen, Lifter im Badezimmer. Und dann die Bewohner dieses neonbeleuchteten Ersatz-Zuhauses, die fünfzig hoffnungslosen Fälle, sabbernde, mißgebildete, tobende, spastische, schlampig gekleidete, ungekämmte Krüppel. Ich weiß, ich weiß, aber wie soll ich sie denn sonst nennen? Muß man denn immer brav sein? Aber manchmal, wenn sie unsere Panik erkennen, wirken ihre Augen klug, ihr Blick wird klar und durchdringend. Besonders bei einem kleinen asiatischen Jungen, einem winzigen, vollkommen mißgebildeten Affen mit riesigen, gorgonenhaften Augen. Er scheint belustigt zu sein. Als er mich sieht, in Anzug und Krawatte, lacht er.

Aber Hilary ist nicht wie diese Kinder. Ihre Augen sehen nicht.

Die weißgekleideten Pfleger sind nett, gelangweilt, selbstgefällig und sprechen mit den Kindern in dem leicht scharfen, überheblichen Tonfall, den man auch undressierten Haustieren oder senilen alten Leuten gegenüber anschlägt. Man spürt, daß nur ihre professionelle Resignation sie vor Wutausbrüchen bewahrt. Wie sollte es auch anders sein? Allgemeine Aufregung herrscht bei dem Versuch, einen gewissen übergewichtigen Thomas dazu zu bringen, den Bleistift aus der Hand zu geben, mit dem er sich jeden Augenblick ins Auge stechen kann. »Na komm, Thommy, du warst den ganzen Morgen so ein braver Junge.« Er ist häßlich und kampflustig und seinem Körperumfang nach zu urteilen mindestens elf Jahre alt.

Shirley lächelt unbefangen. Ihr scheint es nicht so zu gehen wie mir, dem allein das Hinsehen schon schwerfällt. Ihr Verhalten erinnert mich an unsere gemeinsamen Geburtsvorbereitungskurse; sie gibt sich heiter und gesellig. Sie unterhält sich sofort ernsthaft mit einem der jüngeren »Lehrer« über die verschiedenen Arten der Behinderung und die Behandlungsmethoden. Wieviele Stunden wird dieses oder jenes gemacht, wie ist das Zahlenverhältnis zwischen Betreuern und Kindern, wie oft kommen die Eltern zu Besuch. »Dieses Kind hat Horner-Syndrom.« Als wären wir Kenner. »Ja, es ist wirklich spannend zuzusehen, was für Fortschritte sie machen, wie sie sich entwickeln.« Du lieber Himmel, wie waren sie denn vorher? Ein spastisch gelähmter Junge mit unnatürlich verdrehten Handgelenken spielt unablässig mit seinen vorgeschobenen Lippen, während er mit leerem Gesichtsausdruck auf den Fernseher starrt, wo gerade im Vormittagsprogramm eine Sendung über die Herstellung von Tennisbällen läuft. Der Fernseher hängt hoch oben an der Wand, außerhalb der Gefahrenzone. In der Ecke versucht ein Junge, aus dessen Schultern nur zwei schwimmflossenähnliche Gebilde ragen, die Seiten eines Comics umzublättern.

Natürlich brauchen diese Menschen Fürsorge.

Man lädt uns ein, den Kindern beim Mittagessen zuzuschauen. Ich erfinde eilig eine geschäftliche Verabredung.

Im Auto herrscht Schweigen. Ich mache mir gar nicht erst die Mühe, sie überzeugen zu wollen. Shirley verzichtet freundlicherweise darauf, mir mitzuteilen, sie habe es ja gleich gesagt. Dafür fängt sie an zu pfeifen, als wir im Schritt-Tempo die Ponder's End High Street entlangfahren. Sie pfeift nicht sehr oft. Ich erkenne »Erwachet, im Herzen die Liebe des Herrn«. Sie singt neuerdings im St. Barnabas-Kirchenchor mit. Anscheinend hat sie einen Platz am Rand des Chors, und Hilary sitzt in ihrem Spezialstuhl neben ihr auf den Altarstufen. Es ist eine ihrer fixen Ideen, daß Hilary Musik mag.

Schließlich sagt sie: »Das sind wahre Helden.«

Ich sage: »Ja, ich frage mich, wieso Mutter nie auf den Gedanken gekommen ist.«

KÖSTLICHE, DICKE, STANNIOLVERPACKTE SCHOKOLADE

Die erste Gesundbeterin, die ich ausprobiere, praktiziert in einer Souterrainwohnung in der Nähe der Fulham Road. Sie gehört nicht zu den großen Stars. Ich suche diese Frau auf, weil Johnson, mein Chef, und seine Frau seit Monaten von ihr schwärmen. Margaret, die Ehefrau, Anfang fünfzig, aus reichem Hause, ist intelligent und gebildet; ich hatte sie eigentlich für skeptisch gehalten. Mehr als fünfzehn Jahre lang hat sie unter periodisch auftretenden Rückenschmerzen gelitten, die manchmal so stark waren, daß sie nicht einmal aufstehen konnte. Nach unzähligen medizinischen Untersuchungen, Tests, Röntgenaufnahmen, Tomographien, Massagen und Akupunktur-Behandlungen, nach den verschiedensten Medikamenten und sogar einer diagnostischen Operation, hat schließlich eine Freundin sie überredet, zu Miss Whittaker zu gehen. Nach nur drei »Sitzungen« war sie geheilt. Sie hat seit Monaten keine Schmerzen mehr. Und was hat Miss Whittaker mit ihr gemacht? Nichts weiter, als in einem abgedunkelten Zimmer die Hände auf Margaret Johnsons Körper zu legen.

Normalerweise hätte ich diese Geschichte, wie es vermutlich auch angebracht ist, nur cum magno grano salis geglaubt. Es ist allgemein bekannt, daß Frauen in den Wechseljahren zu psychosomatischen Störungen neigen. Ich fand die Erfolge der Gesundbeterei immer genauso wahrscheinlich wie die Existenz von Fliegenden Untertassen oder des Schneemenschen. Alles Dinge, an die wir gerne glauben würden und daher guter Stoff für Zeitungsartikel. Aber bei £ 12,50 pro Sitzung kann man ohne weiteres einen Versuch wagen.

Trotz meines Rationalismus lebt in mir die schwache, ständig unterdrückte, aber dennoch unauslöschbare Sehnsucht nach einem Wunder fort, die ein Überbleibsel aus meiner Kindheit ist, als ich in einer kalten Kirche zu knien pflegte und mich an einen Rest von Glauben klammerte. Ich habe doch tatsächlich geschworen, ein religiöser Mensch, sogar ein Christ, zu werden, falls ein Wunder geschieht. Ich erinnere mich an den Bibelvers: »Meister, wir wollen gern ein Zeichen von dir sehen.« Wer hat das gesagt? Die Pharisäer? Völlig gerechtfertigt. Die Menschen treffen seit Ewigkeiten solche Abmachungen. Wenn Gott meine Seele haben will (falls ich eine besitze), soll Gott mir ein Zeichen senden.

Daher erwähne ich im Gespräch mit Neil, meinem Chef, der mir demnächst die Position eines Geschäftsführers anbieten wird (ich habe Memos gesehen, die er mit einem seiner stillen Teilhaber ausgetauscht hat), beiläufig, daß meine Mutter ebenfalls Rückenprobleme hat. (Ich habe niemandem in der Firma von meinem behinderten Kind erzählt. Irgendwie fand ich es nicht ratsam.)

Nachdem ich auf diese Weise die Adresse und die Telefonnummer herausbekommen habe, muß ich nun die legendäre Miss Whittaker überreden, mir einen Termin am Samstagnachmittag zu geben. Sie spricht mit leiser Stimme und hat die irritierende Angewohnheit, während des Telefonierens lange Pausen einzulegen. Sie ›empfängt‹ normalerweise nicht am Samstag. Sie besucht an diesem Tag immer ihre Mutter in Richmond. Ich biete ihr an, doppelt soviel zu bezahlen und sie anschließend nach Richmond zu fahren, wenn sie möchte. Höflich entgegnet sie, sie sei an Geld nicht interessiert. Dann fällt mir ein, daß man bei solchen Leuten »bitte« sagen muß. »Bitte, Miss Whittaker, bitte. Ich bin verzweifelt, und ich kann wirklich an keinem anderen Tag zu Ihnen kommen.« Die Verabredung wird getroffen.

Jetzt muß ich nur noch Shirley dazu bringen, mir an dem Nachmittag Hilary zu überlassen. Denn ich will Shirley nicht einweihen. Lourdes ist eine Sache, Lourdes ist gigantisch, institutionalisiert, traditionsreich, angesehen. Jeder versucht es in Lourdes. Es ist erstaunlich, wie viele stinknormale biedere Protestanten wegen chronischer Arthritis, geringer Spermiendichte, legasthenischer Kinder oder irgendeiner Krebserkrankung dort gewesen sind. Aber eine Gesundbeterin in der Nähe der Fulham Road ist etwas völlig anderes. Das Dumme ist, je mehr ich mich bemühe, unser Problem zu lösen, Hilary zu retten, statt zu resignieren, je absonderlicher meine Einfälle werden, desto fester ist Shirley davon überzeugt, daß ich vorhabe, eine drastische Maßnahme zu ergreifen.

Ein gewisses makabres Mißtrauen hat sich in unsere Beziehung eingeschlichen. Shirley behält mich im Auge.

»Ich wollte sie dir heute nachmittag für ein paar Stunden abnehmen, damit du mal ausspannen kannst.«

Shirley ist wirklich erschöpft. Wer wäre das nicht? Hilary hatte diese Woche schon wieder Ohrenentzündung. Wegen der Zusätze verträgt sie keine normalen Antibiotika. Gegen die Lösungsmittel der meisten Tropfen ist sie ebenfalls allergisch.

»Aber wenn du natürlich nicht willst, daß ich ein engeres Verhältnis zu meiner Tochter aufbaue…«

Sie gibt nach.

Und während ich Hilary für die Fahrt zurechtmache, wird mir erneut klar, wie recht ich damit habe, hartnäckig nach einer Lösung zu suchen, die wirklich eine Lösung ist, und dieses Elend nicht hinzunehmen. Denn allein dem Mädchen eine Jacke anzuziehen und eine Mütze aufzusetzen, ist ein hoffnungsloses, ermüdendes und herzzerreißendes Unterfangen. Ich bekomme die Arme nicht in die Armlöcher, weil die Ellbogen sich nicht richtig abknicken lassen. Hilary zappelt und stöhnt, krümmt ihren kleinen Körper krampfhaft unnatürlich weit nach hinten und verdreht die Augen, bis die Iris kaum noch zu sehen ist. Ich gebe mir alle Mühe, sanft mit ihr umzugehen. Ich zwänge eine Hand in einen Ärmel. Dabei kratzt sie sich ziemlich schlimm hinterm Ohr. Sie blutet.

Shirley sagt, ich hätte den Dreh nicht raus.

Ich entgegne, die Nägel des Mädchens dürften nicht so lang sein. Ich denke kurz an die unendlich vielen Anlässe für Meinungsverschiedenheiten.

Ich trage meine Tochter, wie einen Kartoffelsack über die Schulter geworfen, durch die Hintertür in die Garage. Sie hat keinen Muskeltonus. Sie kann sich nicht wie ein normales Kind an mir festhalten. Aber sobald sie an den Geräuschen, Gerüchen und Lichtverhältnissen erkennt, daß wir nach draußen gehen, beginnt sie voller Zufriedenheit zu glucksen. Dann, als ich versuche, sie im Kindersitz in eine einigermaßen akzeptable Position zu bringen, damit ich sie anschnallen kann, weint sie wieder. Ich lasse sie weinend zurück und renne ins Haus, um Windeln, Salben und ihre spezielle, zwei Tonnen schwere Kinderkarre zu holen.

Ich erzähle Shirley, daß ich mir mit ihr die Band im St. James' Park anhören will. Es ist ein angenehmer Frühlingsnachmittag. Schließlich gehören frische Luft und Musik zu den wenigen Dingen, an denen sie sich erfreuen kann, nicht wahr? Shirley ist ganz gerührt und umarmt mich. Wir fänden es beide schöner, wenn wir uns nicht andauernd streiten, sondern harmonisch miteinander leben würden. »George«, murmelt sie. »Ich danke dir.«

Im Auto sehe ich im Rückspiegel, wie der Kopf meiner Tochter hin und her rollt und sie glückselig lächelt, bis der nach und nach einsetzende Schlaf ihre Gesichtszüge glättet. Zumindest habe ich das Vergnügen Auto zu fahren.

Ich schätze, ich habe mit einer dünnen, verhärmten, durchgeistigten, geheimnisvollen und womöglich schwarzgekleideten Person gerechnet. Ich dachte wohl an das Medium aus dem anspruchsvollen Fernsehfilm, den ich vor kurzem gesehen habe, das einen trüben, glasigen Blick hatte und dessen Augen gleichzeitig alles und nichts zu sehen schienen. Lag wahrscheinlich am gekonnten Make-up. Statt dessen begrüßt mich, nachdem ich die schlafende Hilary eine kurze Zementtreppe hinunter geschleppt und mich dann an einer Reihe Mülleimern und etlichen Geranientöpfen vorbeigezwängt habe, eine Frau, die mich durch ihre Ähnlichkeit mit meiner Mutter in jüngeren Jahren überrascht. Es sind die gesunde, propere, mütterliche Ausstrahlung der Mittvierzigerin und ihr klarer, freundlicher Blick, die mich verblüffen.

»Sie müssen Mr. Crawley sein. Kommen Sie bitte herein. Und das ist bestimmt Ihre kleine Tochter.«

Miss Whittaker ist billig und praktisch gekleidet; ihr pummeliger Körper steckt in einem gemusterten Rock und einem pinkfarbenen Synthetik-Pullover. Ich bin enttäuscht. Die Wohnung ähnelt ganz und gar nicht einer geheimnisumwitterten Stätte der Heilungen, sondern sieht eher wie eine der Mittelklasse-Behausungen aus, die man von Besuchen bei Arbeitskollegen kennt: überladen, blitzsauber, langweilig. Fotos von Verwandten und so weiter. Die vielen Blumen, die überall herumstehen, vermitteln allerdings ein Gefühl der Ruhe.

»Mrs. Johnson hat mir von Ihnen erzählt.«

Sie runzelt angestrengt die Stirn. »Mrs. Johnson? Ich habe ein Gedächtnis wie ein Sieb, fürchte ich.«

»Sie hatte einen schlimmen Rücken und...«

»Ach ja, richtig. Es geht ihr inzwischen bestimmt besser.«

»Ja.«

»Das freut mich. Und was kann ich für Sie tun?«

Ein schwaches Blitzen in ihren klaren Augen läßt mich erkennen, daß meine Enttäuschung, die ihr offensichtlich bewußt ist, sie amüsiert. Sie ist intelligent.

Während ich nuschelnd mein Problem vortrage, führt sie mich durch die Wohnung in ein kleines Schlafzimmer, in dem, wegen der geblümten Vorhänge und einer Unmenge Topfpflanzen, das Tageslicht nur als schwacher grünlicher Schimmer auf die spartanische Möblierung fällt: ein Diwan, ein Sessel, ein Stuhl, ein Bücherregal. Entgegen meinen Erwartungen keinerlei religiöser Nippes. Noch nicht einmal die Sprüche, die bei meiner Mutter an allen Wänden hängen (»Sie heben die Schwingen empor wie die Adler, sie laufen und ermatten nicht«). Möglicherweise werde ich nicht die Vorstellung geboten bekommen, mit der ich gerechnet hatte.

»Ah, das Mädchen. Nein, sagen Sie gar nichts, Mr. Crawley. Keine medizinischen Einzelheiten bitte. Das stört nur. Seien Sie so gut, und legen Sie sie einfach aufs Bett.«

Als ich versuche, Hilary die Jacke auszuziehen, denn das Zimmer ist überheizt, wird sie natürlich wach und stößt ein ohrenbetäubendes Geheul aus, das meine Gedanken lähmt. Sie reißt den Mund ganz weit auf. Sie brüllt. Unwillkürlich murmele ich: »Verdammter Mist!« Und zu meiner Verblüffung habe ich sofort den Eindruck, daß Miss Whittaker meine Worte verstanden hat, obwohl das wegen der Lautstärke des Gebrülls kaum sein kann. Ich drehe mich rasch um und sehe, wie sie mich mit einem mitfühlenden, aber auch etwas strengen Blick anschaut. Schon wieder fühle ich mich an meine Mutter erinnert.

»Sie sind nicht gläubig, Mr. Crawley, nicht wahr?«

»Nein, ich fürchte nicht.«

»Sie glauben nicht, daß ich heilende Kräfte besitze.«

»Nun ja, ich…«

Und die ganze Zeit versuche ich, das blöde Kind daran zu hindern, vom Bett herunterzurutschen. Hilary ist ungewöhnlich heftig erregt.

»Darf ich Sie dann fragen, warum Sie hergekommen sind?«

Mit plötzlicher und, wie mir klar ist, unangebrachter Aggressivität sage ich: »Warum denn nicht? Was habe ich schon zu verlieren?«

Sie reagiert nicht. Im Gegenteil, wie sie mit ihren vor dem Körper gefalteten, fleischigen weißen Händen dasteht, wirkt sie auf beunruhigende Weise abgeklärt. »Ich glaube, ich verstehe«, sagt sie. »Aber es nützt bestimmt nichts, wenn Sie Ihr Kind mit Schimpfwörtern und Flüchen bedenken, oder was meinen Sie?« Sie hebt eine Augenbraue. Während des kurzen Blickkontakts habe ich wieder den Eindruck, daß sie genau weiß, wofür ich sie halte: eine frömmelnde Betrügerin.

»Wollen Sie, daß ich die Kleine ausziehe?« frage ich. Das Kind weint inzwischen nur noch leise.

»Nein, nein, entspannen Sie sich nur und nehmen Sie bitte für einen Moment in dem Sessel Platz.«

Ich hatte befürchtet, sie würde von mir verlangen zu beten. Sie wartet, bis ich zur Seite getreten bin, und geht dann zum Bett und streicht Hilary übers Haar. Sofort beruhigt sich das Kind und fängt an leise zu glucksen.

»Was für ein hübsches kleines Mädchen«, murmelt Miss Whittaker. »Was für eine hübsche rosa Schleife hat Mami in dein Haar gebunden. Was für hübsche Sachen du anhast. Du mußt deiner Mami und deinem Papi sehr viel bedeuten. Du hast es wirklich gut.«

Komischerweise hat Miss Whittaker recht. Sie bedeutet uns viel.

Ich sitze im Sessel und betrachte den gedrungenen Rücken der Frau. Hilary liegt, trotz der fremden Umgebung und der fremden Stimme, ziemlich ruhig und friedlich auf dem Bett. Das ist äußerst ungewöhnlich. Ein gutes Zeichen. Regt sich etwa eine schwache Hoffnung in mir? Ich unterdrücke sie sofort. Woher soll diese Frau denn wissen, was meiner Tochter fehlt. Ohne sie auszuziehen, kann man nichts erkennen. Sie sieht weder wie ein spastisches noch wie ein mongoloides Kind aus. Die Hochstaplerin weiß nicht, warum ich sie hergebracht habe.

Auf einem Kissen kniend, fährt Miss Whittaker mit ihren

kleinen rundlichen Händen der Länge nach über den Körper des Kindes und berührt dabei nur sacht die Kleidung. Mehrere Minuten vergehen. Sie hat inzwischen aufgehört zu reden und bewegt die Hände hin und her, nicht hypnotisierend oder rhythmisch, sondern eher mit einer forschenden Geste, hält ab und zu inne, läßt ihre Hände über eine Stelle des Körpers schweben, führt sie wieder zurück und läßt sie vorsichtig sinken: Eine volle Minute lang verharren sie auf dem Kopf, dann auf Stellen über den Knien und über den Knöcheln, die, wie ich weiß, voller häßlicher Narben sind. Hilary liegt still da, ihre blinden Augen sind geöffnet, und sie atmet ruhig. Sie bewegt sich auch nicht, als eine dicke Hand ihr Gesicht bedeckt und sanft ihre Augenlider schließt. Miss Whittaker beugt sich über sie und bläst ihr ganz leicht auf die Stirn. Dann wiederholt sie den ganzen Zauber.

Ich schaue zu und kaue auf den Nägeln. Fünfzehn Minuten lang. Es fällt mir, offen gestanden, schwer stillzusitzen. Ich werde langsam nervös. Es ist eine Farce. Denn natürlich erwarte ich jetzt, da ich hier bin, nichts mehr von dieser Frau. Wahrscheinlich wäre es sowohl für mich als auch für Hilary besser gewesen, wenn wir tatsächlich in den St. James' Park gegangen wäre. Wenn Shirley wüßte, wo ich bin, würde sie glauben, ich hätte nicht alle Tassen im Schrank.

Nach weiteren zehn Minuten steht Miss Whittaker langsam auf, setzt sich auf das Bett und streicht Hilary mit einer Bewegung, die mir inzwischen völlig normal vorkommt, übers Haar. Sofort lächelt und gluckst das Kind wieder.

»Armes kleines Schätzchen.« Dann wendet sie sich an mich. Sie sagt: »Also, abgesehen von einer leichten Entzündung, die ich vielleicht habe lindern können, ist Ihr Kind vollkommen gesund, Mr. Crawley, und wunderbar unschuldig. Sehen Sie nicht, wie ihr Gesicht leuchtet, wenn sie lächelt?«

Was? Ist die »Sitzung« zu Ende? War das ihre »Diagnose«? Aber sie hebt eine Hand, um meinen Widerspruch abzuwehren.

»Was hingegen ihren allgemeinen Zustand betrifft, ich meine, die Gestalt, in der sie auf diese Welt geschickt wurde, so fürchte ich, das zu ändern übersteigt bei weitem meine bescheidenen Kräfte.«

Nach einem Augenblick peinlichen Schweigens in dem schwach erleuchteten Zimmer, beschließe ich, es dabei bewenden zu lassen. Schließlich beträgt mein Verlust bloß £ 12,50. Ein Witz. Ich stehe auf und greife nach meiner Brieftasche.

Sie schenkt mir ein trauriges Lächeln, das dem mitfühlenden Lächeln gleicht, mit dem einen ältere Frauen aus der Mittelklasse oft ansehen, wenn man im Supermarkt oder auf der Post in einer langen Schlange steht. Sie streicht immer noch über Hilarys Haar. Jetzt, als ich über ihr stehe und sie die Beine übereinanderschlägt, nehme ich sie zum ersten Mal als Frau wahr – weiblich, üppig, leicht parfümiert. Immer sind es Frauen. Und sie sagt seelenruhig:

»Vielleicht könnte ich jedoch Ihnen helfen, Mr. Crawley.«

»Wie bitte? Was meinen Sie damit?«

»Vielleicht könnte ich Ihnen mehr helfen als Ihrem Kind.«

»Oh, mir geht es gut.« Aus lauter Überraschung verfalle ich in meinen munteren Büro-Tonfall. »Das heißt, sofern man das von einem Todkranken behaupten kann.« Ich lache gekünstelt. Die Dreistigkeit meiner Mitmenschen trifft mich immer wieder unvorbereitet.

Sie hebt die Augenbraue. »In gewisser Weise sind Sie vielleicht weniger gesund als Ihre Tochter.«

»Das«, sage ich mit Nachdruck und ohne jeden Versuch, witzig zu sein, »ist kompletter Unsinn. Außerdem bin ich in Eile.«

»Natürlich, wie Sie meinen.« Aber dann fügt sie, als ich meine Brieftasche hervorhole, hinzu: »Immerhin haben Sie gesagt, Sie seien verzweifelt.«

»Das bin ich. Wegen meiner Tochter.«

»Und wegen Ihrer eigenen Probleme.«

»Nur insofern, als ich ihr Leiden unerträglich finde.«

»Vielleicht könnte ich etwas gegen Ihre Verzweiflung tun, Ihnen vielleicht helfen, Ihre Lage besser zu ertragen.« Sie bedrängt mich mit einem sanften Blick, was typisch für gewisse Frauen ist.

»Verzweiflung scheint mir, ehrlich gesagt, die einzig normale Reaktion auf dieses Unglück zu sein. Ich werde verzweifelt sein, solange sie sich in diesem Zustand befindet. Sie ist kein Symptom, sondern die Ursache. Mehr gibt es dazu nicht zu sagen.«

Miss Whittaker seufzt. Ein nur schwach angedeutetes Lächeln umspielt die Ränder ihres großzügig wirkenden, blassen Mundes. »Wie Sie wollen. Süße kleine Hilary«, sagt sie erneut, während ich mich bemühe, dem Mädchen die Jacke anzuziehen.

An der Tür lehnt sie es mit einem schlichten Kopfschütteln ab, von mir bezahlt zu werden. Sie strahlt die gleiche wehmütige Gelassenheit aus wie meine Mutter. Himmelherrgott nochmal. Ich hasse Menschen, die das Geld, das man ihnen schuldet, nicht annehmen wollen.

Sobald ich im Wagen sitze, gebe ich Vollgas und rase in Richtung Fulham Road. Erst an der zweiten oder dritten Ampel fällt mir ein, daß ich ihr angeboten habe, sie nach Richmond zu bringen. Ach ja, natürlich. Auf einmal ist es sehr wichtig für mich, dieses Versprechen zu erfüllen. Ich will nicht für ein Arschloch gehalten werden. Denn das bin ich nicht. Ganz im Gegenteil. Ich wende abrupt, wobei ich den unvermeidlichen Rentner in seinem Morris 1100 zu Tode erschrecke. Aber als ich in der Fernshaw Road klingele, macht niemand auf. Jemand hat zwei Milchflaschen vor die Tür gestellt, die, wenn ich mich recht entsinne, vorhin noch nicht dort standen. Ich blicke die relativ lange Straße hinunter. Kann sie in der kurzen Zeit so weit gelaufen sein?

Beim nächsten Kiosk kaufe ich ein paar Tafeln Schokolade und schiebe mir mehrere Riegel hastig in den Mund, während ich zum Battersea Park fahre.

Wer weiß, vielleicht spielt dort eine Band. Im Rückspiegel sehe ich, wie der Kopf der armen Hilary hin und her rollt. Tränen steigen mir in die Augen. Ich ertrage es einfach nicht. Wie gerne würde ich meiner Tochter ein Stück Schokolade geben, und ihr zuschauen, wenn sie es, mit demselben Genuß wie ich, gierig verschlingt. Wie gerne würde ich ihr wenigstens dieses kleine, sündige Vergnügen gönnen: köstliche, dicke, stanniolverpackte Schokolade. Aber von Zucker bekommt sie am ganzen Körper Ausschlag.

Ich werde nie wieder zu einer Gesundbeterin gehen.

DER GUTE SAMARITER

Januar 1988. Hilary ist fünf. Als ich sie heute morgen fütterte, dachte ich: »Von ihr kann man weniger erwarten, als von einem drei Wochen alten Welpen.« Ich schwanke zwischen diesem gnadenlosen Realismus und weinerlicher Gefühlsduselei. Das Mädchen leidet unter derartig schwerer Verstopfung, daß wir ihr manchmal einen Finger in den Anus stecken und die Scheiße herauspulen müssen. Shirley macht das. Ich kann es einfach nicht.

Auf der Fahrt zur Arbeit bin ich von der Tatsache fasziniert, daß ich zwar hochgradig seelisch gestört, aber gleichzeitig auch ein ganz normaler Pendler in der U-Bahn bin; der dezent gekleidete Geschäftsführer einer äußerst erfolgreichen Software-Firma, verantwortlich für ein brandneues Konzept des Computereinsatzes auf kleinen bis mittelgroßen Baustellen. Vierzigtausend im Jahr. Saab Turbo. Die Brieftasche voller Plastikkarten. Sporadische, sehr leidenschaftliche Affäre mit Marilyn, der verführerischen Leiterin der Marketing-Abteilung.

Aber dem Telegraph entnehme ich, daß ein Inder in Walsall verhaftet wurde, weil er versucht hat, seinen fünf Jahre alten mongoloiden Sohn mit giftigen Pilzen in einem scharfen Curry-Gericht umzubringen. Ich lese inzwischen den Telegraph, nicht nur, weil man dort, im Gegensatz zu den anderen »seriösen« Tageszeitungen, im allgemeinen auf die Zurschaustellung eines sozialen Gewissens verzichtet, sondern hauptsächlich, weil die Journalisten vom Telegraph das richtige Gespür für diese Art von Geschichten haben. Heute kommentiert die Zeitung kurz die verabscheuungswürdigen Sitten von gewissen ethnischen Minderheiten, die gesunde Föten abtreiben, weil sie weiblich sind und die außerdem dafür berüchtigt sind, wie sie mit behinderten Kindern umgehen. »Allzuoft vertuschen die Behörden diese Vorkommnisse aufgrund einer perversen Umkehrung von Rassendiskriminierung. Im März 1986 wurde in Brixton ein junges, farbiges Mädchen, das an Elephantiasis litt, in einem Wohnwagen verbrannt. Die Angelegenheit wurde nicht...«

Feuer. Plötzlich habe ich eine Idee. Ein reinigendes Feuer. Wenn man die Brandursache ausreichend verschleiern würde...

Einen Augenblick lang bin vollkommen verzückt von der Schönheit dieser Idee. Ein Feuer. Während ich mich durch die Menschenmenge auf dem Bahnhof Hammersmith zwänge, meine Aktentasche und meinen Squashschläger an den Körper gedrückt, spüre ich schon die Flammen um mich herum. Ich kann mir tatsächlich vorstellen, daß ich es eines Tages tun werde. Es ist möglich.

Aber nicht in unserem wundervollen Haus in Hampstead.

Denn Mr. Harcourt, das hätte ich erwähnen sollen, ist letztes Jahr gestorben, gerade als wir nach Lourdes aufbrechen wollten. Aus diesem Grund sind wir dann doch nicht gefahren. Da ihm das Glück schon immer hold war, starb er ganz plötzlich: Herzanfall auf dem Klo bei der Lektüre der Financial Times. Wie auch immer, wir sagten die Reise nach Lourdes wegen der Trauerfeierlichkeiten ab, auf die schon bald die Verteilung der in diesem Fall glücklicherweise recht beachtlichen Beute folgte. Natürlich holte sich das Finanzamt seinen Teil, aber was übrig blieb und uns beiden, wie ich zu meiner Erleichterung feststellte, vermacht worden war, gestattete den Kauf eines Eigenheims in der Dreihunderttausend-Pfund-Kategorie. In Gainsborough Gardens, einer prächtigen Straße, von der es einen Steinwurf bis Hampstead Heath und nur fünf Minuten bis zur U-Bahn ist.

Dieses Haus werde ich nicht niederbrennen.

»Es sei denn«, sage ich am selben Tag auf der Heimfahrt zu mir selbst, »ich betrachte es als das Opfer, das ich bringen muß.« Was für ein absonderlicher Gedanke! Es wäre bestimmt viel einfacher, ihr den Sauerstoff vorzuenthalten, wenn sie unter Atemnot leidet. Wie sollte jemals herauskommen, daß ich es mit Absicht getan habe.

Aber während ich mein seltsam verzerrtes Spiegelbild im Zugfenster anstarre, erinnere ich mich an einen Vorfall, der ein paar Wochen zurückliegt und mich tief beeindruckt hat. Ich hatte am späten Nachmittag an der Finchley Road getankt und ging, nachdem ich bezahlt hatte, zurück zu meinem Wagen, als auf der Straße eine Katze überfahren wurde. Das Tier war nicht tot. Entsetzlich laut kreischend schleppte es sich, wild zuckend, mit den Vorderpfoten über den schmalen Bürgersteig auf mich zu. Im gelblichen Licht der Natriumdampflampen war der verstümmelte Körper der Katze überdeutlich zu erkennen. Ihre Hinterbeine waren nur noch eine klumpige Masse aus Fell und Blut. Ihr durchdringendes Geheul erregte die Aufmerksamkeit der Passanten. Dann blieb sie, unfähig noch weiter zu kriechen, liegen und krümmte sich vor Schmerz. Das einzige, was man für diese Katze noch tun konnte, war, einen Ziegelstein oder einen Wagenheber zu nehmen und sie so schnell wie möglich von ihrem Leiden zu erlösen. Dennoch tat es niemand. Weder ich noch die heimwärts strebenden Sekretärinnen, Angestellten und Arbeiter. Niemand hatte genug Mitleid oder Mut, um sich die Hände durch einen befreienden Akt der Gewalt schmutzig zu machen, um den Ziegelstein oder den Wagenheber auf den Schädel dieses armen Tieres niedersausen zu lassen. Auch wollte niemand darüber reden. Alle liefen schweigend weiter. Es ist anzunehmen, daß jemand stehengeblieben wäre, wenn es darum gegangen wäre, den guten Samariter zu spielen und ein Tier zu retten, in dessen Pfote ein Glassplitter steckt oder das eine Schnittwunde in der Hüfte hatte. Denn das ist etwas völlig anderes und unendlich viel leichter. Aber in diesem Fall war ein energischer Gnadenstoß vonnöten. Ich betrachtete zögernd zwei oder drei Minuten lang die wimmernde Katze. Dann stieg ich in meinen Saab und fuhr weg.

Haus hin oder her, der Vorteil eines Feuers ist, daß ich nicht mit ihr im selben Zimmer sein müßte. Ich müßte nicht mitansehen, wie sie verzweifelt nach Atem ringt.

Aber was schließlich den Ausschlag gibt, ist Peggys Abtreibung. Wir sehen Peggy und Charles seit ein paar Jahren regelmäßig. Tatsächlich sind sie die einzigen, die uns besuchen. Shirley hatte zwar einmal eine Phase, in der sie versuchte, andere Paare mit behinderten Kindern kennenzulernen und sich mit ihnen anzufreunden, und wir sind in dieser Zeit abends oder am Samstagnachmittag manchmal zu diesen Leuten gefahren. Man macht so etwas vermutlich, um von anderen, die im gleichen Boot sitzen, Bestätigung zu erfahren. Aber es war zu deprimierend. Ständig das eigene behinderte Kind zu sehen, ist schon schlimm genug, aber der Anblick der Mißbildungen und spastischen Verrenkungen des Sohns eines Börsenmaklers in Walthamstow, oder der Teenager-Tochter eines Eisenbahnarbeiters in Hounslow ist unerträglich. Und verschafft einem auch in keiner Weise Bestätigung, sondern erinnert einen bloß daran, daß das gemeinsame Boot verloren und von den Wellen durchgeschüttelt auf dem Ozean treibt. Je hartnäckiger die Eltern auf die winzigen Fortschritte, die unbedeutenden Leistungen ihres unglückseligen Nachwuchses hinwiesen, je aufgesetzter die Fröhlichkeit wirkte, mit der sie auf einer blühenden Wiese aufgenommene Familienfotos herumzeigten, desto schlimmer fand zumindest ich diese Veranstaltungen. Und irgendwann gelang es mir, mit dem triftigen Argument, daß die Besuche uns nur deprimierten, diesem Zwischenspiel ein Ende zu bereiten. Shirley widersetzte sich nicht. Sie ist noch keine so große Märtyrerin wie meine Mutter. Es gibt Augenblicke, beispielsweise wenn wir auf dem Sofa sit-

zen und fernsehen, in denen sich unsere Finger scheinbar unab-
sichtlich berühren und zwischen uns eine gewisse Zuneigung
und Zärtlichkeit spürbar wird.

Wir haben seit über fünf Jahren nicht mehr miteinander geschlafen.

Shirley hat meine Euthanasie-Mappe beschlagnahmt und
verbrannt. Obwohl ich im allgemeinen nicht viel auf Hokuspo-
kus gebe, finde ich die Tatsache, daß sie die Mappe verbrannt hat,
sehr symbolträchtig. Ich werde solche Artikel sowieso nicht mehr
sammeln. Ich habe kein Bedürfnis mehr danach.

Auch wenn es nicht direkt mit Absicht geschah, haben doch
alle unsere alten Freunde, Gregory und Jill und Shirleys ehemalige Kollegen, den Kontakt zu uns abgebrochen. Sie fanden unsere Situation zu schwierig. Shirley hat natürlich ihre Freunde
aus der Kirchengemeinde, aber die trifft sie tagsüber, wenn ich
bei der Arbeit bin, oder am Mittwochabend bei der Chorprobe,
oder nach dem Gottesdienst am Sonntagvormittag. Daher kreu-
zen sich unsere Pfade nicht. Ich habe sowieso keine Lust, ihnen
zu begegnen. Ihre penetrante Freundlichkeit nervt mich, denn sie
erinnert mich an meine Mutter, wie sie auf der Park Royal Road
unter einem Regenschirm »Danke Gott für deine Gaben«
summt, obwohl sie keinen Pfennig in der Tasche ihres abgetra-
genen Mantels hat. Das alles rührt an eine Urangst von mir, die,
wie ich manchmal denke, auf ein Erlebnis aus meiner Kindheit
zurückgeht, an das ich mich nicht erinnern kann. Ich träume weiterhin von Verstümmelungen.

Nur Peggy und Charles besuchen uns. Sie kommen ein-, zwei-
oder sogar dreimal pro Woche vorbei, und wir essen, reden und
streiten. Sie kommen immer gemeinsam, weil sie zusammen ein
Haus bewohnen, das seine Kumpel beim Wohnungsamt von
Camden, auf sein Bestreben hin, Peggy überlassen haben, da es
sowieso abgerissen werden sollte. Ich bin sicher, daß bei der Angelegenheit gemauschelt wurde. Die beiden wohnen schon über

ein Jahr dort und noch immer sind keine Bulldozer in Sicht. Der Himmel weiß, was aus seinen zirka hundertfünfzigtausend Pfund von Papi geworden ist. Es würde mich nicht wundern, wenn er in British Airports investiert hätte. Bei ihm würde mich gar nichts mehr wundern.

Anfangs habe ich gar nicht gemerkt, daß sie ein Paar sind. Warum? Weil Peggy früher von ihren Männern immer geschwärmt hat und jedesmal verkündete, sie habe die Liebe ihres Lebens gefunden. Weil die beiden, da sie unsere Geschwister sind, eine gute Ausrede haben, gemeinsam bei uns aufzutauchen. Weil Charles sich dem extrem lebhaften Freddy gegenüber nicht einmal ansatzweise wie ein Vater benimmt. Und weil ich immer den Verdacht hatte, er sei schwul.

»Peggy hat es mal erwähnt«, erzählt mir Shirley eines Tages.

»Erwähnt!«

»Sie machte eine beiläufige Bemerkung.«

»Wunder gibt es immer wieder.«

»Ich frage mich, ob er uns ursprünglich deshalb so eifrig besucht hat. Um sie zu sehen.«

Ich denke darüber nach.

»Sie zeigen ihre Zuneigung gar nicht. Warum benehmen sie sich nicht wie ein Paar?«

»Das Erstaunliche an dir ist«, sagt Shirley, »daß du trotz deiner bestechenden Logik und deiner angeblich so modernen Lebenseinstellung unglaublich altmodisch bist.«

»Tut mir leid, aber für mich entspricht das nur dem gesunden Menschenverstand. Wenn man sich liebt und zusammenlebt, kann man sich auch wie ein Paar benehmen.«

»Warum kannst du nicht akzeptieren, daß die Menschen verschieden sind. Früher hast du Peggy beschimpft, weil sie naiv war, vielleicht hat sie sich ja geändert.«

Aber obwohl ich insgeheim die Beziehung zwischen Charles und Peggy mißbillige, genieße ich ihre Besuche. Wenn wir zu viert die Lage besprechen, erscheint sie erträglich. Allein hingegen, oder allein mit Shirley, lauert hinter jeder Ecke die Verzweiflung.

»Da die Kleine inzwischen fünf ist«, erklärt Charles uns heute abend, »seid ihr reif für die Windel-Beihilfe, denn ein normales Kind würde inzwischen trocken sein.«

»Ach ja«, sagt Shirley im Plauderton, »und wie kommen wir da ran.«

Charles beginnt, uns den bürokratischen Weg zu erklären. Ihm macht das offensichtlich Spaß. Er redet schnell und präzise, in leicht herablassendem, lehrerhaften Tonfall. Während er spricht, betrachte ich seine hagere sehnige Gestalt und seine dünnen Finger, die sein Glas abwechselnd umschlingen und wieder loslassen. Sein Adamsapfel hüpft auf und nieder.

»Ein Wunder, daß sie die Gelder noch nicht gestrichen haben«, bemerkt Peggy. Sie hilft Frederick ein Puzzle der Wachablösung zu legen.

»Ihr braucht keinen Einkommensnachweis vorzulegen«, versichert uns Charles, »sondern bloß eine schriftliche Bestätigung vom Hausarzt, daß die Kleine tatsächlich inkontinent ist.«

»Sehr gut. Schließlich kostet eine Packung acht Pfund«, sagt Shirley, »und dabei bestehen die Dinger nur aus Papier und etwas Plastik.«

»Im Staate Washington darf man sie überhaupt nicht benutzen«, informiert uns Peggy. »Sie sind umweltschädlich.«

»Dann legt ihr den Kassenzettel vor und bekommt das Geld in bar ausgezahlt.«

Ich weise darauf hin, daß acht Pfund pro – Woche? – unser Leben nicht grundlegend verändern werden, oder? Es lohnt kaum die Zeit, die man in der Schlange stehen müßte. Tatsächlich – und ich mache den Fehler, wieder mit dem alten Streit anzufangen – geht es bei staatlicher Unterstützung oder ähnlichen Beschwichtigungsmaßnahmen einzig und allein darum, daß man vom Kern der Sache abgelenkt wird, indem man seine Zeit damit vergeudet, Almosen einzusammeln.

»Und was ist der Kern der Sache?« fragt Charles in scharfem Tonfall.

»Daß es allein unser Problem ist. Ein riesiges Problem, mit dem wir fertig werden müssen. Und es gibt keine staatliche Hilfe, die daran etwas ändern oder unser Leben deutlich verbessern kann.«

»Naja, offenbar können die weniger Wohlhabenden solche Hilfen gut gebrauchen«, sagt Charles etwas beleidigt wegen meines mangelnden Interesses. »Was zweifellos der Grund ist, warum die Regierung sie kürzen will.«

»Aber wir gehören nicht zu den weniger Wohlhabenden, wir sind reich. Ich verdiene über vierzigtausend im Jahr. Wenn ich die Beihilfe nicht beantrage, bleibt mehr Geld für die anderen übrig.«

»Nein, denn wenn zu wenig Leute sie beantragen, wird die Regierung behaupten, sie sei überflüssig und sie ganz streichen.«

Shirley wendet den Blick von mir ab und sagt, während sie eine Laufmasche in ihrer schwarzen Strumpfhose inspiziert: »George beklagt sich bloß über die fehlende staatliche Unterstützung für postnatale Abtreibung.« Sie schaut mich mit ihrem typischen, matten Lächeln an. »N'est-ce-pas?«

Ich zucke die Achseln. Wir sind inzwischen so gut aufeinander eingespielte Streithähne, daß wir uns gegenseitig kaum noch schockieren können. »Eine Abtreibung löst ein Problem natürlich ganz anders als ein bißchen Geld für Windeln.«

Daraufhin sagt Peggy, ehe Charles sie zurückhalten kann, leichthin: »Ich muß eine Abtreibung machen lassen. Nächste Woche.« Und sehr sachlich erklärt sie uns, daß sie von Charles (der mit Daumen und Zeigefinger nervös an seinen Zähnen herumfummelt) schwanger ist, das Kind aber nicht bekommen will. Sie hat ja schon Freddy und das reicht ihr völlig, wenn man bedenkt, wie unzuverlässig die Männer sind. Was sie sagt, scheint kein Angriff auf Charles zu sein, denn ihre Stimme klingt nicht einmal vorwurfsvoll.

Warum bin ich fassungslos? Es liegt an der Leichtigkeit, mit der meine Schwester eine solche Entscheidung fällt, am offensichtlichen Fehlen jeglicher Schuldgefühle.

»Sie bestand darauf«, sagt Charles, »die Knaus-Ogino-Methode zu praktizieren.«

Peggy lacht. »Rhythm and Blues! Genau in dieser Reihenfolge. Außerdem kann ich mir ein zweites Kind einfach nicht leisten.«

Später, nachdem die beiden gegangen sind, schaue ich zu, wie Shirley Fleisch haschiert und es anschließend, für Hilarys Mahlzeiten der nächsten Woche, in kleinen Plastikbehältern einfriert. Sie widmet sich neuerdings mit großer Sorgfalt der Hausarbeit und der Ernährung von Hilary. Ständig macht sie sich in der Küche zu schaffen, ist in irgendeine Beschäftigung vertieft.

»Was hältst du davon?«

Sie zuckt die Achseln. »Wahrscheinlich haben sie Angst, daß es wie Hilary wird.«

»Aber wir haben uns damals erkundigt, ob bei ihr auch die Gefahr besteht. Weißt du noch? Das gehörte zu den Dingen, die ich als erstes getan habe. Und der Arzt sagte, daß es sehr unwahrscheinlich sei, und außerdem können die beiden, da sie die Gefahr kennen, einen Test machen lassen.«

Shirley wirkt desinteressiert.

»Das Kind ist wahrscheinlich vollkommen gesund«, sage ich beharrlich.

»Kann schon sein.«

Hintergründig sage ich: »Bald wird es möglich sein, Föten am Leben zu erhalten, sobald die Zellen sich vereinigt haben. Werden Abtreibungen dann auch noch gestattet sein?«

Als sei ihr Gehirn ein Teil meines eigenen, antwortet sie:

»Nein, von dem Moment an wird man jeden umbringen dürfen, der hilflos und unbequem ist.«

»Aber warum hat sie, um Himmels willen, keine Verhütungsmittel benutzt?«

Shirley arbeitet schnell, sie schneidet Schmorfleisch in mundgerechte Stücke. Ihre Finger, die früher blaß und sorgfältig maniкürt waren, werden bald so rauh und rot sein wie Mutters.

»Wir haben alle unsere Prioritäten. Peggy steht auf Buddhismus, naturbelassene Lebensmittel, natürliche Körperfunktionen und lehnt Verhütungsmittel ab. Für Charles zählen nur Politik und Karriere. Er will kein Kind haben, für das er sich verantwortlich fühlen müßte. Wahrscheinlich hat er recht.«

»Und du?« frage ich mit der schroffen Zärtlichkeit, die manchmal so unerwartet aus mir hervorbricht wie eine Wildblume in einer unwirtlichen Landschaft. »Glaubst du nicht, daß das Leben eine gewisse Würde haben sollte?«

»Laß gut sein, George«, sagt sie. »Laß es endlich gut sein.«

BITTERE MEDIZIN

Ich bin kein sturer Bock. In dem Bestreben, wenigstens einen Teil meiner Beziehung zu Shirley wiederzubeleben, entschließe ich mich zu einer Vasektomie, denn es müßte doch zu machen sein, daß wir wieder miteinander schlafen. Sie sagt:»Ich weiß gar nicht mehr, wie das geht. Ich verstehe nicht, wieso wir uns je die Mühe gemacht haben, es ist viel hygienischer, es nicht zu tun.« Etwa eine Woche vor der Operation umarmt sie mich jedoch von hinten, drückt mir eine Hand in den Schritt und murmelt:»Ich kann es kaum noch erwarten, wenn du wüßtest, wie sehr ich mich nach dir sehne.«

Da ich mir fest vorgenommen habe, niemandem im Büro etwas davon zu erzählen, nehme ich mir zwei Wochen Urlaub und vereinbare für einen Termin während dieser Zeit eine Operation in einer Privatklinik in der Harley Street. Natürlich erzählt Shirley es, ohne mich zu fragen, meiner Mutter, und daher steht diese am Tag nach der Operation in ihrem alten schwarzen Mantel mit dem Kragenbesatz aus ehemals weißem Kunstpelz an meinem Bett. Der Griff ihrer blauen Handtasche, in der zweifellos lauter benutzte Papiertaschentücher stecken, ist mit einer robusten Sicherheitsnadel befestigt.

Meine Mutter. Sie hat das Haus in der Gorst Road dem erstbesten Interessenten verkauft. Aber statt sich dann eine kleine Wohnung zuzulegen und das restliche Geld für Großvater zu verwenden, hat sie die ganze Summe zur Barclays Bank gebracht und einen Dauerauftrag eingerichtet, um das Heim zu bezahlen (»es ist sein Geld, Liebling«), und sich ein unvorstellbar schäbiges Reihenhaus im heruntergekommenen, deprimierenden, hauptsächlich von Iren bevölkerten Stadtteil Cricklewood gemietet. Offenbar durch Vermittlung von Freunden! Es war ein Zeichen von Unabhängigkeit, das mich überraschte, denn ich hatte erwartet, daß sie die Regelung der Immobilienangelegenheiten mir überlassen würde. Aber sie hat mich nicht einmal um Rat gefragt. Wir haben uns seit Shirleys »Bekehrung« kaum noch gesehen.

Shirley sagte: »Warum ist sie nicht in Park Royal geblieben? Sie hat dort ihr Leben lang gewohnt. In ihrem Alter wird sie sich an eine neue Umgebung nur schwer gewöhnen.« Aber obwohl Mutter bei ihrem Einzug niemanden in Cricklewood kannte, versammelte sie binnen kurzem die gewohnte Schar von Verwundeten um sich. Der Erfolg ihres »Amtes« scheint noch größer geworden zu sein, seit Großvater endlich aus dem Weg ist. Die Leute müssen nicht mehr seinen mürrischen Zerberus-Blick ertragen, ehe sie die andächtige Atmosphäre ihres Zimmers umfängt. Also wendet sich für die Gottesfürchtigen am Ende doch alles zum Guten: Die Prügel, die ich Großvater verabreichte, haben Mutters Amt genützt und sogar Seelen gerettet.

Sie steht am Vormittag nach der Vasektomie an meinem Bett und hat eine Plastiktüte unterm Arm. Wir sind beide peinlich berührt, aber sie versucht, die Situation mit Fröhlichkeit zu überspielen.

»Wie geht es dir, Liebling? Ist alles in Ordnung?«

Ehrlich gesagt habe ich ziemlich starke Schmerzen. Der Eingriff war schwerer, als ich gedacht hatte.

Sie hat mir Weintrauben mitgebracht. Ihr rundliches Gesicht strahlt, trotz der ungesund wirkenden Haut, unerschütterliche Freundlichkeit aus. Wir plaudern. Sie hat Shirley ab und zu besucht. Offensichtlich in meiner Abwesenheit. Da sie inzwischen über sechzig ist, kann sie umsonst Bus fahren. Ein wahrer Segen. Dadurch kann sie viel mehr unterwegs sein als noch vor einem Jahr. Und Hilary macht Fortschritte, sie kann schon viel besser aufrecht sitzen.

Ich sage: »Das fällt mir gar nicht auf, da ich sie ständig sehe.«
Ich frage sie, ob sie das von Peggy weiß. Und bereue es auf der
Stelle. Aber ich will nicht der einzige sein, der sie enttäuscht hat.
»Sie hat es mir erzählt.«
Typisch Peggy. Wahrscheinlich ohne groß darüber nachzu-
denken.

Einen Augenblick lang schweigen wir beide in dem winzigen
Zimmer, für das ich mich dumm und dämlich zahle. Die Aus-
stattung ist kaum besser als in einer staatlichen Klinik.
Warum wollte ich sie kränken? Es müßte doch irgendwie
möglich sein, eine Übereinkunft zu treffen, einen Kompromiß
zu finden.

Sie scheint denselben Gedanken zu haben, denn plötzlich sagt
sie, mit wie bei einem Kleinkind zitternder Unterlippe: »Warum
können wir diese dumme Sache nicht vergessen? Können wir uns
nicht wieder vertragen?«
Diese konkrete Bitte trifft mich unvorbereitet.

Sie sagt: »Es war ein unglücklicher Zufall, daß Shirley ausgerechnet mir gebeichtet hat, und dazu noch in deiner Gegenwart.
Aber ich konnte das arme Mädchen doch nicht zurückweisen, bei
dem Zustand, in dem sie war.«
Meine Mutter ist wirklich schlau. Sie hat mich zu Tränen
gerührt. Wir umarmen uns.

»Laß uns wenigstens gute Freunde sein«, murmelt sie mit
stockender Stimme.

Dann setzt sie sich und erzählt mir, wie unmöglich sich
Großvater benimmt; er weigert sich, die Hausordnung des Heims
zu befolgen und hat sogar eine Pflegerin gebissen. Nächste Woche ist sein neunzigster Geburtstag. Die alten Leute werden ein
kleines Fest feiern. Vielleicht hätte ich ja Lust hinzugehen. Und
Gott war sehr gut zu ihr, denn ihr Nachbar zwei Häuser weiter
arbeitet in Kilburn, wo auch das Heim ist, und er nimmt sie
abends oft im Auto mit. Und sie hat ein nettes Mädchen aus der

Kirchengemeinde kennengelernt, das eventuell das freie Zimmer in ihrem Haus mieten will, was sehr schön wäre.

Sie spricht wie immer in einem leicht beschwörenden Tonfall, sie kann es nicht lassen, sie will ihren Sohn davon überzeugen, daß Gott tatsächlich beim Tagesablauf ihres Nachbarn oder der Zimmersuche der kleinen Methodistin seine Finger im Spiel hat. Sie will mich dazu bringen, mein Martyrium zu akzeptieren und gemeinsam mit ihr auf dem Weg des Herrn zu wandeln.

Kurz nachdem sie gegangen ist, ruft Marilyn an. »Ich kann es kaum erwarten, daß du es ohne Überzieher mit mir treibst«, sagt sie.

Aber ich weiß, ich werde mich nicht mehr mit Marilyn treffen. Meine Strategie steht endlich fest. Ich war im Grunde meines Herzens stets Anhänger der Monogamie.

Für die zweite Woche meiner Ferien haben wir ein Haus in Suffolk gemietet, um ein paar Tage Urlaub zu machen und hoffentlich zur Feier der Operation ein bißchen herumzuknutschen, vielleicht sogar miteinander zu schlafen. Es ist tatsächlich unser erster richtiger Urlaub seit Hilarys Empfängnis vor beinah sechs Jahren (Jahrhunderten?). Aber als ich aus dem Krankenhaus entlassen werde und mich, nach vier Tagen Bettruhe, total locker und entspannt fühle, ist die Kleine wieder einmal krank.

Sie hat eine schwere Nierenentzündung (wahrscheinlich ist die einzige Krankheit, die sie, genau wie der George aus »Drei Mann in einem Boot«, niemals bekommen wird, Kindbettfieber). Und natürlich rufen alle Medikamente, die man ihr gibt, bei ihr schwere Nebenwirkungen hervor. Als ich mit dem Taxi vorfahre, empfängt mich Shirley wortlos und übernächtigt an unserer sehr eleganten, alten, von Glyzinien umrahmten Haustür. Der Arzt wollte die Kleine ins Krankenhaus einweisen, aber Shirley hat ihre Zustimmung verweigert. Ich weiß, es ist zwecklos, dazu einen Kommentar abzugeben, und es ist ebenfalls zwecklos, zu erwähnen, daß wir uns ohne Schwierigkeiten für einige Zeit eine

Nachtschwester leisten könnten. Shirley will sich unbedingt selbst um Hilary kümmern. Irgendwie scheint es ihr peinlich zu sein, Fremde hinzuzuziehen, wenn es um ihre Tochter geht. Sie will vermeiden, daß jemand die Situation objektiv beurteilt. Wenn sie allein ist, kritisiert sie niemand wegen der Illusionen, denen sie sich hingibt – aber wahrscheinlich bin ich jetzt ungerecht, wahrscheinlich sollte ich sagen: wegen der Entscheidungen, die sie getroffen hat. Sie will sich nicht einer freundlichen, tüchtigen Frau gegenüber rechtfertigen müssen. Was mich angeht, so finde ich es natürlich ausgesprochen frustrierend, nach jahrelanger Arbeit endlich viel Geld zu haben und es nicht dafür ausgeben zu dürfen, unser Leben angenehmer zu machen.

Hilary hat starke Schmerzen. Natürlich kommt es, während der langen Tage und Nächte, die auf meine Entlassung aus dem Krankenhaus folgen, nicht in Frage, die Vorteile meiner Vasektomie zu genießen. Eines Nachts preßt sich Shirley jedoch im Bett für einen kurzen Augenblick fest an mich. Sie murmelt: »Weißt du, was ich unglaublich an dir finde, George?« »Was?« »Daß du tief in deinem Inneren, trotz deiner aufgeblasenen, beleidigten Art und deiner Angewohnheit, den harten Mann zu markieren, ein wirklich feiner Mensch bist.«

Ich enthalte mich jedes Kommentars.

»Ich bin froh, daß du dich mit deiner Mutter versöhnt hast. Ich werde sie bitten, morgen zu kommen und uns zu helfen, wenn sie Zeit hat.«

Offenbar wird alles hinter meinem Rücken besprochen. Das muß wohl so sein. Ich habe eigentlich nichts anderes erwartet.

»Ich nehme dir auch die Affäre mit dieser Frau aus deiner Firma nicht übel. Ich weiß, unter welchem Druck du gestanden haben mußt.«

»Was?«

Eine halbe Stunde lang versuche ich verzweifelt, sie davon zu überzeugen, daß ich Schluß gemacht habe, daß ich mich nur ein-

oder zweimal mit ihr getroffen habe, daß sie mir nie etwas bedeutet hat und so weiter und so fort. Und wie hat sie es überhaupt herausgefunden? Wie, wie, wie? Shirley besteht darauf, daß es ihr egal ist. Schließlich ist sie mir früher auch untreu gewesen. Ich hingegen bestehe darauf, daß es ihr nicht egal sein sollte, nicht egal sein dürfe, es war gemein von mir, so etwas zu tun, Ich will, daß es ihr nicht egal ist, und es tut mir leid, ehrlich; der Beweggrund für die Vasektomie war schließlich, nach diesem zweiten Fehltritt – der ohne Hilary niemals passiert wäre – zu ihr und zum Familienleben zurückzukehren.

Am Ende, nachdem ich fast eine Stunde lang auf sie eingeredet habe, gelingt es mir tatsächlich, sie in etwas, das einem Vorspiel ähnelt, zu verwickeln, und als wir gerade anfangen, uns, wenn auch ein bißchen mechanisch, zu küssen und zu streicheln, unterbrechen uns Hilarys schrille Schreie aus dem Nebenzimmer.

Ich biete an, nach ihr zu sehen, da ich Urlaub habe. Außerdem muß ich noch einiges wiedergutmachen. Ich trotte den Flur entlang.

Im Zimmer der Kleinen brennt ein rotes Nachtlicht. Der Boden ist mit Plüschtieren übersät, die sie inzwischen an sich drücken kann, und die ihr mutmaßlich ein wenig Trost spenden. Die Kleine wälzt sich, von Bauchschmerzen gequält, in ihrem Bett herum. Ich nehme sie hoch. Nicht ohne Mühe, denn sie ist inzwischen ziemlich groß. Sie erkennt mich sofort und fängt an zu wimmern. Ich schiebe meinen Kopf zwischen ihren hängenden Kopf und ihre Schulter, bis ihre Wange auf meiner liegt. Ihre Haut ist trocken und glühend heiß. Sie entspannt sich ein bißchen und krümmt sich dann wieder vor Schmerzen. Sie macht die Augen fest zu. Da es unmöglich ist, sie auf den Schoß zu nehmen – sie sackt sofort zusammen – lege ich sie in die schräge, schalensitzartige Vertiefung, die wir für sie aus einem großen Stück harten Schaumgummis haben herausschneiden lassen. Dadurch wird sie mehr oder weniger bewegungsunfähig und ist gleichzeitig soweit aufgerichtet, daß sie ein paar Löffel Medizin einnehmen kann.

Ich gebe ihr das speziell hergestellte, zusatzfreie Antibiotikum und ein Beruhigungsmittel in Form eines dickflüssigen Sirups. Das Antibiotikum schmeckt bitter, und sie weigert sich, den Mund aufzumachen. Ich überliste sie, indem ich einen Finger in das Beruhigungsmittel tunke und den Sirup dann vorsichtig auf Hilarys wulstige Kinderlippen schmiere. Sie hat die Züge einer Fünfjährigen, aber ihr Gesicht ist völlig ausdruckslos. Manchmal zwinge ich mich, Worte wie »stumpfsinnig« zu benutzen, um mich daran zu erinnern, was sie von der Welt draußen zu erwarten hätte, daß man sie genauso auslachen würde wie damals meine Freunde Tante Mavis ausgelacht haben. Ihre korallenroten Lippen unter meinem Finger fühlen sich jedoch weich und leicht gummiartig an.

Sie fällt auf den Trick mit dem Sirup herein und macht den Mund auf. Sobald der Löffel voll bitter schmeckender Medizin drin ist, drücke ich ihr den Mund zu, um sie daran zu hindern, das Zeug wieder auszuspucken. Es gelingt mir, dabei relativ liebevoll zu sein. Und dennoch resolut. Und sie nicht zu verängstigen. Ich mache mich nicht schlecht als Krankenpfleger. Jetzt muß ich sie nur noch davon überzeugen, daß der Sirup, den sie anschließend einnehmen soll, wirklich Sirup ist. Schließlich bin ich gezwungen, ihr Daumen und Zeigefinger in die Wangen zu drücken, um ihren Mund aufzubekommen. Sobald sie den ganzen Löffel Sirup geschluckt hat, gebe ich ihr zwei, drei, vier weitere Löffel. Das Doppelte der maximalen Dosis. Mit ihren kleinen rotgeränderten braunen Augen schaut sie in meine Richtung, oder zumindest sieht es aus, als würde sie mich anschauen, und ich habe den Eindruck, in ihrem Blick liegt Dankbarkeit. Das fiebernde Kind sitzt in dem Schaumgummi-Stuhl, dessen Anschaffung wir für eine großartige Idee gehalten haben, und mir wird klar, daß sie mir vollkommen ausgeliefert ist.

Denn ich könnte ihr, Löffel für Löffel, die ganze Flasche Beruhigungsmittel geben, oder etwa nicht? Sie hat den Mund erwartungsvoll geöffnet. Also, warum tue ich es nicht? Warum nicht? Weil ich weiß, daß Shirley es herausfinden würde. Weil der Wirkstoff in dem Medikament vermutlich so niedrig dosiert ist, daß es sie sowieso nicht umbringen würde. Weil das nicht die Lösung ist, für die ich mich entschieden habe, und ich es einfach nicht ertragen könnte, erneut über die Frage nachzugrübeln. Und dennoch, in der Stille von Hilarys kleinem Kinderzimmer, in dem die Wände, die Bettwäsche, das Beatrix-Potter-Fries und das Durcheinander aus flauschigen Spielsachen, die ihr Leute wie meine Mutter in dem irrigen Glauben schenken, sie könne sie voneinander unterscheiden, in warmes rotes Licht getaucht sind – in diesem behaglichen, nach Salbe, Talkumpuder und warmem Atem riechenden Raum, habe ich das Gefühl, es wäre eine akzeptable, humane Art es zu tun. Wenn so etwas doch nur gesellschaftlich sanktioniert wäre. Wenn die anderen doch nur sagen würden: ja George, wir vergeben dir, George, du hast recht, George, tu es, töte den Drachen und rette die Prinzessin (denn ich liebe sie wirklich). Ja, hier und jetzt wäre es möglich. Ich würde dem Kind einen Löffel Beruhigungsmittel nach dem anderen geben, während sie meine liebevolle Nähe spürt und eine ihrer wenigen sinnlichen Freuden genießt – den intensiven Geschmack des klebrigen süßen Sirups.

Schauen mich ihre kleinen roten Augen wirklich an? Bittet sie mich, es zu tun?

Aber natürlich hat sie von solchen Dingen keine Ahnung. Sie kennt nichts als Schmerz und Trost.

Sie fängt erneut an zu wimmern und zu zappeln. Ich lege sie ins Bett und singe ihr etwas vor. Kinderlieder. Weihnachtslieder. Ich singe so ausdrucksvoll, als würde ich an den Inhalt der Texte glauben. Aus irgendeinem Grund singe ich sogar, »Großer Gott, wir loben Dich«, und betone dabei vor allem die Zeilen: Bist vom hohen Himmelsthron zu uns auf die Welt gekommen, hast uns Gottes Gnad gebracht, von der Sünd uns frei gemacht. Ich halte eine halbe Stunde lang durch, und frage mich, wieviel Punkte mir Shirley für diese virtuose Darbietung auf der Skala der häuslichen Mitarbeit wohl geben wird. Wird Marilyn vergessen sein? Werde ich jemals wieder einen geblasen bekommen? Dann mache ich dem Wunder ein Ende, und mein Töchterchen fällt in einen unruhigen Schlaf. Mit stolzgeschwellter Brust trotte ich ins Schlafzimmer zurück, aber Shirley schnarcht laut. Ich mache ihr keinen Vorwurf, denn sie hat eine fiese Erkältung. Ich schleiche nach unten, genehmige mir einen ordentlichen Glenfiddich und schaue mir ein Europapokalspiel an, bei dem eine schottische Mannschaft haushoch verliert.

VASEKTOMIEFEIER

Unser zehnter Hochzeitstag sollte, meiner Ansicht nach, ein ausreichender Anlaß für eine Party sein, aber Shirley bemerkt ironisch:»Kaum ein Grund zu feiern.« Dennoch hat sie nicht direkt etwas dagegen. Sie hätte bloß niemals damit gerechnet, daß die Idee für eine Party von mir kommen würde.

»Betrachte doch einfach unsere Ehe als lebenslängliche Strafe«, schlage ich vor.»Dann könnte man sagen, wir feiern, weil wir das erste Viertel hinter uns haben. Warum nicht?«

Ich rücke meine Krawatte zurecht. Sie schreibt Zutaten von einem Rezept auf, um ihre Einkaufsliste zu vervollständigen; der Stift saust über das Papier und ihre Zungenspitze schaut, wie so oft, wenn sie sich konzentriert, zwischen den Zähnen hervor.

»Das ist doch nicht dein Ernst, oder?« Sie lacht.»Okay, ich gebe mich geschlagen. Wir können es die Vasektomiefeier nennen.«

Denn gestern haben wir endlich miteinander geschlafen. Und ein weiteres Mal heute morgen. Daher die entspannte Atmosphäre. Der Augenblick ist gut gewählt.

Ich sage zu ihr:»Erzähl die Neuigkeit lieber nicht herum, Schatz, denn sonst wird das Telefon nicht mehr stillstehen.«

Wieder lacht sie. Dann kräuselt sie die Nase. Shirley scheint meine eheliche Treue oder Untreue tatsächlich ziemlich egal zu sein. In vieler Hinsicht ist sie weniger abhängig von mir als ich von ihr. Ich kann wirklich nicht sagen, ob mir das gefällt oder nicht. Ich will nicht die Freiheit haben zu tun, was mir beliebt. Ich will, daß sie, genau wie ich, alles oder nichts will. Wenn ihr das Kind nicht mehr alle Kraft raubt, wird sie vielleicht…

Schon am Abend desselben Tages ist sie regelrecht begeistert von der Idee – eine Party zu unserem zehnten Hochzeitstag. Eine große Sache. Im Verlauf eines Tages hat das Vorhaben die Symbolik eines Meilensteins erlangt. George und Shirley sind wieder an Deck.

»Siehst du«, sagt sie freudestrahlend, während wir die Gästeliste zusammenstellen, »Hilary hindert uns durchaus nicht daran, uns zu amüsieren. Alles eine Frage der Einstellung.«

Die Kleine befindet sich, halb sitzend, halb liegend auf ihrem Schoß. Mit fünfeinhalb hat sie gerade begonnen ma-ma-ma und ba-ba-ba zu singen, etwas, das die meisten Kindern schon im Alter von sechs Monaten machen. Shirley ist ganz begeistert deswegen, obwohl es kein Anzeichen dafür gibt, daß die Geräusche sich auf irgend jemand oder irgendetwas Spezielles beziehen. Hilary lächelt heute abend unablässig. Ihr Gesicht wird von ihrem wunderbar dicken, kastanienbraunen Haar umrahmt, das Shirley regelmäßig wäscht und täglich bürstet. Es ist das einzig attraktive an ihr, und das dezente Licht der Wandlampen, die sich als sehr kluge und zeitgemäße Anschaffung erwiesen haben, verleiht ihm einen tiefen rötlichen Schimmer. Wenn man die Kleine unter ihrem molligen Kinn kitzelt, kichert sie. Sie ist inzwischen mehr als zwei Wochen lang nicht mehr krank gewesen, und seit eine Ernährungsberaterin uns empfohlen hat, Kuhmilch durch Ziegenmilch zu ersetzen, sind sowohl ihre Haut als auch sie selbst deutlich weniger gereizt.

Das ist die Sorte »Gottesgaben«, die Shirley mit Hilfe einer religiösen Rechenmethode zusammenzählt, die sie von meiner Mutter gelernt haben könnte, d.h. sie addiert hier ein Hundertstel und da ein Tausendstel, multipliziert dann mit den Krümeln oder Bruchteilen, die gerade verfügbar sind, potenziert die Summe mit einem schwachen Hoffnungsschimmer, und irgendwie lassen sich auf diese Weise negative Zahlen mit unendlich vielen Nullen ausgleichen.

»Sie hindert uns durchaus nicht daran«, fährt Shirley fort und küßt die Pausbacken der Kleinen, während ich die Namen aufschreibe. »Wir hätten so etwas schon vor Jahren machen sollen. Ich meine, wenn wir nicht ausgehen können, müssen wir eben die Leute dazu bringen, zu uns zu kommen. Und wenn wir sie nicht einladen, werden sie nicht kommen, stimmt's?«

Ich verkneife mir die Bemerkung, daß unsere Freunde sich früher selbst eingeladen haben. Statt dessen sage ich: »Ich kann mich nicht erinnern, dich je davon abgehalten zu haben, Gäste einzuladen.«

»Nein, aber du bist ein grauenvoller Aktionist, ständig arbeitest du oder liest medizinische Fachzeitschriften oder planst Besuche bei Spezialisten. Es kommt mir vor, als würdest du dein Leben auf den weit entfernten Zeitpunkt verschieben, an dem du alles geregelt haben wirst.« Sie legt eine Hand auf die Innenseite meines Oberschenkels und schaut mir in die Augen. »Ich bin froh, daß du dich endlich mit unserer Situation abgefunden hast. Sie ist nur dann eine Tragödie, wenn du sie als solche betrachtest.«

Ihre Berührung enthält eindeutig die Verheißung von Sex.

Sie kichert. »Vielleicht hat es etwas mit der Operation zu tun. Weniger Hormone oder so. Du wirst umgänglicher.«

Seit Jahren habe ich sie nicht mehr so albern und mädchenhaft erlebt, obwohl die silbernen Strähnen in ihrem kupferroten Haar täglich dicker werden.

»Wir laden alle ein, die wir kennen«, sagt sie, »auch Leute, die wir seit Jahren nicht mehr gesehen haben. Wir räumen das Wohn- und das Eßzimmer aus, damit man dort tanzen kann, und bauen in der Küche und im Frühstückszimmer ein großes kaltes Buffet auf. Wieviel darf das Ganze kosten?«

»Egal. Geld spielt keine Rolle.«

»Prima, also laß mich überlegen…«

Aber welche Gedanken gehen wirklich in der klumpigen

grauen Masse der etwa 900 cm³ herum, die das Gehirn von George Crawley ausmachen, das meine Persönlichkeit ist? Offenbar empfinde ich eine große Zärtlichkeit für meine plötzlich so aufgeregte, jedoch unverkennbar alternde Ehefrau. Ich denke darüber nach, wie schlau es von mir gewesen ist, unsere Beziehung vor dem großen Ereignis wiederzubeleben und ihr endlich das Gefühl zu geben, auf ihrer Seite zu stehen. Und ich bin ehrlich gerührt davon, daß diese Wiederbelebung nach allem, was wir durchgemacht haben, so herzlich und ehrlich ist. Ich glaube, in gewisser Weise denke ich bei meinem Vorhaben eher an sie als an mich. Aber gleichzeitig frage ich mich, ob sie vielleicht recht hat, ob wir auch mit Hilary glücklich sein können, ob ich mich nicht schon vor Jahren mit der Situation hätte abfinden sollen. Vielleicht wäre es das beste, meinen Plan aufzugeben und das abwegige Vergnügen der Partyvorbereitungen zu genießen. All diese komplexen Gedanken überraschen mich, und ich schüttele den Kopf, um sie zu verscheuchen. Wie von einem Gewehrschuß aufgeschreckte Vögel steigen sie empor und flattern davon, ohne eine Spur zu hinterlassen. Ich frage mich, wo in diesem Chaos der Gefühle und Gedanken meine Identität geblieben ist? Wer bin ich? Ich spüre nur eine pulsierende Finsternis, die sich über ein noch finstereres Vorhaben legt. Ich habe mich meinem Plan verschrieben. Ich werde die Entscheidung nicht revidieren.

»Und der Alkohol? Ein paar hundert Pfund müßten dafür reichen, oder was meinst du? Heh, Erde an George, bitte kommen. Der Alkohol. Wieviel?«

»Oh.« Leicht benommen sage ich: »Je mehr, je lustiger.«

Ein weiterer Gedanke gleitet durch die Finsternis in meinem Kopf: Je mehr Alkohol, desto schneller wird das Haus in Flammen aufgehen.

Drei Wochen später: Tag X minus fünf. Ich bin inzwischen felsenfest davon überzeugt, daß ich am Tag danach, am Sonntag, den zehnten, nur wegen meines wunderschönen Hauses mit den sieben Zimmern, zwei Badezimmern, der Veranda und dem herrlichen Garten ein schlechtes Gewissen haben werde. (In der Zwischenzeit habe ich mich vergewissert, daß die Versicherungssumme mehr oder weniger angemessen ist. Sie könnte höher sein, aber es ist jetzt zu spät, das noch zu ändern.) Ich muß nicht befürchten, erwischt zu werden, denn ich habe die Angelegenheit minutiös geplant und in forensischer Hinsicht werden keinerlei Spuren zu finden sein. Wenn wir das Eßzimmer zum Tanzen ausräumen, werden wir vier leicht entzündbare Stühle in mein kleines Arbeitszimmer stopfen müssen, das sich, aufgrund eines glücklichen Zufalls, nur durch etwas Putz und eine Holzdecke getrennt, direkt unter Hilarys Zimmer befindet. Zehn, maximal fünfzehn Minuten. Alles wendet sich zum Guten...

Denn es wird eine gute Tat sein, zum ersten Mal werde ich alle unangenehmen, abstoßenden Charakterzüge zu einer Geste der Liebe bündeln, die größer und reiner ist als alles, was meine Mutter oder Shirley mit ihrer nicht endenwollenden Selbstaufopferung zuwege bringen. Ich werde mit dem Mut der Überzeugung handeln.

ICH STELLE MIR VOR, DASS WIR
NOCH EINMAL VON VORNE ANFANGEN

Die wichtigste Grundregel für eine erfolgreich verschleierte Brandstiftung ist, daß es nur einen Brandherd geben darf. So weit so gut.

Meine Mutter trifft als erste ein und bringt Frederick mit, der schon den ganzen Tag bei ihr gewesen ist. Sie hat die Einladung als unausgesprochene Bitte verstanden, uns zur Hand zu gehen und auf die Kinder aufzupassen, und kommt deshalb früher, damit Shirley sich nicht allein um das Essen und um Hilary kümmern muß. Zwar findet die Batterie schimmernder Flaschen, die in Reih und Glied auf der Kommode stehen, bestimmt nicht ihre Billigung, aber sie ist offensichtlich froh, daß wir unseren zehnten Hochzeitstag feiern; zweifellos betrachtet sie es als einen Triumph über das Böse, ein Anzeichen dafür, daß unsere Ehe wieder intakt ist, und sie macht sich nützlich, indem sie beschwingt schmutzige Töpfe abwäscht.

Frederick, der die aufgeregte Stimmung spürt, verwandelt sich in einen japanischen Kampfroboter, imitiert zischend einen tödlichen Laserstrahl und marschiert im Kreis um Hilary herum, die auf ihrer Schaumgummimatratze in dem inzwischen für das Tanzen leergeräumten Wohnzimmer liegt. Sie wirft sich von einer Seite auf die andere, um das Geräusch von Fredericks Laser so gut sie kann zu verfolgen. Auf ihrem merkwürdig flachen Gesicht liegt ein argloses Lächeln, da sie nicht mitbekommt, daß Frederick auf sie schießt.

Wenn sie im Bett ist, werden wir die Matratze ins Arbeitszimmer bringen, um Platz für die Tänzer zu schaffen. Ich habe schon dafür gesorgt, daß ein riesiger Stapel aus Illustrierten und Zeitungen auf einem der Sessel liegt.

Es sei noch kurz erwähnt, daß ich, wie nicht anders zu erwarten war, heute nachmittag des öfteren aufs Klo mußte. Unangenehme, dünne, brennende Scheiße, von der der Anus wund wird. Wenigstens habe ich eine Salbe, die gut hilft. Im Badezimmer fahre ich mit den Fingern voller Bedauern über die matt glasierten, kaffeebraunen italienischen Kacheln. Ich mache das Fenster auf und betrachte das breite Gartenstück neben dem Haus. Eine Amsel hüpft über den Rasen. Die Rosen blühen. Die Luft ist lau und süß. In Richtung Hampstead Heath sehe ich, wie Schwalben im sanften Zwielicht kreisen und sich hinabstürzen, ein Anblick, der mich schon immer mit Freude erfüllte. Natürlich verspeisen sie ihre Beute bei lebendigem Leib. Als Kind dachte ich jedoch, sie würden nur zum Spaß herumfliegen.

Da fällt mir ein, daß ich das Fenster im Arbeitszimmer aufmachen muß, um für den nötigen Sauerstoff zu sorgen. Vor ein paar Wochen habe ich mich, beim Arbeiten an einem Computerprogramm, über Hilarys Geschrei beschwert und auf diese Weise Shirley dazu gebracht, den Türrahmen von innen mit Schaumgummi-Streifen zu bekleben. Niemand wird etwas riechen, bis die Flammen lodern.

Während ich die Treppe hinabsteige, spüre ich die faserige, schwammähnliche Weichheit des teuren Teppichbodens. Meine Hand verharrt auf dem Geländer aus poliertem Holz. Der obere Teil der rotgoldenen Tapete in der Eingangshalle wird von Lampen aus edelstem Muranoglas beleuchtet, die Shirley in einem Laden in Belgravia gekauft hat. Es ärgert mich, daß Mutter unser Haus nie richtig bewundert, sie sagt immer bloß: »Wie groß die Zimmer sind, wie riesig der Garten ist, es muß furchtbar viel Arbeit kosten, das alles in Schuß zu halten«, und so weiter und so fort. Sollte sie je den Wunsch äußern, hier zu leben, statt immer nur ein Loblied auf ihre Hundehütte in Cricklewood zu singen, würde ich sie bei uns einziehen lassen. Ich gehöre nicht zu den nachtragenden Menschen.

Und zufällig treffe ich sie auf dem Weg zur Küche. Wir umarmen uns liebevoll.

Fast sieben Uhr. In der Küche und im Frühstückszimmer sind weißgedeckte Tische aufgereiht und mit Leckereien beladen, die es in Park Royal niemals gegeben hat. Das Frühstückszimmer hat einen dunklen Parkettfußboden mit Fischgrätmuster, auf dem zwei kleine Perserteppiche liegen. In der Küche haben wir Fliesen aus perlgrauem, poliertem Granit (nicht so teuer, wie sie aussehen).

Ich habe es wirklich weit gebracht. Und das habe ich nicht nur Shirley zu verdanken (zum Beispiel war ich derjenige, der die Regency-Anrichte ausgesucht hat, an der Shirley so sehr hängt). Und obwohl ich es so weit gebracht habe, sitzen wir, wegen Hilary, lebenslänglich in einem Gefängnis.

Shirley nimmt eine kleine rote Plastikschüssel aus dem Kühlschrank.

»Wenn du willst, füttere ich Hilary«, biete ich an.

»Oh, vielen Dank. Ich mache es nur schnell warm.«

Das elektronische Piepen der Mikrowelle ertönt.

Ich werde nicht nochmal aufs Klo gehen. Einfach ignorieren und zusammenkneifen.

»Okay. Achte drauf, daß es nicht zu heiß ist.«

Um die Sache in Gang zu bringen, werde ich einen glimmenden Zigarettenstummel benutzen. Ich werde ihn auf die Sitzfläche desjenigen Sessels legen, der laut einer von der Regierung herausgegebenen Feuerschutz-Broschüre, die ich in der Stadtbücherei von Finchley ausgeliehen habe, am leichtesten brennbar ist, und kurz zuvor werde ich an derselben Stelle ein volles Glas Whisky umstoßen. Den Sessel habe ich halb unter den Schreibtisch geschoben, und auf dem Tisch steht ein fast voller Aschenbecher, den ich auf den Sessel fallen lassen werde, sobald die ersten Flammen züngeln. Ich hoffe, es wird daher für die Leute, die später die Asche inspizieren, so aussehen, als sei ein Mißgeschick die Ursache des Ganzen: Jemand hat beim Verlassen des Zimmers mit dem Jackett oder dem Kleid den Aschenbecher von Tisch gerissen und den Aufprall nicht mehr mitbekommen, der auf dem whiskygetränkten Polster sowieso kaum zu hören gewesen wäre; Minuten später steht das Zimmer in Flammen.

Ich habe vermieden, irgendetwas aus diesem behaglichen kleinen Arbeitszimmer mit den holzgetäfelten Wänden zu entfernen. Weder meine kostbare Sammlung von Disketten, auf denen einige meiner besten Ideen für neue Programme gespeichert sind, noch meinen IBM 8000 mit erweitertem Arbeitsspeicher. Noch nicht einmal unsere Hochzeitsfotos im Bücherregal. Ich stelle mir vor, daß wir noch einmal von vorne anfangen, mit dem Geld von der Versicherung, in einem neuen Haus, ohne Hilary. Endlich werden wir ein unbeschwertes, glückliches Leben führen.

Ich habe nichts aus dem Zimmer weggeschafft, denn das Risiko, dabei gesehen zu werden, war mir zu hoch.

Während ich die Kleine in ihren speziell angefertigten Hochstuhl setze, was wie immer sehr anstrengend ist, muß ich beinah laut loslachen. »Zu schade, daß Großvater nicht dabeisein kann«, rufe ich meiner Mutter zu, die gerade geräuschvoll den Staubsauger zurück in den Schrank bugsiert. »Er würde einen Herzinfarkt kriegen, wenn er den vielen Schnaps sähe.«

Allein das Wort »Schnaps« mißfällt meiner Mutter.

»Die gute Seele«, sagt sie. »Wenn er sich wenigstens ein neues Gebiß machen lassen würde, dann wäre schon einiges gewonnen.«

»Oder auch nicht, wenn er damit die Schwestern beißt.«

Von ihm kann man ebensowenig Dankbarkeit erwarten wie von Hilary.

»Die gute Seele«, sagt Mutter erneut, als wäre es eine Art

Zauberformel. Sie will einfach nicht schlecht von anderen denken. Ich habe manchmal den Eindruck, das für uns beide tun zu müssen.

Ich rühre das Essen in der Mikrowellen-Schüssel um und puste, damit es abkühlt. Hilary wird von zwei straffen Gurten und zwei harten, zu beiden Seiten ihres Kopfes befestigten Kissen aufrecht gehalten. Nachdem ich mich hingesetzt habe, um sie zu füttern, befinden sich unsere Gesichter auf derselben Höhe. Sie öffnet erwartungsvoll den Mund. Ein paar Freunde von Shirley aus der Kirchengemeinde sind angekommen, haben noch mehr Essen mitgebracht, und jetzt spielt jemand bei voller Lautstärke eine Platte mit Strauß-Walzern. Hilary ist plötzlich so aufgeregt, daß sie mit der Faust in die Schale haut, woraufhin Fleischstückchen und Spaghetti-Kringel durch die Gegend fliegen. Normalerweise würde ich in einer solchen Situation vor Verärgerung laut fluchen (meine Hose ist bekleckert). Aber heute abend bleibe ich ruhig. Wir haben die Zielgerade erreicht.

Dann frage ich mich leicht besorgt, ob meine Stimmung ein Anzeichen von Wahnsinn sein könnte. Ich schiebe einen Löffel voll Essen vorsichtig zwischen die feucht-glänzenden rosaroten Lippen und Gaumen. Hilarys Kopf wackelt besorgniserregend.

»Möchten Sie einen Aperitif, mein Herr?«

Es ist Shirley, die sich mir, in bester Laune, mit einem Tablett voller Gläser mit gekühltem Weißwein von hinten nähert.

Es würde seltsam wirken, wenn ich mich nicht fröhlich gebe und gar nichts trinke.

Schließlich war die Party meine Idee. Allerdings muß ich einen klaren Kopf behalten. Ich darf vor allem Frederick nicht vergessen. Er wird später in unserem Gästezimmer schlafen, und ich muß so unauffällig wie möglich dorthin gelangen. Aber in gewisser Weise gehört das auch zu meinem Plan. Ich werde ihn bestimmt nicht vergessen.

Und, nein, ich werde nicht noch einmal auf die Toilette gehen.

Die romantische Festung

Ich finde solche Partys, wenn sie bei Freunden stattfinden, immer ziemlich öde. Gut, es gibt viel zu essen und viel zu trinken, das kann ganz nett sein und manchmal gelingt es einem, wie zufällig die Schenkel oder die Hintern von hübschen Frauen, die in den Zimmern tanzen, zu berühren. Aber meistens sitzt man mit einem Teller Wurstpastetchen auf der Treppe und wird in so stumpfsinnige Gespräche verstrickt, daß dagegen selbst ein Streit mit der eigenen Ehefrau aufregend wäre; zwischendurch muß man alle paar Minuten aufstehen und jemanden durchlassen, der nach oben aufs Klo will. Im günstigsten Fall trifft man einen Mann, der intelligent genug ist und genug Interesse für die Branche, in der man arbeitet, zeigt, daß man Lust hat, mit ihm eine Flasche Whisky zu leeren, bis es Zeit ist, nach Hause zu gehen.

Das ist vermutlich der Grund, warum wir noch nie eine Party gegeben haben. Ich erinnere mich, daß Shirley damals unbedingt eine Einweihungsfete in dem Haus in Hendon machen wollte. »Partys sind dazu da, um sich zu amüsieren«, sagte sie. »Du bist doch derjenige, der immer sagt, er will Spaß haben.«

Das stimmt. Partys sind dazu da, um sich zu amüsieren. Aber die einzigen Menschen, denen das gelingt, scheinen diejenigen zu sein, die ohne jede Hemmung mit völlig unbekannten Leuten knutschen oder sogar bumsen. Die amüsieren sich. Und obwohl ich sie durchaus beneide, würde ich es nie dazu kommen lassen, unkontrolliert meinen Begierden nachzugeben, wenn meine Frau in der Nähe ist. Und auch nicht, wenn Leute anwesend sind, die meine Frau kennen. Ich bin leider schon häufig zu dem Ergebnis gekommen, daß Hemmungen das Beste an einem sind.

Es gibt natürlich auch Leute, die sind ganz anders. Manche sind geradezu schamlos und machen immer und überall genau das, wozu sie gerade Lust haben. So kommt es, daß ich, als ich gegen Mitternacht, dem geplanten Zeitpunkt für den Verkauf meiner Seele, die Gäste im Wohnzimmer allein lasse, unauffällig die Eingangshalle durchquere und mit einer brennenden Zigarette und einem großen Glas Whisky in der Hand durch den Flur und die Garderobe ins Arbeitszimmer schleiche, dort Gregory und Peggy vorfinde, die sich auf zwei Sesseln ausgestreckt haben und gerade mehr oder weniger dabei sind, es miteinander zu treiben.

Verflucht, warum habe ich die Tür nicht abgeschlossen?

Es ist eine merkwürdige Party, denn wir haben die unterschiedlichsten Leute eingeladen, und viele von ihnen haben wir so lange nicht gesehen, daß wir sie kaum noch wiedererkennen. Wir haben etwa sechzig Einladungen verschickt, wissen aber überhaupt nicht, wieviele Gäste kommen werden. Zwanzig? Hundert? Auf der Einladung stand halb neun, aber um neun ist noch niemand da, außer Shirleys Freunden vom Chor, wohlerzogene Leute, die sich feingemacht haben und sich damit begnügen, ein Glas Weißwein zu trinken, ein paar Häppchen zu essen und über das Privatleben des autoritären zu spekulieren. Die Frauen nehmen abwechselnd Hilary auf den Arm und versichern, wie gut sie aussieht. Eine von ihnen, in einem schulterfreien, schwarzen Samtkleid, sieht aus, als habe sie sich für genau das Vergnügen herausgeputzt, das sie nicht haben wird.

Unwillkürlich schaue ich auf ihre schlanken Knie und Waden und muß an Marilyn denken.

Peggy ruft an, um zu sagen, daß sie später kommt, und bittet uns, Frederick ins Bett zu bringen, weil er sonst unausstehlich wird. »Oma wird dir eine Geschichte vorlesen«, sage ich zu ihm, da ich auf diese Weise zwei Fliegen mit einer Klappe schlagen und beide loswerden kann. Denn ich höre, wie Mutter, nachdem sie kaum mehr als ein Glas Soave getrunken hat, in einer Unterhaltung mit einem unscheinbaren nervösen Männchen mit einer Armschlinge leidenschaftlich den Herrn lobt.

»Ich will nicht, daß Oma mir eine Geschichte vorliest. Ich will hier unten bleiben. Nur noch fünf Minuten, Onkel George.«

»Deine Mami hat gesagt: Ab ins Bett.«

»Dann sollst du mir vorlesen, Onkel, ich will, daß du mir vorliest.«

Er sagt das, weil er glaubt, ich werde mich weigern. Er ist ein schlaues kleines Kerlchen, dem eine gewisse verwandtschaftliche Ähnlichkeit mit mir nicht abzusprechen ist. Aber zufällig ist es mir ganz recht, für eine Weile zu verschwinden.

Ich gehe mit ihm nach oben, befehle ihm, sich die Zähne zu putzen, und schaue die Kinderbücher durch, die man uns gelegentlich, in Unkenntnis der Tatsache, daß Hilary damit niemals etwas wird anfangen können, schenkt. Was würde er gerne hören? Die Geschichte vom Däumling? Er sagt, der Riese jagt ihm Angst ein. Denn er frißt kleine Kinder. Aber Frederick will mich nur ärgern. Er hat vor nichts Angst. Ich erkläre ihm, daß alles nur erfunden ist, daß es keine Riesen und Kinderfresser gibt. Aber ich lasse mich überreden, statt dessen das häßliche Entlein herauszusuchen. Dummerweise ist in dieser Geschichte, wie mir auffällt, die glückliche Verwandlung am Ende unglaubwürdig.

Ich gebe meinem Neffen einen Gutenachtkuß. Nachdem ich die Tür hinter mir geschlossen habe, nutze ich die Gelegenheit, mir eine saubere Hose anzuziehen, und bevor ich wieder nach unten gehe, mustere ich mich im Schrankspiegel. Einssiebzig, hellhäutig, gerade Nase, klarer Blick. Vielleicht etwas zu ernsthaft, aber ganz bestimmt nicht irre. Sollte ich mich jemals vor einem Strafgericht verantworten müssen, wird für mich sprechen, daß ich so normal und zeitgemäß bin. Zeigen Sie mir, werde ich zu den Geschworenen sagen, einen einzigen Punkt, an dem meine Weltanschauung von der in England vorherrschenden Sozialethik abweicht. Wetten, daß Sie das nicht können. Da gehe ich jede Wette ein. Aber während ich mich im Spiegel betrachte, bemerke ich, wie krampfhaft ich die Zähne zusammenbeiße. Ich habe kräftige Kiefermuskeln.

Ich will gerade die Treppe hinuntergehen, da höre ich Geräusche und gehe durch den langen Flur zum Kinder-Badezimmer, in dem Mutter sich bemüht, bei Hilary eine besonders stark verschmutzte Windel zu wechseln, ehe sie sie ins Bett bringt. Ich übernehme das, denn die Kleine ist schwer und unbeweglich und muß gewaschen werden. Ich arbeite schnell und effektiv und, wenn ich das sagen darf, mit viel Zartgefühl. Hilary erweckt immer eine große Zärtlichkeit in mir. Sorgfältig säubere ich die Falten ihrer an ein eingekerbtes Brötchen erinnernden Scham. Und verwende großzügig Puder.

Als ich fertig bin, legt mir Mutter eine Hand auf die Schulter und schenkt mir ein strahlendes, gewinnendes Lächeln. »Ich finde, du machst das großartig.« Aus irgendeinem Grund flüstert sie. Dann fährt sie in normaler Lautstärke fort: »Ich bringe sie jetzt ins Bett. Geh du nach unten und kümmere dich um deine Gäste. Schließlich ist es deine Party.«

Das paßt mir eigentlich gar nicht, da ich vorhatte, Hilary eine starke Dosis Calpol zu geben, damit sie im Verlauf des Abends nicht aufwacht und die Aufmerksamkeit der Gäste erregt. Während Mutter mit ihr den Flur entlanggeht, summt sie bereits ein religiöses Klagelied, dem sie vermutlich eine einschläfernde Wirkung zuschreibt. Und sie hat recht damit.

Unten klebe ich einen kleinen Zettel an den Pfosten des Geländers. »Oben schlafen Kinder – Bitte die Toilette im Erdgeschoß benutzen.« Ich zögere, dann gebe ich dem Drang, das Badezimmer aufzusuchen, ein allerletztes Mal nach.

Gegen zehn kommen schließlich die übrigen Gäste mehr oder weniger gleichzeitig. Squash-Partner aus meinem Club in Hammersmith, ein paar Typen aus dem Karatekurs, Paare, die wir in der Geburtsgruppe kennengelernt haben und mit denen wir einmal Essen gegangen sind oder, vor Hilarys Geburt, ab und zu ein Glas getrunken haben. Mark und Sylvia, unsere ehemaligen Nachbarn in Finchley. Kollegen aus der Firma. Ehemalige Kollegen aus der Schule, an der Shirley unterrichtet hat – ob ihr Ex wohl dabei ist? Der untersetzte Ian Perkins läuft lüstern grinsend hinter einer zierlichen Frau mit Hasenzähnen und rosa geschminktem Schmollmund her. Und liegt da nicht plötzlich ein schwacher Geruch nach Haschisch in der Luft? Woher kommt er? Soll ich einschreiten? Was, wenn die Polizei schon kommt, bevor ich das Feuer gelegt habe? Ruhig Blut. Es wäre der reinste Wahnsinn, jetzt einen Aufstand zu veranstalten. Wahrscheinlich ist es sowieso nur Einbildung.

Mrs. Harcourt erscheint in Begleitung eines rüstigen älteren Mannes mit mitteleuropäischem Akzent – wahrscheinlich einer von den Typen, die sich überall lächerlich machen, indem sie schlechte Witze erzählen und sich vollaufen lassen. Er ist groß und schlank und trägt ein unpassend förmliches, schlechtsitzendes Dinnerjacket. Ist offenbar fest entschlossen, seinen Spaß zu haben. Mrs. Harcourt stellt ihn, ohne weiteren Kommentar, als ihren guten Freund Jack vor. Sie trägt ein elegantes Taftkleid mit einer Schmetterlingsbrosche und dazu eine Perlenkette, und sie sieht jünger und glücklicher aus als bei unserer letzten Begegnung. Zu meiner Überraschung muß ich feststellen, daß sie ihren Fotoapparat nicht mitgebracht hat. Unser zehnter Hochzeitstag wird also nicht im Bild festgehalten werden.

Gregory bringt ein Mädchen mit, das ich noch nie zuvor gesehen habe, eine schmallippige, depressiv aussehende Schnepfe, die zur Begrüßung ein gekünsteltes Lächeln aufsetzt, durch das ihre hängenden Mundwinkel ruckartig nach oben gezogen werden. Die enge Jeans und die üppigen Kurven weiter oben sagen jedoch alles. Sie schleicht wie eine Raubkatze in ihren teuren Turnschuhen umher.

»Ich bin geschieden, alter Freund«, erklärt Gregory. Ich habe ihn seit über zwei Jahren nicht mehr gesehen. Das Mädchen beugt sich über einen Tisch, um sich etwas zu Essen zu nehmen, und Gregory betrachtet ihren Hintern. Ich übrigens auch. Er sagt vergnügt: »Ich hatte die Schnauze voll. War mir einfach zu langweilig. Die Eintönigkeit der Ehe, du weißt schon. Wir wollten beide nicht mehr.«

Als ich einem weiteren Gast die Tür öffne, höre ich, wie sich Charles und Peggy lauthals streiten, während sie sich auf der idyllischen von Bäumen gesäumten Straße unserem Haus nähern. Sie werfen sich Schimpfworte an den Kopf.

Manchmal kommt es mir so vor, als wären Shirley und ich das einzige Paar auf der Welt, das noch die romantische Festung einer dauerhaften ersten Ehe verteidigt.

Hummerscheren

H i, wie geht's denn so? Schön, daß wir uns mal wiedersehen.«
Während ich im Windfang die Gäste begrüße, bin ich ein
Musterbeispiel an Jovialität. Ich benehme mich geradezu ameri-
kanisch. Währenddessen gibt Shirley im Frühstückszimmer dem
kalten Büffet den letzten Schliff. Im Wohnzimmer hat jemand
ausgerechnet »Street-Fighting Man« aufgelegt. Ich schaue auf
die Uhr. Viertel nach zehn.

»Herzlichen Glückwunsch«, sage ich zu der hochschwange-
ren Susan Wyndham; sie stützt sich auf den Arm des bärtigen
Mannes, dessen Foto ich damals immer in ihrem Schlafzimmer
gesehen habe. »Was wünschen Sie sich: Junge oder Mädchen?«
»Egal, Hauptsache, es ist gesund«, sagt sie feierlich.

Die Party kommt in Schwung. Ganz wie geplant. Die verschiedenen Grüppchen vermischen sich endlich. Die Leute sind
inzwischen angetrunken und fangen an zu tanzen. Die Musik
wird immer lauter, und durch den Lärm wird das Treiben leb-
hafter und chaotischer. Ich habe etliche Zigarettenkippen auf den
Teppichen und dem Parkett entdeckt, und jemand hat ein Glas
Rotwein über den unteren Teil der schweren grünen Samtvor-
hänge im Wohnzimmer gekippt. Ich muß sagen, dieses Amüse-
ment ist ziemlich kostspielig. Ich verstehe nicht, wieso Shirley,
die in den letzten Jahren alles viel öfter als notwendig geputzt
hat (»weil Hilary den größten Teil ihrer Zeit auf dem Fußboden
verbringt«), das alles so nonchalant hinnimmt. »Ach, nicht so
schlimm, die Flecken gehen bestimmt wieder raus. Wir wollen
doch nicht pingelig sein. Ich meine, unser Haus ist schließlich

kein Museum, oder?« Sie hält sich lachend eine Hand vor den Mund, umarmt irgendwen und wirbelt tanzend davon.

Immerhin, je lauter und entfesselter die Leute sind, desto günstiger für mein Vorhaben. Ich mache ein paar Packungen Rothmans auf und lege die Zigaretten in eine Kristallglas-Schale auf der Kommode. Das Wohnzimmer ist bereits verräuchert. Obwohl man doch ständig liest, daß immer mehr Leute damit aufhören.

Wo ist Mutter? Ich hatte angenommen, sie würde um diese Zeit schon gegangen sein. Hätte einen von den »Glaubensfreunden« gebeten, sie nach Hause zu bringen. Aber sie hat sich nicht von mir verabschiedet. Ich will sie nicht dabei haben, wenn es passiert. Zwei ziemlich gutaussehende Menschen küssen sich leidenschaftlich am Fuß der Treppe. Da fällt mir etwas ein. Ich durchquere schnurstracks die Eingangshalle und gehe in das Kabuff unter der Treppe. Ich muß wegen der schrägen Decke kriechen, um in die hinterste Ecke zu gelangen, wo zwischen verstaubten Kisten eine große, halbvolle Dose Lack steht, die übriggeblieben ist, als das Parkett versiegelt wurde. Ich schiebe die Dose an die Wand, hinter der das Arbeitszimmer liegt (der Sessel ist knapp einen Meter entfernt) und öffne mit dem Autoschlüssel aus meiner Hosentasche den Deckel ein Stückchen, damit die Gase entweichen können. Im Idealfall wird die Treppe in Flammen stehen, noch ehe die Leute merken, was los ist. Aber das wäre vermutlich etwas zuviel verlangt.

Dann nach oben, um ein letztes Mal nach den Kindern zu schauen. Es ist ein Glück, daß Hilarys Zimmer und das Gästezimmer an entgegengesetzten Enden des Hauses liegen. Aus verständlichen Gründen. Damit mein Plan gelingt, müssen unbedingt alle dort sein, wo sie sein sollen, wenn es losgeht.

Vorsichtig öffne ich die Tür zum Gästezimmer. Frederick, der einen roten Schlafanzug trägt, hat die Arme hinter dem Kopf ausgestreckt. Sein schlafendes Gesicht ist ganz glatt, trotz des Stampfens aus dem Erdgeschoß; es ist ganz glatt und weich. Aber schließlich hat er auch nicht solche Träume, wie ich sie habe. Letzte Nacht hatte ich zum Beispiel wieder einen. Ich betrachte Frederick. Auch wenn Kinder im Schlaf stilliegen, spürt man unter den weichen Gesichtszügen das bewegte, pulsierende, zarte Leben. Nicht zum ersten Mal, denke ich darüber nach, daß auch ich ein so entzückendes Kind wie ihn hätte haben können.

Wo zum Teufel ist Mutter? Ich will nicht, daß sie sich zum Beten in eines der Schlafzimmer verkriecht. Das wäre typisch für sie. Rasch laufe ich die beiden Flure entlang, die im rechten Winkel am oberen Ende der Treppe aufeinandertreffen, öffne jede Tür, schaue in die Zimmer, in den Wäscheschrank, die Badezimmer, sogar in die winzige Bügelkammer. Bei meiner zwanghaften Suche muß ich an den Traum von letzter Nacht denken, und ich bleibe kurz an der Treppe stehen, als er mir plötzlich wieder einfällt.

Ich wußte, es war einer von der schlimmen Sorte gewesen. Natürlich ist es im Prinzip die altbekannte Verstümmelungs-Geschichte. Nur mit dem Unterschied, daß mir diesmal mein Gesicht fehlte. Im ganzen Haus öffnete ich Türen, schaute unter die Möbel, suchte nach meinem Gesicht. Und es war ebenfalls ungewöhnlich, daß ich, als meine Panik immer stärker wurde, als ich verzweifelt und gleichzeitig voller Angst, fündig zu werden, nach meiner Nase, meinen Augen, meinem Mund, und vor allem nach dem Ausdruck, den mein Gesicht haben mußte, suchte, Shirley traf, die sich im Badezimmer auf ihre typische Art die Haare bürstete und dabei mit einer sinnlichen Bewegung den Kopf hin und her wiegte. Instinktiv hob ich die Arme, um ihr den Anblick zu ersparen, aber sie sagte beruhigend: »Mit deinem Gesicht ist alles in Ordnung, Liebling«, und ich war sofort beruhigt. Wenn es niemandem auffällt, dachte ich, spielt es vielleicht keine Rolle. Man kann durchaus ohne Gesicht durchs Leben gehen, solange es niemand bemerkt. Aber dann sagte sie stirnrunzelnd: »Du solltest jedoch mal einen Blick auf deine Arme werfen,

George.« Als würde ein neues Dia in einen Projektor geschoben, wurde die Aufmerksamkeit jäh auf meinen rechten Arm gelenkt, wo sich direkt unter dem Schultergelenk eine merkwürdige, rosafarbene, gummiartige Fleischmasse gebildet hat. Ich fuhr mit dem Finger darüber. »Alterserscheinung«, sagte ich, in dem Tonfall, in dem man über die trockene wulstige Haut spricht, die man in der Regel über dem Ellbogen bekommt. Aber diese glibberigen Wucherungen sind ekelhaft. Und dann fiel mein Blick auf meine Unterarme. Sie mündeten in furchterregenden, etwa zehn Zentimeter langen Hummerscheren, die schwärzlich, wie verbrannt, aussahen, furchtbar häßlich waren und unkontrolliert herumschlenkerten und ins Leere griffen. Ich wollte den Mund aufreißen, um zu schreien. Aber das ging natürlich nicht, denn ich hatte ja kein Gesicht. In dem Moment wachte ich auf und stellte fest, daß alles in bester Ordnung war.

Unten schaue ich im Wohnzimmer nach dem rechten. Etwa fünfzehn Leute sind dort. Fast alle tanzen unermüdlich oder sind zumindest in ein Gespräch vertieft. Gregorys Freundin macht besonders starke Verrenkungen, wenn auch mit unverändert steinerner Miene. Ihre Bewegungen sind äußerst suggestiv, ohne daß Gregory in ihrer Nähe wäre. Shirley ist nirgends zu sehen, Mutter auch nicht. Wo ist sie? Im Frühstückszimmer steht Charles am kalten Büfett und kaut an einer Hähnchenkeule, während er gleichzeitig die Entscheidungen des Stadtrats von Liverpool gegen den ausgeprägten gesunden Menschenverstand von Eric, Susans Ehemann, in Schutz nimmt. Einer der Karate-Jungs spreizt die Beine, um zu zeigen, wie wichtig ein niedriger Körperschwerpunkt ist.

Der Geräuschpegel wirkt jetzt sehr stabil, so als könne das Stimmengewirr der alkoholisierten Menschen noch stundenlang unvermindert weitergehen. Und ein Blick auf meine Uhr verrät mir, daß es soweit ist. Ich hatte geplant, es um diese Zeit zu tun, wenn in dem allgemeinen, beschwipsten Durcheinander nie-

mand an Hilary denkt. Ich weiß, wenn ich jetzt noch lange nachdenke, werde ich anstelle des kalten Schweißes, der bereits meine
Hände und mein Gesicht bedeckt, einen heftigen Schüttelfrost
bekomme, und daher gehe ich ohne zu zögern zu der Kommode,
auf der der Alkohol steht. Ein gutgekleideter, glattrasierter junger Mann, der nicht weiß, wer ich bin, bietet mir etwas zu trinken an. »Ganz voll, bitte«, sage ich zu ihm. Er grinst mich an, als
sei ich ein gleichgesinnter Schmarotzer. Ich nehme einen
Schluck, zünde mir eine Zigarette an und, gewissermaßen bis an
die Zähne bewaffnet, gehe ich durch die stark bevölkerte Eingangshalle, durch den Flur neben der Treppe, durch die Garderobe, am Bad und der Tür zum Kabuff vorbei in das entlegene
Arbeitszimmer.

Wo ich Peggy und Gregory überrasche.

Warum habe ich, nachdem ich spontan und albern: »Huch,
Verzeihung«, gesagt und die Tür wieder geschlossen habe, ein
starkes Gefühl von Frustration, oder vielmehr ein Déjà-vu?
Meine Kindheit. Zu hören, zu entdecken, zu wissen, daß Peggy
mit einem Freund in ihrem Zimmer ist, das Gefühl, ausgeschlossen zu sein, zu glauben, daß meine temperamentvolle
Schwester ein Monopol auf Lebenslust und Ausgelassenheit besitzt, daß ich mein Leben lang zähneknirschend draußen im Dunkeln stehen werde. Verdammt noch mal, sie hatte erst vor ein paar
Monaten eine Abtreibung.

Ich bleibe unschlüssig in der Garderobe stehen, wo die Klei-
derhaken mit regennassen Anoraks, Dufflecoats, Regenmänteln,
Mohair-Jacken bedeckt sind. Im Badezimmer hustet jemand. Eine
Lachsalve ertönt direkt hinter der Tür zur Eingangshalle. Meine
Zigarette ist mehr als zur Hälfte abgebrannt. Ich genehmige mir
einen kräftigen Schluck Whisky, klopfe energisch an die Tür und
betrete erneut das Arbeitszimmer.

»George, also wirklich!«

»Tut mir leid, ich will euch zwei ja nicht stören, aber Charles

sucht überall nach dir, Peg. Er könnte jeden Augenblick hier rein-
platzen.«

Sie sind immer noch dabei, sich gegenseitig unter der Kleidung zu befummeln. Sie haben sich erst vor ein paar Stunden
kennengelernt. Sie sind beide mit jemand anderem gekommen.
Gregory hat sich halb aufgesetzt. Er wirkt nervös und an seinem
Bart klebt ein Speichelfaden.

»Warum, äh, legt ihr nicht eine kleine Pause ein und verschwindet nach oben? Nehmt unser Schlafzimmer, es liegt am
Ende des rechten Flurs. Im Schloß steckt ein Schlüssel.«

Aber unser Schlafzimmer liegt neben Hilarys Zimmer.
Warum in aller Welt habe ich diesen Vorschlag gemacht? Will
ich, daß die beiden in den Flammen umkommen? Oder will ich,
daß sie Hilary retten? Was hätte die ganze Sache dann noch für
einen Sinn? Oder ist mir einfach nichts anderes eingefallen? Wie
auch immer, ich habe Mist gebaut, ich verliere den Überblick. Mit
Hilfe meiner schwarzen Hummerscheren nehme ich die letzten
Züge aus der Zigarette und schütte einen weiteren Schluck
Whisky an die Stelle, wo mein Mund sein müßte. Das Glas ist
nur noch halb voll.

»Lieb von dir, Brüderchen«, sagt Peggy kichernd. Die beiden
stehen auf und ordnen ihre Kleidung. »Auf geht's, Spießruten-
laufen durch die Eingangshalle.« Und gebückt, wie ein Soldat,
dessen Einheit gleich einen Sturmangriff machen wird, nimmt
sie den schlaksigen Gregory bei der Hand und verläßt mit ihm
das Zimmer.

Ich schaue mich um. Sie haben die Schreibtischlampe einge-
schaltet und den Lichtkegel auf den Fußboden in der Nähe der
Wand gerichtet. Und in diesem möchtegern-romantischen, trüben Licht schütte ich rasch den Inhalt meines Glases auf einen
mattgrünen Sessel, dann kneife ich den glimmenden Rest der
Zigarette so ab, daß er auf den Rand der kleinen gelblichen Lache
fällt, die langsam im Polster versickert. Sofort verlöscht die Glut.

Ohne zu zögern, hole ich ein Feuerzeug aus der Tasche und versuche erneut, den Whisky anzuzünden. Eine fast unsichtbare, bläuliche Flamme entsteht, aber sie scheint, losgelöst und geisterhaft, über der Flüssigkeit zu schweben, zu tanzen. Das wird bestimmt nicht reichen. Aber ich muß jetzt verschwinden. Ich kann nicht länger warten. Ich habe noch nicht einmal die Tür richtig zugemacht. Ich drehe mich um und will den Aschenbecher nehmen, um ihn über der Flamme auszukippen. Aber er ist nicht da. Warum? Wo ist er? Ist irgendein Trottel, zum Beispiel meine Mutter, schon durchs Haus gegangen und hat die Aschenbecher eingesammelt und ausgeleert? Verflucht noch mal!

Die Flammen fressen sich mittlerweile in den Stoff, und die Metamorphose des Feuers findet hell leuchtend und qualmend statt. Ich sollte dem Ganzen sofort ein Ende machen. Jeder forensische Laie wird entdecken können, daß es Brandstiftung war. Aber wie in Trance gehe ich zur Tür. Und mit der plötzlichen Klarheit einer Offenbarung erkenne ich, daß ich nur deshalb hier und jetzt die Initiative ergreife, damit in meinem Leben vielleicht endlich etwas passiert. Damit ich mich nicht mehr mit der Frage, was zu tun ist, herumschlagen muß. Die Folgen meines Handelns sind beinah unwichtig. Ich ergreife die Initiative, weil ich mich selbst nicht ausstehen kann. Ich finde meine Gedankengänge unerträglich. Ich bin ein grauenvoller Mensch. Ich könnte jetzt genauso gut nach oben gehen und das Grauen mit Hilary ertragen, meine Hummerscheren und mein glibberiges Fleisch verbrennen lassen. Meine Mutter hat recht. Ich bin seit meiner frühesten Kindheit verdammt gewesen.

Das Licht der Flammen ist inzwischen greller als das Licht der Lampe. Ich muß etwa fünf Minuten lang hier gestanden haben. Es knistert laut, wie bei einem Osterfeuer. Weil ich plötzlich die verständliche Angst habe, daß jemand etwas hören oder riechen könnte, verlasse ich hastig das Zimmer und schließe die Tür hinter mir. Das schwere Holz trifft mit einem weichen Klicken auf die praktische Do-it-yourself-Isolierung im Türrahmen. Und einem spontanen Einfall folgend, hole ich den flachen Tisch vom anderen Ende des Flurs, stelle ihn vor die Tür zum Arbeitszimmer, nehme nach und nach sämtliche Mäntel und Jacken von den Garderobenhaken und lege sie auf dem Tisch zu einem hohen feuchten Stapel übereinander. Jetzt zurück zur Party. Ich habe das Gefühl, mein Gesicht glüht vor Hitze, wie das von Moses bei seiner Rückkehr vom Berg Sinai.

Helft mir

Sie werden gesucht. Man verlangt im Wohnzimmer nach Ihnen.«

Kaum bin ich von der Garderobe in den Flur eingebogen, treffe ich auf einen der Glaubensfreunde, die mir Shirley zu Beginn des Abends vorgestellt hat. Das Wort »gesucht« jagt mir Angst ein. Ich hätte mir gerne das Gesicht gewaschen, aber leider war das Badezimmer besetzt. »Ach, tatsächlich. Vielen Dank.«

Ich hatte vor, mich in dieser Phase so lange plaudernd in der Eingangshalle aufzuhalten, bis das Feuer entdeckt wird, dann nach oben zu rennen, Frederick zu retten und anschließend zu berichten, daß Hilarys Zimmer von den Flammen eingeschlossen ist. Habe ich noch einen Moment Zeit?

»Heh, George«, ruft mir Charles, an einem Grüppchen von Leuten vorbei, zu. »Da bist du ja. Du sollst ins Wohnzimmer kommen.«

Mir bleibt also nichts anderes übrig. Ich durchquere die Eingangshalle und betrete den normalerweise mit Teppichen bedeckten Parkettfußboden im Wohnzimmer, wo etwa zwanzig bis dreißig Leute zu einer Platte mit afrikanischer Musik tanzen, von der ich gar nicht wußte, daß wir sie besitzen. Wer will etwas von mir? Ist das eine Falle? Mit einem Mal kommt Shirley von der Fensterfront zu mir herüber und umarmt mich stürmisch.

»George, wo warst du? Wir warten alle auf dich!«

Ein Teil der Leute tanzt um uns herum. Mir kommt es wie eine Filmszene vor. Oder wie ein Traum. Es wirkt einstudiert. Und Shirley hat sich umgezogen. Sie trägt ein kurzes schwarzes pailettenbesetztes Kleid, dessen plissierter Rock weit oberhalb der

Knie endet, und dazu schwarze Seidenstrümpfe mit Zickzackmuster und silberne, elegante Pumps. Ihr Haar ist hochgesteckt, und nur an den Schläfen kräuselt sich jeweils eine kupferrote Locke. Sie ist stark geschminkt, und dadurch sieht sie so jung aus, wie ich es gar nicht mehr für möglich gehalten hätte. Mir wird klar, daß ich sie heute abend noch nicht ein einziges Mal angeschaut habe. Sie ist bestimmt stinksauer auf mich.

Sie wirbelt herum, dreht eine Pirouette, durch die Bewegung hebt sich ihr Rock, dann schließt sie mich fest in die Arme. Anscheinend ist das Ganze vorher abgesprochen worden, denn jetzt verstummt die Musik und alle jubeln. Aber ich versuche krampfhaft, durch den Lärm andere Geräusche zu hören. Einer der Lehrer, ein kleiner, selbstgefällig grinsender, glatzköpfiger Mensch, der ein Cordsakko und Jeans trägt, bewirft uns mit mehreren Handvoll Konfetti. Alle klatschen. »Gib deiner Liebsten einen Kuß«, ruft eine Stimme. Aber statt dessen küßt Shirley mich, schmiegt sich an mich. Ich versuche etwas Leidenschaft aufzubringen. Zum Glück kommt ein lautes Knistern aus den Lautsprechern, denn jemand versucht vergeblich, eine Platte abzuspielen – der Tonarmheber ist kaputt –, aber schließlich erklingt »As Times Roll By«, oder wie das heißt. Sentimentaler Quatsch, aber laut genug, denke ich, um jedes andere Geräusch zu übertönen. Alle versammeln sich im Wohnzimmer, um uns zu gratulieren. Niemand wird etwas mitbekommen.

Mit Tränen in den großen Augen und erstaunlich sehnsüchtigem Blick flüstert Shirley: »Wollen wir tanzen?« In ihrer Stimme liegt unendlich viel Zärtlichkeit und Ironie. Es hört sich an, als wolle sie sagen: »Wir haben so lange durchgehalten, George, da können wir jetzt ebenso gut feiern.« Sie führt mich, und wir tanzen eng umschlungen.

Weine ich? In mir steigt Panik auf. Was tue ich eigentlich? Shirley hat nicht die geringste Ahnung, was los ist. Wenn sie Bescheid wüßte, wenn sie nur allein wüßte, was ich letzte Nacht geträumt habe, würde sie mich vermutlich nie wieder anfassen. Sie würde immer die Hummerscheren und die bösartigen, glibberigen Wucherungen vor sich sehen.

Statt dessen benimmt sie sich sehr aufreizend, preßt ihren Körper, ihre kleinen Brüste an mich. Die Gäste treten zurück und bilden eine Gasse, durch die wir mit langsamen und ziemlich unbeholfenen Bewegungen bis zum Kamin tanzen, wo, zu meiner Überraschung, eine riesige Torte auf einem Rollwagen aus Plexiglas aufgebaut ist. Dahinter steht meine Mutter mit einem Messer in der Hand, und man kann ihre Rührung fast mit den Händen greifen. Ich erkenne sofort, daß die Torte nach dem Rezept von Mutters Weihnachtstorte, die es alljährlich in der Gorst Road gab, hergestellt ist, und sie enthält bestimmt Trockenfrüchte und Talg im Wert einer Monatsrente. Jedoch sind die Figuren von Josef, Maria und Jesus sowie ein paar ehrerbietigen vierbeinigen Freunden, die sonst auf der Glasur stehen, durch eine andere heilige Familie ersetzt: Drei winzige Teddybären, die wie Menschen angezogen sind. Papi mit Eisenbahner-Mütze, Mami mit Schürze und das kleine Mädchen. Wir. Allerdings steht das Mädchen.

Ich schaue auf meine Uhr. Wieviel Zeit ist vergangen?

Plötzlich ein Raunen. Mutter schneidet die Torte an. »Gott schütze euch, meine Lieben«, sagt sie. »Ich wünsche euch noch viele glückliche Jahre.« Charles läßt einen Champagnerkorken knallen. Er sagt, mit unechtem Arbeiterklasse-Akzent: »Hoch die Tassen, George, alter Kumpel.« Soll ich ihm verraten, daß Peggy sich oben mit Gregory vergnügt? Um die glücklichen Figuren herum hat Mutter mit hellrosa Glasur zittrig und liebevoll »10. Hochzeitstag« geschrieben. Laute Glückwünsche ertönen, als die ersten Sektgläser gefüllt werden. Alle drängen sich um uns, wollen uns küssen und umarmen.

Dann schreit jemand: »Eine Rede. Das glückliche Paar soll eine Rede halten.«

»Eine Rede!«

Ein langsames, rhythmisches Händeklatschen setzt ein. »Eine Rede, eine Rede, eine Rede.«

Mein Haus brennt gerade ab.

Shirley sagt: »Na los, George!«

Ich spüre, wie meine Gesichtsmuskeln zucken. Was geht hier vor? Warum hat noch niemand etwas bemerkt? Natürlich. Weil alle hier im Wohnzimmer sind und mich anstarren. Der Zeitpunkt hätte nicht besser gewählt sein können. Die Leute stoßen an, reichen Kuchenteller herum, sind erhitzt, machen Witze und Bemerkungen. Zwei oder drei Blitzlichter leuchten auf.

Frederick. Ich muß mich beeilen. Vielleicht ist das Feuer ausgegangen. Sag einfach irgendetwas und bring die Sache hinter dich. Sag was.

»Komm schon, George.«

Warum bringe ich kein Wort heraus!

»Sprachlos vor Liebe.«

»Gebt dem Mann was zu trinken.«

»Spielverderber!«

Meine Mutter sagt: »Nur zu, Liebling.«

Jetzt wird mir bewußt, daß ich einen Nervenzusammenbruch habe. So fühlt sich das also an. Ich mache den Mund auf, aber ich bringe keinen Ton heraus. Mein Körper zuckt vor nervöser, fieberiger Erhitzung. Meine Eingeweide schmelzen. Ich betrachte die vielen, erwartungsvoll grinsenden Menschen. Sie finden meine Fassungslosigkeit ergreifend. Wahrscheinlich würde es reichen zu sagen: Vielen Dank, vielen Dank für diese wundervolle Überraschung. Aber meine Kiefer sind wie blockiert, gelähmt. Ich kann sie nicht bewegen. Ich merke, daß Tränen über meine tauben Wangen laufen. Schließlich schaffe ich es »Helft mir« zu krächzen.

Aber niemand hört mich; mein geflüstertes Flehen geht in einem durchdringenden Schrei unter, der von der Tür her ertönt: »Feuer! Das Haus steht in Flammen. Alles raus hier.«

EINE GUTE TAT

Um wenigstens nicht für naiv gehalten zu werden, möchte ich betonen, daß mir von Anfang an bewußt gewesen ist, wie riskant mein Plan war, daß er durchaus zu einem völlig anderen Ergebnis als dem gewünschten führen konnte. Oder, was am wahrscheinlichsten war, zu gar keinem Ergebnis. Damals glaubte ich, daß ich mich gerade aus diesem Grund dafür entschieden hatte. Ich meine damit: Jemand, der weder besonders hoch versichert ist noch finanzielle Probleme hat, wird niemals verdächtigt werden, sein eigenes Haus angezündet zu haben; und zweitens, daß niemals der Verdacht des versuchten Mordes aufkommen wird, wenn das Ergebnis der Tat so ungewiß ist und sich unzählige Menschen im Haus befinden, die, zumindest theoretisch, nach oben laufen konnten, um das kleine behinderte Mädchen, das sich nicht selber helfen kann, zu retten. Nichtsdestotrotz war ich zuversichtlich, daß in dem Trubel, der bei einer Party um Mitternacht herrscht, die meisten Gäste alkoholisiert und egoistisch genug sind, um im Falle eines Feuers im abgelegenen Arbeitszimmer, das wegen der lauten Musik und dem Zigarettenqualm erst entdeckt wird, wenn es sich schon weit ausgebreitet hat, panisch aus dem Haus zu stürmen.

Sorgen machten mir natürlich Shirley und Mutter. Sie würden mit Sicherheit an die Kleine denken. Aus diesem Grund hätte ich es lieber gesehen, wenn Mutter nicht eingeladen gewesen oder früh nach Hause gegangen wäre. Aber ich hatte geplant, da ich innerlich vorbereitet am Fuß der Treppe postiert sein wollte, den anderen zuzurufen, sie sollten unten bleiben und die Feuerwehr holen, während ich nach oben lief, um die Kinder zu retten.

Da Hilarys Zimmer direkt über dem Arbeitszimmer lag, die Fenster beider Zimmer offen sein würden, die Vorhänge aus brennbarem Material waren und ich außerdem die gute Ausrede hatte, erst Frederick holen zu müssen, hoffte ich, daß bei meinem Eintreffen im Kinderzimmer die Kleine nicht mehr zu retten wäre und bereits von der Last ihres Körpers erlöst war, wie ich es insgeheim nannte, und warum auch nicht, verdammt noch mal? Ich würde mit Frederick auf dem Arm nach unten rennen und Sekunden später würde die Treppe, dank der offenen Lackdose in dem Kabuff, in Flammen stehen, und wenn die Feuerwehr käme, wäre schon alles vorbei.

Im Nachhinein weiß ich, daß dieses Szenario der Fantasie eines Schuljungen hätte entspringen können und nicht besonders wirklichkeitsnah war, denn wer kann schon vorhersehen, in welche Richtung oder wie schnell sich ein Feuer ausbreitet. Und vielleicht war das ja auch gar nicht der Grund, warum ich so handelte wie ich es tat.

Die Stimme rief Feuer, eine Stimme, die ich nicht erkannte. Die Partygäste, die Leute, die wir für diese fragwürdige Feier ausgesucht hatten, reagierten, wie erwartet, zuerst verwirrt, und stürzten dann Hals über Kopf zum Ausgang. Mein Problem war, daß ich einsatzbereit am Fuß der Treppe hätte stehen sollen. Als ich mich nun in die Menge stürzte und dabei »Die Kinder, die Kinder!« schrie, erzitterte plötzlich das ganze Haus; ein lautes Krachen ließ die Wände erbeben, und ein Schwall heißer Luft kam den Fliehenden entgegen. Vielleicht war das Haus doch nicht so stabil gebaut, wie mich der Immobilienmakler hatte glauben lassen.

Verzweifelt drängelte ich mich an ihrerseits verbissen drängelnden Menschen vorbei und gelangte in die Eingangshalle, wo ich sah, daß die Treppe bereits von kleinen, sich rasch ausbreitenden Flammen bedeckt war. Wie konnte das sein? Im selben Moment gingen alle Lampen aus – das hatte ich gar nicht bedacht –, wodurch die ganze Szenerie in einen grellen, flackernden Feuerschein getaucht wurde, der scharfe Schatten erzeugte und die Halle gleichzeitig hell und dunkel erscheinen ließ. Ich schaute entsetzt, das Schlimmste befürchtend, nach oben und sah meine Mutter auf dem Treppenabsatz stehen, dort, wo die Treppe eine Biegung machte und dann hinter dünnen geraden Streben aus polierter Eiche weiter nach oben führte. Mutter hob ungeschickt den Rock ihres langen glänzenden Partykleids und lief über die Flammen, die über den blauen Teppich züngelten. Als sie um die Ecke gebogen und aus meinem Blickfeld verschwunden war, brachen drei oder vier der unteren Treppenstufen ein, und eine Fontäne aus Funken und Flammen schoß empor. Die offene Lackdose war anscheinend des Guten ein bißchen zuviel gewesen. Die Sessel müssen geradezu wie Brandbomben gewirkt haben. Solches Material gehört verboten. Jedenfalls schwebte, als ich vor der Hitze zurückwich, eine riesige stickige Schwade aus Rauch und Asche in der Luft. Ich blieb stehen.

Shirley packte mich hysterisch kreischend von hinten an der Schulter. Ich drehte mich nicht um. Jetzt, da das Drama seinen Lauf nahm und so viel auf dem Spiel stand, blieb ich trotz der Hitze völlig kühl und dachte blitzschnell nach.

Die letzten Gäste schoben sich gerade durch die Haustür. Ich rief Shirley zu, sie solle mir folgen, rannte durch die Halle in das Frühstückszimmer und dann in die Küche, wo, nach dem erstickenden Qualm der lichterloh brennenden Treppe, die Temperatur fast normal wirkte. Ich verspürte ein merkwürdiges adrenalingeschwängertes Zusammengehörigkeitsgefühl, als wir an den matt beleuchteten Überresten unseres häuslichen Lebens vorbeistürmten, an einem mit schmutzigem Geschirr und Party-Häppchen beladenen Tisch, an der dunkel schimmernden Tür der Mikrowelle. Shirley griff nach meiner Hand. Ich zog sie hinter mir her, rief ihr Befehle zu, die sie befolgte. Auf diese Weise waren wir in wenigen Minuten durch die Seitentür nach draußen

gelangt, hatten die Garagentür geöffnet, die leichte Aluminium-
leiter geholt und stolperten durch die Blumenbeete und den
Steingarten zum Haus, wo wir die wackelige Leiter gegen die
Wand unter Fredericks Fenster lehnten. Wenn ich erst einmal
drinnen bin, sage ich zu ihr, wird es schneller gehen, durch den
Flur zu laufen, als die Leiter außenherum zu Hilarys Fenster zu
tragen.

Wie wunderbar instinktiv man doch handelt. Als ich die von
Shirley festgehaltene Leiter hochklettere, stelle ich fest, daß ich
von irgendwoher einen Hammer mitgenommen habe. Allerdings
frage ich mich, warum Freddy das Fenster noch nicht aufgemacht
hat.

Die Leiter endet einen Meter unter dem Fenstersims. Ich
klemme mir den Hammer zwischen die Zähne, lege die Hände
flach auf die rauhen Backsteine, presse mich gegen die Wand und
steige sehr vorsichtig auf die zweitoberste Sprosse. Shirley ruft
mir ermutigende Wort zu, fleht mich an, ich soll mich beeilen:
»George, George, bitte!« Aber ihre Stimme klingt wie aus einem
im Hintergrund laufenden Fernseher, und ich höre kaum hin.
Dafür nehme ich, während ich mit dem Hammer gegen das
blanke Glas schlage, mit ungewöhnlicher Deutlichkeit wahr, daß
ein flackerndes Leuchten die Umrisse des Hauses klar hervortreten läßt, daß noch keine Feuerwehr-Sirenen zu hören sind und
daß sich einige unserer Gäste am Fuß der Leiter versammelt
haben.

Das Glas zerspringt. Meine Hand greift nach dem Fensterrie-
gel. Gleichzeitig rufe ich nach unten, daß niemand mir folgen
soll. Ich schaffe es allein. Und aus der Ferne höre ich deutlich, wie
Charles verzweifelt nach Peggy ruft. Ach ja, richtig. Wo ist sie?
Warum haben sie die Kinder nicht gerettet? Ich hieve mich über
den Sims und zerreiße mir dabei das Hemd an dem Metallbol-
zen im Fensterrahmen.

Die Luft in dem kleinen Zimmer ist beißend, und sobald ich

das Fenster geöffnet habe, gerät der dicke graue Qualm in Bewegung und wälzt sich mir entgegen. Frederick liegt nicht im Bett.

Gedanken rasen mir, mit bizarrer Deutlichkeit, durch den Kopf. Ich laufe hastig zur Tür und rufe so laut ich kann: »Freddy, wo bist du um Himmels willen!« Keine Antwort. Nur das immer lauter werdende Prasseln der Flammen. Im Flur sind linkerhand die Bügelkammer, ein weiteres Schlafzimmer und ein Badezimmer, rechterhand die Treppe. Ich wende mich nach rechts, der Gefahr, dem Feuer entgegen; vielleicht hat Frederick versucht, zur Treppe zu gelangen. Ich rufe immer verzweifelter: Freddy, Freddy, während ich den Drang zu husten oder umzukehren unterdrücke; ich marschiere weiter in den immer dicker werdenden, gelblichen Qualm hinein, der in den Augen brennt und Brechreiz auslöst, bis ich schließlich über meinen Neffen stolpere. Ich sehe den kleinen blonden Jungen, in seinem roten Schlafanzug mit ausgebreiteten Armen auf dem blauen Teppich liegen.

Ich brauche nur Augenblicke, wenn nicht sogar noch weniger, um ihn zum offenen Fenster zu tragen. Er wiegt nichts. Leicht wie eine Feder. Und ich bin sicher, daß er noch lebt. Es darf einfach nicht anders sein. Er kann höchstens eine Minute lang dort gelegen haben. Wieviel Zeit ist seit Entdeckung des Feuers verstrichen? Bestimmt nicht mehr als eine oder zwei Minuten. Plötzlich merke ich, daß ich an Gott glaube. Murmele ich etwa ein Gebet? Nein. Ich bin bloß sicher, daß es nicht zum Schlimmsten kommen wird. Das darf einfach nicht passieren. Ich renne durch das Gästezimmer und lege das geliebte Kind ohne Umschweife dem glatzköpfigen Lehrer von der St.Elizabeth-Schule (der ehemalige Liebhaber meiner Frau?) in die Arme, der entgegen meinen Anweisungen die Leiter hochgeklettert ist und ins Zimmer schaut.

Die Situation ist völlig absurd. Als wäre ich in einem meiner

Träume. Ist das vielleicht die Erklärung? Denn statt auf den Fenstersims zu steigen, Frederick zu folgen und mich in Sicherheit zu bringen, bleibe ich am Fenster stehen, fülle die Lungen mit Sauerstoff, und bereite mich darauf vor, ins Haus zurückzugehen, genau wie ich im Traum beharrlich immer wieder durch die Räume streife und unablässig nach dem grauenerregenden Teil von mir suche, das für immer vor mir verborgen bleibt.

Ich drehe mich um. Und erst in diesem Moment, in dieser unerträglichen, erstickenden Hitze, da ich mich ohne weiteres ehrenvoll zurückziehen könnte, beginne ich die Gründe für mein Handeln zu verstehen. Ich erkenne, während ich am Fenster tief durchatme, daß ich mich zwingen wollte, in diesen kostbaren dramatischen Sekunden ein für alle Mal eine Entscheidung zu treffen und durch diese Entscheidung mich selbst zu finden, und ebenso das fehlende Teil von mir, das verschwundene Gesicht, das ich nachts in meinen Träumen suche. Auf der Schwelle zu Hilarys Zimmer vermutlich.

Ich atme so tief ein, daß meine Lungen schmerzen, reiße die Decke vom Bett, hülle mich darin ein und renne in Richtung des immer dicker werdenden Qualms und der hohen Flammen am oberen Treppenabsatz, wo der andere Flur im rechten Winkel abzweigt und zu einem Wandschrank, unserem Schlafzimmer und Hilarys Zimmer führt.

Ich laufe durch lodernde Flammen. Innerlich schreiend, krampfhaft den Atem anhaltend, torkele ich mit geschlossenen Augen den Flur entlang. Die Decke habe ich eng um den Kopf geschlungen, meine Beine sind glühendheiß. Der Lärm ist inzwischen ohrenbetäubend, ein Inferno aus zischenden, berstenden Geräuschen und einem stetigen, dröhnenden Prasseln. Ich laufe weiter. Meine Augen tränen. Dann habe ich die Flammen plötzlich hinter mir gelassen, im Flur jenseits der Treppe brennt es nicht, aber der Qualm dort ist so dick wie Wolle. Plötzlich erschüttert ein weiteres Krachen unser Haus.

Wie lange reicht ein Atemzug?

Ich wende mich nach links, wo ein flackerndes, grelles orange-farbenes Licht hinter einer geöffneten Tür leuchtet. Bestimmt kommt es von den brennenden Gardinen in Hilarys Zimmer (das hatte ich so geplant). Und ich überquere gerade die schicksals-trächtige Schwelle, als ich erkenne, daß sie bereits draußen im Flur sind. Wegen des Rauchs und meiner fast geschlossenen, brennenden Augen habe ich sie nicht eher gesehen. Meine Mut-ter liegt gekrümmt vor der Tür unseres Schlafzimmers. Ihr Kleid und ihr Unterrock sind bis zur Hüfte weggebrannt. Ihre Haut ist schwarz. Trotz meiner Bedrängnis ist der Anblick ihres schwe-ren verletzlichen Körpers wie eine Offenbarung für mich. Meine Mutter. Und das Lumpenbündel, das quer auf dem Boden liegt, halb im Wandschrank, muß Hilary sein. Sie bewegt sich nicht. Ich will die Tür zu unserem Schlafzimmer öffnen, denn das ist der einzig mögliche Fluchtweg, aber noch ehe ich die Klinke berührt habe, weiß ich schon, was passiert ist. Die beiden, Peggy und Gregory, haben die Tür abgeschlossen. Mutter konnte nicht hindurch und das Kind in Sicherheit bringen.

Sie haben abgeschlossen. Aber warum haben sie nicht wieder aufgeschlossen? Verdammt! Kann es sein, daß sie immer noch da drin sind? Bestimmt nicht. Das Prasseln des Feuers in Hilarys Zimmer ist unerträglich laut. Warum, warum, warum haben sie die Tür nicht aufgeschlossen? Es ist zum wahnsinnig werden.

Meine Mutter bewegt sich und stöhnt. Ich kann ihr Gesicht nicht sehen, denn es ist in die Ecke zwischen Türrahmen und Tep-pich gedrückt. Auch Hilarys Körper sieht in dem von wirbeln-den Qualmwolken verfinsterten Flur nur aus wie ein kleiner Klumpen.

Ist es dreißig, vierzig oder fünfzig Sekunden her, seit ich Atem geholt habe?

Während der Dauer eines Atemzug, eines einzigen Atemzugs, muß ich entscheiden, wer ich bin.

Ich schaue mich trotz des stechenden Schmerzes in meinen heftig tränenden Augen um. Meine aufopferungsvolle Mutter. Mein hilfloses, unheilbar behindertes Kind. Mein teures, elegantes, wunderbares Haus steht in Flammen. Jetzt ist der Augenblick der Wahrheit gekommen, den ich so teuer erkauft habe. Ich schaue mich um, aber ich habe keine Eingebung, weder zeigt mir ein Traumspiegel mein Gesicht, wie auch immer es aussehen mag, noch entdecke ich durch den stickigen Rauch ein fehlendes Körperteil von mir, das ich schnell zu dem hervorragenden Chirurgen bringen kann. Es gibt nichts, was mir helfen kann. Ganz ohne nachzudenken, nur mit roher Gewalt mache ich mich daran, instinktiv meine Pflicht diesen beiden Menschen gegenüber zu erfüllen.

Tatsächlich ist meine wilde Entschlossenheit die einzige Chance, die sie noch haben. Denn ich kann nicht beide durch die Feuersbrunst am oberen Treppenabsatz schleppen. Das ist mir klar. Eine vielleicht, aber nicht beide. Und obwohl mir erneut bewußt wird, daß dies genau die Situation ist, die ich herbeiführen wollte, kommt die simple Lösung, die darin besteht, das kaum erkennbare Bündel im Flur zurückzulassen, aus Gründen, die jenseits aller Vernunft liegen, überhaupt nicht mehr in Frage. Ich wende mich der Tür zu, steige über meine Mutter hinweg, und vom letzten Rest Sauerstoff aus diesem schier unerschöpflichen Atemzug zehrend setze ich zu dem Fußstoß an, den ich vor langer Zeit beim Karate gelernt habe.

Die Tür bebt, geht aber nicht auf.

Was spricht dagegen, meine Mutter ins Freie zu bringen, sie, vorausgesetzt daß es noch möglich ist, durch die Flammen im Flur zu schleppen? Warum denke ich stets das eine und tue dann das andere?

Ich zittere. Um die Kontrolle über meinen Körper wiederzuerlangen, lasse ich ganz, ganz langsam die Luft aus meinen verkrampften, schmerzenden Lungen.

Und trete erneut zu. Ich schreie grimmig, als ich bei der plötzlichen Kraftanstrengung den letzten Rest Luft ausstoße und meinen Fuß gegen eine Stelle direkt neben dem Schloß sausen lasse. Nichts.

Jetzt bleibt mir nichts anderes übrig, als einen neuen Atemzug zu nehmen, mit dem mein restliches Leben beginnt. Das möglicherweise sehr kurz sein wird. Meine Lungen sind wund, wie durchlöchert. Mein Blick wird trübe. Mit dem Mut der Verzweiflung trete ich ein paar Schritte zurück, näher an die Flammen heran, die wie glühende Perlenschnüre über den Teppich hüpfen, senke den Kopf, renne los und ramme meinen Dickschädel gegen das Holz der Tür. Ein Schmerz durchfährt mich, und dann stehe ich im Schlafzimmer.

Ich hole meine Mutter. Während ich ihren leblosen Körper zum bereits offenstehenden Fenster zerre, registriere ich, daß Peggy und Gregory nicht im Zimmer sind. Sie müssen in panischer Angst durchs Fenster geflohen sein. Hatten sie befürchtet, jemand könnte ihnen auf die Schliche kommen? Das Dach der Veranda befindet sich etwa einen Meter fünfzig unter dem Sims. Ich könnte Mutter hinunterlassen und ihr dann folgen. Mission erfüllt.

Einen Moment lang halte ich inne. Ich lehne mich aus dem Fenster, atme mit tiefen Zügen die wohltuende Luft ein, lasse sowohl den Anblick des nächtlichen Gartens auf mich wirken, als auch die Menschenmenge, die lauten Rufe, die Blütenpracht eines Baumes, die Silhouetten der vornehmen Häuser, die sich den Hügel hinab, unter dem gelbschimmernden Stadthimmel erstrecken und das plötzliche Aufheulen der Sirenen. Dann gehe ich, wahrscheinlich gegen meine innere Überzeugung, genau wie meine Mutter, als sie vor vielen Jahren meinetwegen ihrem Glauben abschwor, wieder hinein und bringe das unschuldige, kleine Wesen in Sicherheit.

EPILOG

Es ist Abend. Ich entspanne mich am Goldfischteich auf der Terrasse unseres Hauses in Maida Vale. Seit einiger Zeit lasse ich alles langsam angehen. Ich bringe mir keine Arbeit mehr aus dem Büro mit nach Hause. Es kommt der Moment, wo einem klar wird, daß solche Dinge nicht so wichtig sind. Aber es wäre töricht zu sagen, ich hätte das schon früher erkennen sollen. Ich bin sogar über meine Selbstvorwürfe hinweg. Ich sitze hier, die Zeitung auf dem Schoß, und genieße das warme Licht, die sommerliche Luft, das sanfte Schwingen der Hollywood-Schaukel. Über der efeubewachsenen Mauer werden die Silhouetten der Schornsteine und Fernsehantennen allmählich dunkler. Vor dem Schlafzimmerfenster eines Nachbarhauses hängen blaue Gardinen, und in erleuchteten Zimmern spielt sich häusliches Leben ab. Ich nippe an meinem Gin, zünde mir eine Camel an. Manchmal frage ich mich, ob ich nicht jetzt erst gelernt habe, das Leben zu genießen. Verstehen Sie, was ich meine? Ich arbeite hart, meine Computerprogramme sind besser als je zuvor; wenn ich nach Hause komme, kümmere ich mich um Hilary, und wenn sie in Form ist, lachen wir ein bißchen miteinander, und abends sitze ich dann hier draußen und schaue zu, wie die Glut meiner Zigarette heller wird, während das Tageslicht langsam dahinschwindet. Nächste Woche fahren wir alle drei in Urlaub nach Südwestfrankreich.

Der Artikel über das Gesundheitssystem, den ich lese, interessiert mich nicht. Er ist zu bissig geschrieben. Der Verfasser muß irgendein Problem haben. Mein Blick schweift ab, folgt den gleichmütigen, pfeilschnellen Goldfischen zwischen den Lilienblättern, den ruhigen Bahnen der blinkenden Flugzeuge, die in der Dämmerung über West-London fliegen. Maida Vale gefällt mir. Es gefällt mir, wie die Spatzen sich im Efeu balgen. Wie die Ameisen in Reih und Glied über die Steinplatten marschieren. Und dann muß ich eingeschlafen sein, denn ich werde jäh wach und stelle fest, daß es schon nach Mitternacht ist. Um Himmels willen. Ich spüre die Kälte bis in die Knochen. Aber ich empfinde auch eine tiefe Zufriedenheit. Ein Mann nickt auf seiner Terrasse ein; das ist doch nicht schlecht, oder?

Ich räume mein leeres Glas und die Schale mit den Erdnüssen weg, schließe die Türen ab und gehe nach oben ins Schlafzimmer. Shirley ist noch nicht im Bett. Sie versorgt Hilary, die ihre x-te Mandelentzündung hat. Über den Flur dringen gurrende Laute herüber. Ich ziehe mich aus, lege mich hin, und als ich gerade das Licht ausgemacht habe, höre ich sie mit tapsenden Schritten ins Badezimmer gehen. Ein paar Minuten später kommt sie leise herein und schlüpft unter die Bettdecke.

»Ist sie eingeschlafen?«

»Oh, bist du noch wach? Ja«, sagt sie. »Ja, sie ist eingeschlafen.«

Wir liegen in der starren Dunkelheit auf dem Rücken und schweigen. Auf der Elgin Avenue fährt ein Laster vorbei. »Schlaf jetzt«, sage ich zu ihr »Ich werde aufstehen, wenn sie anfängt zu weinen. Ich bin dran.« Wir sind diesbezüglich inzwischen recht gut eingespielt. Aber Shirley erwidert: »Sie wird nicht weinen, George.«

Es liegt ein ungewöhnlicher Unterton in ihrer Stimme, in der Art, wie sie meinen Namen sagt. Ich warte einen Augenblick, dann richte ich mich halb auf und blicke in ihr schattenhaftes Gesicht. Ihre Augen sind weit geöffnet.

»Ich habe ihr gerade die ganze Medizin aus dem Schrank gegeben.«

Sie mußte es einfach tun, erklärt sie. Als sie dabei war, Hilary

Medizin einzuflößen – die Kleine hatte Schmerzen –, merkte sie plötzlich, daß sie nicht mehr aufhören konnte. Sie hatte das Gefühl, das Kind dränge sie dazu.

»Mir war, als hörte ich ihre Stimme. Als habe sie schon seit Jahren zu mir gesprochen. Verstehst du? Ich kannte die Stimme genau. Es war ihre Stimme. Und sie sagte, tu es, tu es jetzt.«

Shirley rechtfertigt sich, wie ich es vor etwa einem Jahr unter ähnlichen Umständen auch getan hätte. Sie spricht leise und überzeugend. Aber sie erzählt mir etwas, von dem sie weiß, daß es nicht sein kann. Und sie weiß, daß ich es auch weiß. Sie hat es so oft selber gesagt: Wie kann ein Kind, das weder weiß, was der Tod bedeutet, noch daß man ihn durch Medikamente herbeiführen kann, einen zu einer solchen Tat drängen? Aber ich erinnere mich gut an mein Erlebnis, als ich ihr damals den süßen Sirup einflößte; an das eigenartige Gefühl, das richtige zu tun, an die Verheißung nahender Erlösung.

»Alles«, sagt sie, »das ganze Zeug. Es hat eine halbe Stunde gedauert. Du weiß ja, wie mühsam es ist, sie zum Schlucken zu bringen.« Mit einem kurzen Lachen fügt sie hinzu: »Immerhin habe ich dabei gebetet.«

Für mich hatte es eher wie ein liebevolles Gurren geklungen.

Wir liegen schweigend da. Um uns ist die gedämpfte Stille unseres eleganten Schlafzimmers, die Londoner Nacht. Bis ich schließlich flüstere:»Shirley«. Und aus irgendeinem Grund wiederhole ich in der Dunkelheit immer wieder ihren Namen:»Shirley, Shirley, Shirley, Shirley.« Sie sagt:»George, George«, und wir umarmen uns.

1. Auflage 1996
© der deutschen Ausgabe Verlag Antje Kunstmann GmbH,
München 1996
© der Originalausgabe 1991 by Tim Parks
Die Originalausgabe erschien unter dem
Titel *Goodness* bei Minerva, London
Umschlaggestaltung: Daniel Nagel
Satz: Schuster & Junge, München
Druck und Bindung: Clausen & Bosse, Leck
ISBN 3-88897-163-2